Miannay

LE MONDE M'ATTEND

Roman

1

VIANE CEY

Je vais vous expliquer comment je suis capable de faire bander n'importe quel mâle en faisant innocemment tomber ma bretelle de soutien-gorge, et cela, sans les mains. (N.B. : Rappelez-moi de ne plus utiliser le mot « bander » ; il ne sied guère dans la bouche d'une jeune fille de bonne famille. Si nous étions amenés à nous rencontrer un jour, je dirais plutôt « *Je sais comment rendre un homme fou de désir* ». C'est plus politiquement correct et je vous ferais croire que je suis le chantre des bonnes manières).

Je vais aussi vous raconter pourquoi je crève sous le poids de désirs inassouvis, matérialisés par des cases cochées de croix rouges. Mon histoire, c'est au départ celle d'une fille simple : je voulais suivre des rails, partir de A pour aller à C en passant par B, sans plus d'ambition. Avec politesse et application, il suffisait de *jouer le jeu*. C'était sans compter ces foutues Parques qui ont mis sur mon chemin des empêcheurs de tourner en rond, des bâtons dans mes roues, des cailloux dans mes chaussures. En même temps, elles ont nourri mon goût de la démesure : je veux être un colosse, un géant, un paquebot, une pyramide ; plus haut je grimpe, plus dure est la chute.

* * *

Bon, alors, le *pourquoi* du *parce que* commence par un *où* et par un *qui* : je suis originaire d'un trou perdu du sud de la France, si perdu qu'aucun éditeur de guide touristique ne l'a jugé digne d'y figurer (donnant ainsi raison aux Parisiens qui diraient que « c'est en Province » et donc dénué d'intérêt). Ce trou de l'arrière-pays niçois se nomme l'Escarène. Pas suffisamment reculé pour qu'on puisse traiter ses habitants de consanguins, le village est néanmoins trop plouc pour s'en revendiquer avec fierté ; les Escarénois préfèrent dire qu'ils sont niçois. Je n'échappe pas à cette règle.

J'y ai vécu l'ennui le plus total : Nice est une cité barricadée entre des montagnes et la mer (N.B. : Les montagnes en question s'apparenteraient davantage à des collines, mais l'ego des Niçois leur fait gravir des montagnes et descendre des collines). Nice est une ville « fermée » en quelque sorte et la géographie du pays a fini par imprégner la mentalité des Niçois (N.B. : Je vous aime, Escaréniçois ! Comme le dit le proverbe, « *Qui aime bien, châtie bien* » et je châtie beaucoup.) De fait, ses habitants ne regardent que dans un seul sens. Dos aux montagnes, alors qu'on pourrait penser qu'ils regardent vers la mer, ils regardent en réalité le « Vieux », qui est juste devant (comprendre le « *Vieux Nice* », ne jamais dire « *vieux village* », sinon, ils savent que vous n'êtes pas du coin). Là-bas, ces charmants autochtones trouveront tout ce dont ils ont besoin pour se sustenter : pans bagnats, pissaladières, raviolis, socca, tourtes de blettes, farcis – qu'ils dégusteront au pied d'un château qui n'existe pas. Est bien fada[1] celui qui ne veut pas vivre et mourir dans cette petite merveille de comté, ni d'Italie, ni de France. L'ennui, vous disais-je.

En mon for intérieur, je piaillais en attendant l'heure où je rejoindrais mes semblables civilisés, exerçant le métier de mes rêves, dans une ville qui ne dort jamais. Car, j'ai toujours été plutôt du genre à prendre le bateau pour aller voir ailleurs si j'y étais. J'aurais accompagné Christophe Colomb sur son galion espagnol, j'aurais provoqué une mutinerie et nous vivrions dans un monde où les États-Unis n'existeraient pas et les satellites n'auraient jamais cartographié cette masse de terre de plusieurs millions de kilomètres carrés. Bien sûr, les présidents, rois et autres dictateurs occidentaux, garderaient le secret mieux que celui de la rencontre avec les petits hommes verts. Si, si.

En essayant d'aller voir ailleurs si j'y étais, je me serais perdue, car en étant ailleurs, je ne pouvais pas être ici et sans être ici, je n'aurais atterri nulle part. Je rêvais d'aventures, j'imagine, et l'Escarène, ce n'était ni ici, ni ailleurs, mais complètement nulle part.

Ça, c'était pour le *où*. Maintenant le *qui* : moi, c'est Viane Cey. Je ne me présente que sous ce nom. Mes parents m'appellent rarement Viviane, sauf lorsqu'ils sont en colère. Mes amis ont pris le pli. Ou alors ils ne sont pas mes amis.

Je mesure 1,75 m pour 52 kg (Non, je ne suis pas anorexique, j'ai hérité des femmes de la famille) et comme toutes les danseuses

---

[1] « Fou » en occitan. Expression courante dans la région niçoise.

qui ont pratiqué pendant près de douze ans le classique, j'ai de petites fesses bombées, des muscles élancés et je marche trop vite. Ma poitrine est haute et ronde, toutefois sans excès. Blonde aux yeux bleus, j'ai pour marque de fabrique un nez aquilin aux narines retroussées et l'ovale aigu de mon visage, vestige des origines slaves de ma grand-mère. J'ai une expression empreinte de douceur, qui masque un intérieur d'une violence sourde et imprévisible.

Vous l'aurez compris, j'incarne le fantasme féminin des mâles de base. Malheureusement pour eux, j'ai compris qu'il valait mieux les faire courir et rarement se laisser attraper.

Au risque de faire rager plein de jalouses (1,60 m, 60 kg), ce physique m'encombre. Quand les garçons m'abordent dans la rue, avec leur désormais fameux « *eh Mam'zelle, v'z'êtes charrrmante !* », je suis blasée : ça me donne envie de m'habiller uniquement avec des cols roulés. Il arrive souvent qu'au beau milieu d'une conversation très sérieuse, un mâle me coupe la parole avec des niaiseries cent fois entendues – ce qui ne l'empêche pas de se croire très original : « *Et blonde comme ça, en plus, on dirait un ange...* ». Au moins, quand vous êtes un gros thon, vos oreilles n'ont pas à souffrir ce genre de fadaises.

Heureusement, je n'ai jamais souffert du cliché de la blonde un peu idiote. Il suffit en général que j'ouvre la bouche pour rabattre le caquet de n'importe quel interlocuteur dubitatif.

J'ai mon côté futile, j'adore acheter de la lingerie, papoter avec mes copines et me faire les ongles. Ceci dit, j'apprécie aussi certaines conversations comme les bons vins : j'aime prendre part aux débats enflammés sur des sujets de géopolitique mondiale (le conflit israélo-palestinien, les coucheries du président, l'expansion inquiétante de l'Inde et de la Chine, les feuilles interdites par Bruxelles sur les clémentines niçoises) ou discuter du dernier roman de Michel Houellebecq ou de Lauren Weisberger. J'ai le goût des musées et des voyages, je parle deux langues couramment, je joue du piano, je ne me drogue pas, je suis une spécialiste de la tarte à la courgette, je pratique la fellation, bref, je suis bonne à marier (*Au secours ! Sauvez-moi !*).

Pour résumer, je suis un fantasme et j'ai des prétentions dans la vie.

* * *

Bon, allez, maintenant que je vous ai bien baratinés, je vais vous dire la vérité : je ne suis pas belle. Culminant à 1,60 m, j'ai pas mal de kilos à perdre et les hommes ne se pâment pas sur mon passage. J'ai un regard un peu endormi, qui, sous ses airs de ne pas y toucher, masque néanmoins un esprit vif. J'ai une bouche outrageusement indécente, ça oui, mais je ressemble davantage à votre voisine de palier qu'à Scarlett Johansson. Je suis blonde, ça aussi, c'est vrai, mais on m'a souvent reproché d'être froide comme un iceberg et d'être aimable comme une porte de prison, le sourire en moins.

En revanche, tout ce que je vous ai dit sur ma personnalité est vrai. À un détail près : pas d'autre choix que de l'avouer, je suis beaucoup plus empotée que mon double imaginaire. Elle, elle a la gnaque. Moi, les déconvenues me laissent toujours bouche bée et bras ballants. Je préfèrerais être hystérique, m'époumonant et détruisant le mobilier alentour – à coup de pieds, comme au cinéma. Pourtant, l'effet est le même à l'intérieur.

N'empêche, je pars parfois complètement en vrille et me surprends à m'imaginer en héroïne de film, sur grand écran et en technicolor. J'ai la réplique qui tue, me retirant ensuite comme une reine.

J'ai souvent ce genre de phase, d'ailleurs, que j'appelle « mes moments au ralenti ». Je me pose au coin d'une rue, je regarde les gens et je suis quelqu'un d'autre ou ce quelqu'un d'autre à mon visage, ce n'est pas très clair.

Je mets la musique à fond sur mes oreilles, Bob Dylan postillonne « *I'm on the pavement, thinking about the government*[2] ». Je suis à bloc, je peux me lancer, je déboule dans la rue, mes bottes claquent sur le macadam. Je suis une petite frappe, j'ai mauvais genre, mon rouge à lèvres trop rouge bave. J'ai fait la fête toute la nuit, mon mascara a dégouliné et mes cheveux sont gras. Je me mouche sur le revers de ma manche, puis je remonte le col de mon perfecto 100% cuir ; sur le dos, on peut lire « *Hate* », c'est kitsch, mais je m'en tape : je suis une rebelle, une vraie, avec ma clope au bec et mes poings crevant mes poches.

---

[2] « *Je suis sur la chaussée / pensant au gouvernement* »

Avec conviction, Bob continue de débiter ses vers : *«... Looking for a new fool, don't follow leaders...*[3] ». Je marche au ralenti, mes hanches balancent à droite, à gauche, j'ai l'air d'un fauve. Je lance des regards noirs, je suis à deux doigts de cracher sur les passants ; patibulaire, intimidante, il n'est pas question que je dévie de ma route, alors ce sont eux qui s'écartent. Je suis forte, je suis intouchable. Je suis sûre de moi, tellement sûre de moi, trop sûre de moi... Je manque de me faire écraser par un scooter, je me rattrape comme je peux sur le trottoir, j'entends le type crier « *Tu peux pas faire attention où tu marches, connasse ?!* » et là, je glisse sur une merde. Les passants me regardent, amusés. Je lisse mes cheveux en bataille et reprend ma route avec le peu de dignité qui me reste, comme si de rien n'était. Sans rouge à lèvres, sans perfecto, sans clope, sans allure.

Je me méfie maintenant de mes moments au ralenti ; je n'ai plus les pieds sur Terre et la schizophrénie me guette.

Ah oui ! Pour le *pourquoi*, voir au chapitre suivant.

---

[3] « *Ils cherchent un nouvel idiot / ne suis pas les meneurs* » - Bob Dylan – *Subterranean Homesick Blues*

2
UN MÉTIER DE RÊVE

C'est une vérité universellement reconnue qu'une personne, sitôt née, doit cocher trois cases pour réussir son existence (dans cet ordre) :

- ☐ le job
- ☐ le mariage
- ☐ les à-côtés épanouissants

Cocher ces cases m'effraient au plus haut point : c'est littéralement faire une croix sur l'infinité des possibles auxquels nous pouvons prétendre. Car je veux tous les jobs du monde, tous les hommes du monde, tous les plaisirs du monde. Tout de suite, maintenant. Mais mûrir, c'est apprendre à renoncer.

À cinq ans, j'étais une amazone, terrible et admirée, habillée de jupes de centurions ou de robes de lin. Je chevauchais cent mille chevaux d'écume et mes cheveux d'or se mélangeaient à leurs crins de sel. En décochant mes flèches de cupidon, je répandais l'amour dans le monde. À la table des dieux, célébrant mes conquêtes innombrables, nous buvions du vin et dégustions du raisin framboisé. Après le repas, nous nous entretuions et ressuscitions le lendemain pour recommencer. J'ai renoncé à être une Valkyrie niçoise. Trop périlleux et un peu désuet.

À treize ans, je me sentais capable de tout entreprendre, rien ne semblait hors de portée : pilote de chasse, journaliste ou infirmière, il suffisait de vouloir et d'étudier. Pourquoi donc choisir si tout était possible ? J'étais optimiste.

À dix-huit ans, les adultes m'ont fait comprendre en fronçant les sourcils que je devais cocher la case « job » très vite – les cases « mariage » et « à-côtés » n'étant pas absolument nécessaires. Avec un sourire pernicieux, ils ont rajouté qu'eux aussi voulaient être marins et qu'ils sont devenus banquiers.

J'ai alors commencé à être obnubilée par le temps qui passe et la manière dont je suis censée l'occuper. Il faut que je me dépêche de vivre sinon après il sera trop tard. J'ai fait un calcul rapide : *huit heures par jour à travailler x par plus de quarante ans de cotisations + trois quarts de la vie passés à dormir + trois ans assis sur le trône x par 10% seulement de capacités utilisées par le cerveau = du gâchis !*

J'ai donc essayé de trouver LE job, qui me permettrait de faire un pied de nez à cette équation et de satisfaire les adultes aux sourcils froncés.

Quitte à choisir un job, un seul, autant choisir le meilleur. Fidèle à mon habitude, j'ai fantasmé : quand je serai grande, j'exercerai un métier glamour, passionnant et très bien rémunéré. J'ai rêvé que j'étais tour à tour Bernard Pivot, Kate Moss et Kofi Annan.

1/ Bernard Pivot ou l'esprit

Bernard a inventé mon métier de rêve : l'érudit un peu journaliste, un peu écrivain. J'ai souvent eu envie de lui faire des déclarations d'amour passionnées, ponctuées de *cocorico !*

Je ne peux pas lui piquer sa jubilation, ses dictées, son sens de la répartie. Alors, comme je ne lui arriverai jamais à la cheville, j'ai fait une croix sur une carrière « d'intello pas trop rasoir », place vacante depuis quelques années, maintenant.

2/ Kate Moss ou le corps

À l'époque où j'étais jeune et bête, j'aspirais à être adulée pour ma beauté comme le mannequin, cette princesse moderne. Mais mon mètre soixante, mes abdos « kro » et mes jambes courtes ont vite contrecarré mes plans d'argent facile.

3/ Kofi Annan ou l'utile

Dans un grand élan d'altruisme, j'ai alors développé une vocation de saint-bernard de la planète : inspirée par Kofi, c'est à la tête des Nations Unies que j'empêcherai les génocides ou le conflit israélo-palestinien !

Après quelques recherches pour savoir comment on devenait « Secrétaire général de l'ONU », une déconvenue de taille m'attendait : aucun « Occidental » ne pourra jamais diriger l'organisation ; les Occidentaux se contentent de tirer les ficelles en coulisse, c'est bien plus commode. Oui car les politiciens sont tous véreux : pour épouser une carrière, il me semble qu'il faut avoir une quantité de vices aimables que je n'aurais jamais. Entre jeune loup et vieux fauve, avoir les dents longues est la meilleure des armes. Le mensonge, la fourberie, les renversements d'alliances, le règne dans la division, les estocades, l'absence d'états d'âme, le don de la composition, ne sont que le début d'une longue liste d'éléments à savoir manier avec dextérité pour avoir une chance de s'imposer.

C'était au-dessus de mes forces de devenir un politicien pourri jusqu'à la moelle. Les bons sentiments ont rarement sauvé le monde et avec mon angélisme à deux balles, je me serais faite dévorée toute crue. Au pire, j'aurais défendu des causes perdues et je n'aime pas les causes perdues.

Ce constat dressé, j'ai bien dû me rendre à l'évidence qu'avec mon côté gratte-papier bavard, j'avais tout de même davantage le profil d'un Bernard Pivot. C'est là que vous allez comprendre le pourquoi du comment je me suis choisi un métier, du comment je me suis retrouvée à Paris à pester contre le monde entier et du comment je me suis mise dans le pétrin, toute seule, comme une grande.

Je suis revenue sur ma décision ; à défaut d'être le prochain « intello pas trop rasoir » de la décennie, je pourrais tenter ma chance dans le monde de l'édition. Je ne savais pas quel poste je voulais occuper exactement, même si je lorgnais du côté de celui qui me permettrait de valider des manuscrits. J'aurais dit d'un air impérial, pouce en l'air ou bien tourné vers le sol : « *Ça, on publie ; ça, au rebut* ».

Et je dois dire que jusque-là, tout s'était bien passé : un bac les doigts dans le nez, une orientation trouvée grâce à des sourcils froncés, et une renonciation acceptée à quatre vocations sérieuses au moins... Ma vie entière ne devait être qu'une formalité administrative et on allait m'accueillir à bras ouvert. Que nenni !

J'ai choisi des études qui me paraissaient vaguement correspondre aux métiers de l'édition. À mon grand étonnement, ce fut la croix et la bannière. Premièrement, il faut arriver à intégrer un Master. Vous avez beau avoir eu les meilleures notes dans votre cursus scolaire, après trois ans d'études théoriques en sémiologie, on vous reprochera toujours votre manque de pratique. Et là, vous allez vous retrouver en concurrence avec des gens qui ont déjà des cheveux gris et que l'appât du gain et de la reconnaissance professionnelle poussent à retourner user leur fond de culotte sur les bancs de l'université. Pas possible de lutter face à leurs dix ans d'expérience professionnelle, ce sont eux qui prendront votre place dans ledit Master. Donc, vous vous rabattez sur un master moins prestigieux, d'une université moins prestigieuse, moins regardante, et aux frais de scolarité moins élevés, car, avec vos deux sœurs et vos deux frères, euh… votre frère, vous devez apprendre à partager.

Ensuite, comme vous devez clore votre « Master de management des métiers de l'édition » par un stage chez l'éditeur, avec un balluchon plein d'enthousiasme et de rêves, vous montez à Paris, pour redorer votre blason parce que 1/ l'édition, ça se passe à Paris ; 2/ déjà que vous venez du trou du cul du monde, c'est pas la peine d'en rajouter une couche sur votre cv, avec une obscure maison dont personne n'a entendu parler, au fin fond de la vallée niçoise, qui publie des annuaires téléphoniques.

Ce qu'il faut savoir, c'est que même en étant rémunéré à la hauteur de 30% du Smic, vous ramez encore pour trouver un stage. Avec une claque aller-retour, on vous balance – encore – votre manque d'expérience à la figure, alors que tout ce que vous demandez, c'est une chance de vous en faire un peu. À peine sortis de l'œuf, chers employeurs, nous jeunes, nous ne pouvons pas déjà être des coqs, désolée de vous l'apprendre.

En plus, vous devez rompre à l'exercice débile de la lettre de motivation. Mais pourquoi s'inflige-t-on ça ? Hein, dites-moi ?! Tout le monde sait que :

1/ personne ne la lit (franchement, vous a-t-on déjà posé une seule question sur votre lettre, en entretien ?) ;

2/ Elle ne fera jamais la différence puisque la moitié du recrutement se fait par piston ou népotisme.

Quand je suis amenée à lire des lettres de motivation, je peux immédiatement identifier la langue de bois et le côté fayot des formules toutes faites qui caractérisent les lettres à la française. N'avez-vous jamais eu envie de vous défouler en en rédigeant une ? Je propose un nouveau modèle, beaucoup plus honnête :

Madame, Monsieur Machin,

Je veux ce travail, parce que j'ai besoin de fric. Après avoir lu votre annonce, je me suis dit que ce job avait l'air moins ennuyeux que les autres, j'y ai même entrevu la possibilité d'en retirer de la satisfaction. Je suis parfait pour le poste, embauchez-moi.

À bon entendeur, salut ! Faites signe.

Signé Truc

Bon, j'y vais peut-être un peu fort. Mais tout est dit : d'un côté, il y a un péquenaud qui a désespérément besoin de payer ses factures ; de l'autre, un employeur qui a désespérément besoin d'un employé pour faire tourner sa baraque. Chacun espère gagner le maximum en en faisant le moins – si possible en s'éclatant. À partir de là, impossible d'être honnête : le péquenaud fait des courbettes pour se faire recruter, l'employeur, des risettes, pour vendre un job mensonger.

J'en suis là, à faire des courbettes, des simagrées, des lèche-culs, en parfait chihuahua dressé à faire le beau pour un sucre. Avec un cv vide et des lettres de motivation parfaitement hypocrites, j'ai postulé dans une centaine de maisons d'édition plus ou moins réputées.

Malgré la paresse s'abattant sur moi, je me suis décidée à relancer tous les éditeurs démarchés en quête d'une réponse. Les RH se sont passé le mot, sans les accrocs du téléphone arabe : « *Le poste est déjà pourvu* », « *nous avons choisi un profil plus expérimenté* », « *vous ne parlez pas espagnol* », « *vous devez au moins avoir déjà effectué un stage dans le secteur éditorial, merci, au revoir, bonne chance dans vos recherches, toutefois nous nous permettons de conserver votre candidature de façon à vous recontacter si une opportunité correspondant à votre profil et vos aspirations se présentait* ». Bien sûr, ils ne rappellent jamais.

Bref, à 11 heures, après avoir essuyé une série de refus, j'appelle les Éditions HyperTexte, que je m'apprête à rayer de ma petite liste. Une voix enjouée répond au téléphone :

— Oui ! J'allais vous appeler, justement.

Je suis soudainement toute ouïe.

— Je souhaiterais vous rencontrer, seriez-vous disponible, disons vers 13h15, aujourd'hui ?

Je cours, je vole, j'arrive !

* * *

Les Éditions HyperTexte ne correspondent pas à l'image classique que l'on peut se faire d'une maison d'édition. Aucun roman, aucune nouvelle, n'y sont publiés. Son catalogue comprend un large choix de poésies, connues ou inédites, mais c'est sur son savoir-faire en matière de beaux-livres qu'elle a bâti sa réputation. Elle a également développé différentes collections, dans des domaines variés comme la gastronomie, l'art, les biographies de personnages célèbres…

Cependant, les prix dissuasifs de ce type d'ouvrages n'incitent guère le public à les acheter. Aussi l'économie de la société repose-t-elle sur le service corporate, presqu'entièrement dédié aux ouvrages de communication interne des entreprises. Les livres plus remarquables sont commandés par de grandes compagnies pétrolières, textiles, ou encore automobiles.

Je serais bien évidemment plus attirée par le service des beaux-livres, mais le seul poste à pourvoir est au corporate. N'ayant aucun argument pour faire la difficile, je me présente donc à l'heure prévue, avec la ferme intention de me faire recruter. Je dois le valider, ce foutu Master ! Là, après avoir patienté quelques instants dans un bureau au mobilier et à la décoration sommaires, une femme d'une trentaine d'années, maigre et myope, m'accueille avec une poignée de main empressée.

— Corinne Fleschen, bonjour. Je suis responsable du pôle corporate, comme je vous le disais au téléphone.

L'entretien semble être plus une formalité qu'autre chose car je me rends vite compte que cela fait des mois qu'ils essaient de recruter un stagiaire, sans succès. Corinne me présente rapidement la politique et le catalogue de la maison, balance un « *Ah ! Aucune expérience sur le terrain, tout de même...* », avec un regard circonspect sur mon cv et m'explique que je serai la première à étrenner le poste.

— Nous sommes débordées, nous avons donc décidé d'engager un stagiaire asap pour faire le backup en back office. Nous travaillons habituellement en BtoB, nous n'avons eu qu'une seule opération en BtoC, jusqu'à maintenant. Mais nous avons besoin de quelqu'un qui soit réactif sur ces deux types de business, qui sache faire du planning strat' et qui puisse gérer les BAT...

Devant cet étalage de jargon, je lui sers un sourire un peu bêta, acquiesçant comme si j'étais parfaitement familière du milieu.

— … une partie de votre tâche consistera aussi à effectuer des benchmarks sur les sociétés éditrices d'ouvrages institutionnels. Nos concurrents, quoi…

Elle continue son laïus un petit moment, me vendant un stage très formateur. Je la crois, elle ouvre pour moi la caverne d'Ali Baba. Je ne sais pas encore que cet instant signifie le début de mes pérégrinations de jeune stagiaire naïve.

— On va peut-être se tutoyer, maintenant ?

Elle a l'air un brin trop enthousiaste. Je pense même, trente secondes tout au plus, qu'elle doit être cool. Mais il faut toujours se méfier de ceux qui vous tutoient trop vite, ils cherchent à vous amadouer. L'esprit confond le « tu » avec une marque d'amitié et il est difficile de dire « *non* » à un ami.

— Oui, bien sûr.

— À travers ce stage, nous allons t'apprendre les « trucs » et ficelles du monde du marketing et te fournir l'expérience qu'il te manque. Je vois que tu as un bac + 5, c'est bien, mais tu ne sors pas d'une école de commerce, c'est un peu embêtant…

— Mon module principal à l'université était « économie et finances »… dis-je, penaude, pour rattraper le coup, en m'excusant de ne pas avoir été plus brillante.

— Ah ! Vraiment ? C'est très bien, très bien… Bon ben, ça marche pour moi, donc tu peux commencer quand ?

3
LES ÉDITIONS HYPERTEXTE

Stagiaire, à Paris, dans une maison d'édition, enfin ! Fringante, mais non sans appréhension, j'arrive chez HyperTexte avec deux objectifs : faire des risettes à tout le monde et prendre mon poste en mains ; deux activités certes très éprouvantes, mais gérables.

Lors de mon entretien avec Corinne, je n'ai que brièvement aperçu les locaux ; ce matin, ils m'apparaissent biscornus : déjà, il faut grimper un escalier étroit après l'ascenseur pour entrer – ce qui m'a étrangement échappé la première fois. Il est quasi impossible de se croiser dans les couloirs étriqués et le coin cuisine se trouve du côté opposé à la salle de réunion, ce qui obligent les filles, une fois leur plat réchauffé au micro-ondes, à traverser les locaux de part en part avec leur assiette et leurs couverts à la main. Quant à l'accès aux archives, il se fait depuis le service presse, par une porte en fer dissimulée derrière des étagères, donnant sur les escaliers d'un autre immeuble. Vrai grenier, les archives se trouvent sous les toits, derrière deux portes et une marche qui ne sert à rien.

Dans cette petite ruche bourdonnante, chaque abeille participe à l'édification du rucher. Plus tard, j'en viendrai à considérer les Éditions davantage comme un poulailler, où des filles en furie caquètent dans tous les sens, en perdant des plumes. Pour certaines, je verrai même plutôt des mouches brassant beaucoup d'air ; et rappelez-vous au-dessus de quoi aiment voler ces charmants insectes... J'extrapole, ceci dit. Me voilà présentée à toutes ces petites abeilles, un peu comme la nouvelle de la classe, avec ses grands yeux ronds et son sourire timide : Béatrice, la maquettiste en chef à la cinquantaine rondelette ; Omar, le comptable et seul homme de la boîte ; Yasmina, la responsable du pôle beaux-livres et sa stagiaire Émilie ; Astrid, l'assistante de direction; Virginie, la madame RP qui m'a tout l'air d'être la commère en chef ; et enfin Caroline, le petit soldat de Corinne, la responsable du développement du pôle corporate.

Vient le moment solennel où Corinne, qui m'a servi de chaperon toute la matinée, décide que je suis prête pour rencontrer les deux fondatrices de la société. Elle me prévient :

— On ne va pas rester longtemps, elles sont très occupées, c'est juste pour qu'elles ne s'étonnent pas de voir une nouvelle tête.

Comment ça, « qu'elles ne s'étonnent pas » ? Ne sont-elles pas au courant de ce qui se passe sous leur propre toit ?! Nous pénétrons dans le bureau où Corinne m'a reçue la première fois. Elle se transforme soudain en employée japonaise : les yeux baissés, les mains croisées, le dos légèrement courbé, une attitude pleine d'humilité, prête à répéter sans relâche « *bien, Madame ; vous avez raison, Madame ; c'est de ma faute, Madame ; je ne le ferai plus, Madame ; merci, Madame* ».

— Isabelle, Catherine, je vous présente Viane, notre nouvelle stagiaire du pôle corporate. Elle sort d'une école de commerce.

C'est plus que la moitié d'un mensonge, Corinne le sait. Je réalise ainsi que j'ai été choisie faute de mieux, avec ce profil honteux, loin des attentes des grands chefs. L'attitude de ma recruteuse est symptomatique de celle qui cherche à se faire bien voir pour éviter d'être fouettée. J'espère que sa peur n'est pas contagieuse.

Quelques recherches préalables m'ont appris que les grands chefs sont en réalité deux sœurs qui ont fondé la maison à la fin des années 1980. Il était entendu que l'aînée s'occuperait de la direction artistique, tandis que la cadette aurait la lourde responsabilité de faire tourner la boîte.

Impossible d'imaginer qu'elles sont sœurs : je vois d'abord Isabelle De Barneville, la cadette, la femme de poigne, grande, rousse, les cheveux coupés au carré, avec une paire de seins incroyables. Elle a de sévères rides d'expression autour d'une bouche au rouge à lèvres un peu criard. Elle porte une grande jupe couverte de fleurs, originale à défaut d'être classe. Catherine Viaud, d'un naturel plus doux, menue et perchée sur des talons, porte de beaux cheveux gris, longs sur les épaules et affiche ses rides sans complexe. Sa tenue est sobre et plutôt distinguée.

Catherine m'accueille avec un sourire poli et Isabelle me broie la main pour me saluer.

— Bienvenue, dit cette dernière d'une voix forte.

Corinne me fait signe, c'est le moment de se retirer. Pour un démarrage, ça ne commence pas trop mal.

Je transforme l'heure du déjeuner en intense période d'observation de la population hypertextienne. Dans mon laboratoire, je répertorie des spécimens exceptionnels.

Sans le vouloir, j'instigue une des conversations les plus pathétiques qu'il ne m'ait jamais été donnée d'entendre dans ma misérable existence.

— Tu viens d'où déjà, Viane ?

— De la Côte.

— Tu viens de « *La Côoote* » ? « *Ô, très chère, je reviens de la Côte, après avoir fait du spa sur mon yacht !* »

Caroline teinte sa tirade d'un accent bourge prétentieux auquel les filles répondent immédiatement par un ricanement.

Non mais, qu'est-ce qu'elle veut cette connasse, qui n'est même pas parisienne, ou qui, plus exactement, est plus parisienne que les Parisiens ? Elle m'en veut parce que j'ai grandi au Soleil de la Côte d'Azur ? Mais elle a grandi dans la Ville Rose, elle devrait être solidaire, je ne comprends pas les rituels de cette étrange tribu !

Je prends une voix posée et un ton didactique :

— Tu sais, je ne suis pas une Parisienne qui revient de vacances sur la « Côte ». J'ai grandi là-bas : quand on dit ça, il n'y a aucune connotation.

À ce moment, les femelles de la meute commencent à s'agiter, quelle cacophonie ! Mais lorsque Catherine prend la parole – sur un sujet qui n'a rien à voir avec la choucroute, les autres écoutent religieusement.

— De toute façon, moâaa, j'ai des amies en Province, elles passent leur journée le cul dans une voiture à accompagner leurs enfants à l'école. Nous, au moins, à Paris, on les fout dans le métro et on est débarrassé.

Je jure que ces propos sont vrais, c'est la vérité, rien que la vérité. Pauvre Catherine – appartenant au spécimen des soixante-huitardes aigries, confondant Province et pays émergeant. Elle fait partie de ces provinciaux qui détestent la Province. Je pense qu'elle méconnaît le principe des bus scolaires, qui consiste à venir chercher les écoliers près de chez eux et à les accompagner devant leur établissement. Je suis sûre que, d'un point de vue statistique, un enfant court moins de dangers dans un bus que seul dans le métro. Il y a fort à parier que, s'il avait le choix, il préfèrerait prendre ce bus avec vue sur mer plutôt qu'un métro puant, plongé dans le noir, avec des barjots.

Mais j'imagine qu'il y a pire comme bizutage : je peux vivre avec l'idée d'être une sale bourgeoise du Sud. Je rends la pareille : les vrais Parisiens n'existent plus. Qui peut prétendre être né à Paris de parents et grands-parents parisiens ? Les Parisiens sont tous des Provinciaux qui ont vendu leur âme au diable. Ils sont partis depuis si longtemps (entre trois mois et vingt ans) qu'ils ne se souviennent plus du goût de la bouillabaisse, parlent le verlan et regardent les nouveaux venus avec dédain.

Je suis nostalgique de l'époque où l'étudiante que j'étais aimait scander lors des rencontres sportives : « *Province unie ! Tous contre*

Paris ! ». Les plus téméraires d'entre nous s'enhardissaient même de « *Paris ! Paris ! On t'encule !* ».

Ma journée se déroule sans plus d'effusion entre la finalisation de quelques documents administratifs avec Astrid et la récolte d'informations à la noix pour le compte de jeunes et vieilles biques.

Corinne m'envoie faire l'inventaire des exemplaires disponibles pour les futurs démarchages du pôle. Et ce moment est à moi, rien qu'à moi. Comme une petite fille lâchée dans la cour à la récré, je déambule dans les couloirs, piochant des livres au hasard des bibliothèques, caressant amoureusement leur couverture, et me perdant dans l'odeur poussiéreuse du vieux papier.

Certes, ce n'est pas exactement la maison d'édition aux planchers craquants et aux grimoires mystérieux que je m'étais imaginée (oui, oui, je sais, une enfant de cinq ans ne renierait pas ma vision enchantée). Mais, au milieu de tous ces livres, le « pourquoi du parce que » m'apparaît soudain aussi limpide que de l'eau de roche : je suis faite pour ça, c'est sûr, je pourrai survivre ici…

Vers 16 heures, Isabelle déboule dans le bureau et houspille Corinne, mais je ne comprends pas pourquoi. Pendant qu'elle y est, elle houspille aussi Caroline. J'en déduis qu'elle a besoin de passer ses nerfs sur quelqu'un. Elle s'enquiert soudainement de sa nouvelle stagiaire. *Gloups !*

— Que faites-vous ?

Elle s'assure de ne pas avoir engagé une fainéante, payée à ne rien faire. Je suis en train de potasser un annuaire répertoriant l'historique de grandes marques. Sur cette base, je dois constituer un tableau permettant de les démarcher à leurs dates-anniversaires.

— Ah très bien, très bien, dit-elle soulagée de voir qu'on a trouvé de quoi m'occuper.

Corinne et Caroline échangent des regards soulagés, voilà un point où Isabelle ne les reprendra pas aujourd'hui.

* * *

— Elle a l'air coincé, la nouvelle !

— C'est tellement ridicule qu'elle insiste sur le fait qu'on l'appelle Viane…

— Moi, elle me met mal à l'aise, elle dévisage tout le monde, vous avez remarqué ?

Ça, c'est le genre de conversations qu'on peut entendre en s'égarant à la sortie du petit coin, dans un couloir trop étroit.

Isabelle est partie en rendez-vous client, alors les filles font une pause cigarette illégale, entre deux bureaux.

Le bizut s'éclipse avant d'être repéré et retourne à son bureau, imperturbable. Bien sûr, je sers mon bluff, mieux qu'au poker, mais je suis un roc fissuré de toute part ; je serai bientôt réduite en poussière. Je ne sais pas comment réagir. D'ailleurs, en général, je ne réagis pas, je ne suis qu'une petite fille qui a perdu ses parents dans la foule.

Je m'étais dit que je pourrais me faire des amies avec ce stage… Ce que je peux être tarte !

Faudrait que je prenne des cours de réparties genre « *si je te dévisage, c'est que j'ai rarement vu un visage qui ressemble autant à une verrue* »… Mais comme je n'en ai pas, c'est injuste, je sens le besoin de me justifier :

1/ Je ne suis pas coincée, je suis réservée, nuance ;

2/ Viane, ça fait partie de moi, pas touche ! Je n'ai simplement pas envie de porter le nom d'une grand-mère !

3/ Si je « dévisage » les gens, c'est pour apprendre en regardant. Et là, je n'aime pas ce que je vois et je ne sais pas ce que j'apprends.

L'humiliation sue de tous mes pores et sent mauvais comme la transpiration.

C'est Axel, mon ami de tous les instants, qui va m'administrer la dernière dose d'humiliation contre-indiquée lors du dîner. Ordre du jour : le compte-rendu exhaustif minute par minute de ce premier jour de stage, en long, en large, en travers, en mime. Il a un point commun avec les filles de HyperTexte : il est souvent méchant l'air de rien, en passant. Dans ses mauvais jours, quand il cherche à me blesser, il n'y arrive jamais. Mais là, au détour d'une phrase, il m'enfonce un poignard dans le cœur.

— Non, mais vraiment Viane, maintenant que tu as un job, tu vas pouvoir te trouver quelqu'un. C'est tellement mieux d'avoir quelqu'un dans sa vie, de faire les choses à deux…

Je t'en donnerai, moi, des « *tu vas pouvoir te trouver quelqu'un* » ! Pas lui, non pas lui ! Comme si je faisais exprès de rester seule ! J'imagine qu'il tient sa revanche : après une longue phase dite « période de l'eunuque », c'est lui, le type cool maintenant. Je connais Axel depuis des années, j'ai pu l'observer à la loupe, décortiquer ses faits et gestes, l'étudier comme un rat de laboratoire au milieu de plein de rattes… Il est plutôt « pas mal » comme garçon, mais est aussi un grand timide. Du coup, il a toujours ramé un peu avec les filles, a pagayé beaucoup et a toujours écopé. Venant de lui, je trouve déplacé et vexant qu'il s'autorise à me conseiller sur ma vie sentimentale. En vérité, il a eu de la chance : Élise, lui a sauté dessus, l'a violé et depuis c'est le début d'une grande histoire d'amour avec de beaux violons.

Moi, je pense qu'il n'a pas choisi sa copine, il a pris la première qui a voulu de lui. D'ailleurs, il a toujours dit : « *Si on me demande quel est mon genre, je dirais « celle qui veut »* ». Et c'est exactement ce qui s'est passé. Et si ça se passe bien dans son couple, c'est uniquement parce qu'il n'en revient pas qu'une fille ait voulu de lui, du coup, il ne s'est pas posé la question de savoir si elle lui plaisait et fait tout pour la garder.

— On ne *trouve* pas quelqu'un, Axel, on *rencontre* quelqu'un. Mais je pourrais me faire troncher par le premier venu et je viendrais tout te raconter après !

— Oh, mais tu prends toujours tout mal, ce n'est pas ce que je voulais dire…

Je finis par suivre le conseil d'Axel, cependant. Je n'ai rien de précis en tête, une amourette d'un soir tout au plus, pour oublier ces débuts en demi-teinte. J'ai envie de me faire chasser, mais pas de me laisser attraper. Ma grande sœur Nathalie est venue à Paris pour le week-end, en réconfort. Flo, ma voisine de palier préférée, a déniché une soirée déguisée où trois filles hystériques ont l'intention de devenir les reines de la piste de danse. Natha se déguise en infirmière sexy et Flo en papillon. Quant à moi, je porte un masque bleu avec des plumes partout. Je rencontre un singe rasta qui ne me montre que sa bouche lippue, presque vulgaire et refuse d'enlever son masque.

J'avoue que ce n'est pas très intelligent de lui dire que je m'appelle Julie. Je crois qu'il s'appelle Pierre.

Après plusieurs verres de vodka pamplemousse, quand il consent finalement à ôter son masque, il a un visage d'ange ; je me disais qu'il avait peut-être été brûlé à l'acide, mais non, ses traits sont doux, il est grand, avec de longs cheveux blonds et bouclés. Je lui demande s'il « essaie » avec toutes les filles :

— Non, une sur trois seulement.

Il gagne dix points pour la franchise, alors je le fais patienter un peu, puis je l'embrasse. Je le caresse partout, partout, puis, je me dérobe. J'ai joué, je n'en demande pas plus. Il n'y a rien à attendre d'un type dans une soirée qui s'offre à la première venue. Je fais peut-être un peu ma Sainte-Nitouche. Mais c'est bon.

Je me demande si je dois raconter cette histoire à Axel, pour lui montrer à quel point je suis indépendante. Et que je peux me taper qui je veux, quand je veux, où je veux. Hum. Je me vois avec mon pouce sous le menton, en train de lui tirer la langue : « *Bisque bisque rage, nananère !* »

D'un mouvement de tête, je chasse cette image de mon esprit. Puis-je me permettre d'être aussi puérile que lui ? Non, je ne le peux pas. Axel et moi, c'est une vieille histoire à couteaux tirés, qui remonte aux calendes grecques. « *Tu va pouvoir te trouver quelqu'un* », c'est une sale blague pour me dire que j'aurais pu le trouver, lui, mais que j'ai finalement bien fait, car il est mieux avec Élise et sans moi. Ça me fera les pieds, je suis toute seule et il a quelqu'un.

J'ai dû lui faire du mal dans le passé, et je le jure, c'est la vérité, rien que la vérité, c'était sans le vouloir.

Si j'évoque le singe Rasta, qu'est-ce que je vais gagner ? Une bouderie déguisée sous un tas de blagues miteuses, du genre « *c'est bon pour l'hygiène* » ?

J'ai fait le choix d'être seule, jusqu'à ce que je rencontre quelqu'un qui me plaise. Point.

Mais, j'anticipe. Au début de l'histoire, Axel est célibataire.

4

LES PREMIERS PAS

Le *marketing*. Voilà bien un mot qui m'était parfaitement étranger. Comme les mots « BtoB », « benchmark », « brand content », « base de données ». Depuis que je suis chez HyperTexte, c'est pourtant bien ce que je fais.

Corinne et Caroline m'ont enchaînée à mon ordinateur pour que je déniche des informations en or sur des entreprises que nous pourrions démarcher. Le but : leur fourguer du bel ouvrage institutionnel. Sur les sites officiels desdites entreprises, j'épluche les onglets « qui sommes-nous », « about[4] » ou « rapport d'activité » pour y trouver notamment les « CA ». Oui, car le pôle corporate ne bougera le petit doigt que pour un chiffre d'affaire de vingt millions d'euros par an. Vingt millions d'euros ! Devant ma mine éberluée, Corinne m'a expliqué avec une moue dédaigneuse que seules les sociétés atteignant ces sommets démesurés pouvaient se permettre d'investir.

C'est plus compliqué qu'il n'y paraît de trouver ce type de championnes du CA. J'ai potassé tout ce qui est joaillerie, textiles, cosmétiques, alimentation et spiritueux. Une fois passées au crible toutes les sociétés cotées au CAC 40 – qui ne feront jamais appel au service d'une petite maison d'édition comme HyperTexte –

[4] À propos.

comment repérer les entreprises françaises, engrangeant un CA de plus de vingt millions d'euros ? Un peu d'imagination concernant les mots-clés est requise : recyclage, assurances, aciéries, découpes de bois, fabricants de palettes, sacs poubelle, tout un vocabulaire qui n'a plus de secrets pour moi. Le pôle corporate, c'est le royaume des industries lourdes et pas sexy pour un sou.

Ce surf tous azimuts et répétitif me poursuit la nuit : je revois mes journées entre les quatre murs des Éditions, je tape des mots-clés dans Google, je trouve trois milliards cinq cent quatre millions dix neuf mille trois cent quarante huit occurrences ; les pages défilent hors de l'écran, ma main est une souris d'ordinateur, je fais des va-et-vient incessants sur le tapis, c'est un cauchemar.

— Que va-t-il se passer ?

Je fais souvent ce rêve. Il apparaît comme un fondu au cinéma et le son arrive avant l'image. Mon père articule de manière exagérée, j'entends des bulles remonter à la surface.

— Que va-t-il se passer ?

Je crois que nous sommes dans une piscine, c'est un endroit incongru, mon père n'y va jamais.

Ce rêve me réveille toujours et je suis en sueur, alors que je viens de nager.

Comme je dors mal, j'ai l'impression de faire des journées de quatorze heures ; moulue comme si j'avais été pétrie par un rouleau à pâtisserie, je me rends compte que le travail n'est pas bon pour la santé : à force d'être assise devant mon ordinateur, mes fesses se sont aplaties, ma taille a perdu des centimètres et, maintenant affublée de deux gros yeux rouges globuleux, je vais devoir changer de lentilles.

J'ai besoin d'action. Je suis un chien qui vient vous bousculer du bout de sa truffe humide, pour vous rappeler que, pour lui, les toilettes, c'est grandeur nature et qu'il est l'heure de sa promenade quotidienne.

Je jappe, un peu partout dans les Éditions, en espérant qu'on vienne me mettre enfin ma laisse. Il n'est pas humain de faire endurer à un stagiaire un mois de surf intensif sur le net !

Catherine a condescendu qu'éventuellement, peut-être, en cas de force majeure, je pourrais, probablement, si le besoin s'en faisait sentir, sous réserve de l'acceptation expresse du client, participer à une réunion. Mais « on verra » a-t-elle précisé.

Le *« on verra »* a duré toute la journée. Je dois remercier Corinne, qui s'impatientait autant que moi.

— Viane peut faire le compte-rendu de réunion…

À moi, elle dit : *« Au fait, tu ne te présenteras pas comme une stagiaire : pour le client, tu es une collaboratrice « junior » »*.

J'ai donc finalement l'immense honneur de suivre à la trace Catherine, Corinne et Caroline à un rendez-vous dans une obscure fédération immobilière, s'offrant un ouvrage d'entreprise pour son cinquantenaire.

Dans le métro, se tenant nonchalamment à la barre, Caroline ne tarit pas d'éloges sur l'ingéniosité de Catherine, directrice artistique de génie.

— Mais comment tu as fait, la dernière fois, pour deviner que le « vert Napoléon », c'était LA couleur du dircom ?

— Fallait l'observer le type : classique, droit dans ses bottes, catho, voilà tout.

— Non, mais parce que ça a fait mouche, il a a-do-ré !

Catherine trône au milieu de son poulailler, avec un air de fierté assumée.

— Aujourd'hui, il y a donc Loïc, le dircom – Lolo, pour les intimes – mais aussi le DG, m'explique Corinne.

C'est lui le vrai enjeu de la réunion. Mais Catherine arrive en terrain conquis ; du moins, c'est ce qu'elle croit. Ce rendez-vous vient clore une première série de validations. La maquette présentée, à quelques détails près, doit être proche du livre final. Les filles se montent la tête en criant presque à tue-tête qu'elles ne se sont pas beaucoup foulées pour ce client.

Un bunker aurait l'air plus accueillant ; pour entrer, il faut laisser sa carte d'identité à l'entrée en échange d'un badge. Ce n'est peut-être pas une obscure fédération, après tout.

Nous sommes très vite introduites dans une salle de réunion, austère, comme il fallait s'y attendre. Catherine échange les salamalecs de circonstance avec l'équipe, ce qui me dispense de me présenter comme une « collaboratrice junior ».

Le DG et le Dircom ont presque l'air de frères, le premier a juste un peu plus de cheveux gris que le second ; Lolo le dircom est assez fidèle à la description de Catherine (classique, droit dans ses bottes, catho), un côté bling-bling en plus, n'hésitant pas à agiter sa vulgaire Rolex sous notre nez. Les autres sont des sous-fifres ou des gratte-papiers, ils n'intéressent donc personne, mais nous sommes une dizaine à prendre place autour de la table.

Catherine dévoile tout de suite la maquette. Notre directrice artistique tourne les pages en commentant les réajustements faits par rapport à la dernière réunion, elle scrute le visage fermé du DG : c'est lui qu'elle doit séduire. Je m'attends presque à entendre des « *Oh !* » et des « *Ah !* » et même quelques « *Waouh !* ».

Je n'ai jamais assisté à ce genre de réunion, mais quelque chose me dit que les gars des pompes funèbres se fendent plus la poire que les croque-morts réunis dans cette salle mal éclairée. Le DG s'appuie sur un de ses poings puis bascule sur l'autre.

— Je pense qu'il y a un souci, ce n'est pas du tout ce qu'on avait demandé.

Je peux lire les pensées de Catherine : « *on* » est un con, en l'occurrence, Lolo le dircom, muet comme une carpe, et couille-molle comme pas deux…

Dépité, l'air de Catherine, avec un point d'interrogation flottant au-dessus de sa tête, se demandant comment elle va rattraper l'incompétence du Dircom... et combien cela va lui coûter.

Sur mon compte-rendu, je trace trois petits points, des points d'exclamation, des points d'interrogation et un pendu.

Catherine ne peut pas incriminer directement Lolo qui a donc fait faire plusieurs jeux de corrections sans associer son N+1 (comprendre son supérieur hiérarchique direct. Après un mois, je commence à maîtriser le jargon). Elle essaie la méthode « j'incrimine sans citer de nom » :

— Cela me semble correspondre au brief que nous avons pris : un livre prestige, épuré et intemporel, à la hauteur des actions accomplies par la Fédération au cours des cinquante dernières années.

— Pas du tout, c'est terne, la couleur verte est infâme, je ne vois pas du tout la célébration là-dedans. Et la police est des plus classiques.

Corinne, jusque-là inexistante, s'immisce timidement :

— Il ne s'agit que d'une première version...

... Alors qu'il s'agit déjà de la version 5 de la maquette.

— J'espère, s'agace le DG en lui coupant la parole, vous n'avez clairement pas assez bossé. Je n'aime pas perdre mon temps dans des réunions prématurées.

Le DG a le goût de la flagellation, aussi pendant la demi-heure qui suit devons-nous accepter d'entendre, avec le sourire, que nous ne sommes qu'une bande de bonnes à rien. À force de mettre de l'eau dans son vin, Catherine est insipide et son teint vire du rouge de la colère à la blancheur de l'inquiétude.

Sur le chemin du retour, Caroline ne cesse de répéter « c'est injuste », Catherine semble prostrée. Pas facile de se remettre à son ordinateur dans ces conditions. Caroline et Corinne refont ensuite cent fois la réunion, à l'endroit, à l'envers, avec un passé alternatif, un futur radieux et une nouvelle question : comment va réagir Isabelle ?

Nous sommes alors convoquées dans son bureau pour débriefer. Le discours d'Isabelle est clair : qui est fautif ?

— Corinne, c'est ton équipe, ton client, ton projet, donc si cela ne se passe pas bien, c'est que ce n'est pas géré.

Le rôle de Corinne est parfaitement défini dans la société : elle s'occupe d'aller à la pêche au client et de « superviser » la production. Elle n'a aucune compétence en direction artistique, qui incombe entièrement à Catherine. Autre rôle récurrent : souffre-douleur.

— Tout se passait bien avec le Dircom... Pour moi, on a rendu un ouvrage correspondant au brief...

— Oui, « pour toi »...

Œillade de Corinne à Catherine, qui reste de marbre.

— Est-ce que quelqu'un va me dire ce qui a merdé ?! s'exclame Isabelle.

C'est Caroline qui se lance :

— On a peut-être pensé que le client est définitivement acquis et on n'a pas assez bossé.

— Ah voilà ! Et donc Corinne, que comptes-tu faire maintenant ? postillonne Isabelle, qui a décidément besoin d'un bouc-émissaire.

— Ben, on va plancher à nouveau sur le projet avec Catherine et recommencer sur la base du nouveau brief.

Ce débat improductif dure encore un petit moment, le but étant de faire comprendre à Corinne qu'elle est la merdeuse responsable du merdier au cas où ce ne serait pas clair. Isabelle fait sortir toute l'équipe mais Catherine me demande de rester pour finaliser le compte-rendu. Je lui demande si elle préfère que tous les points abordés lors de la réunion apparaissent ou seulement ceux concernant le nouveau brief.

— Tu te démerdes.

Euh... Pardon ?! C'est un test ou c'est sa manière naturelle de s'exprimer ?

— Tu te démerdes. C'est pas compliqué de faire un compte-rendu de réunion. Tu me fais une proposition. Dans le quart d'heure.

En sortant du bureau d'Isabelle, je suis devenue Corinne Fleschen, une employée japonaise flippée. Et c'est à la principale intéressée que je raconte l'anecdote.

— On s'en branle.

Merci pour cette intervention délicate, Caroline.

— Ok mais tu crois que c'est un test. Toi qui connais le client, tu me recommandes quoi ?

— T'as pas compris, ce que je t'ai dit, Viane ?! T'as pas compris ? On s'en branle. Le client s'en tape, tu nous saoules avec tes jérémiades.

Je prétends ne pas avoir entendu.

— Bon, le plus simple, c'est de reprendre toute la réunion, au moins le client ne pourra pas dire que ce n'est pas exhaustif.

4 pages A4 recto-verso plus tard, je demande à Corinne de valider le compte-rendu. Elle ne le lit pas et me demande de le faire valider directement à Catherine. Qui me le fait refaire quatre fois avant de revenir peu ou proue à la première version. Je ne comprends pas ce qui cloche. Alors j'insiste auprès de mes collègues pour qu'elles le relisent et m'évitent de me faire jeter une cinquième fois.

— Franchement, tu me saoules. On ne t'a pas embauchée pour faire le travail à ta place ! marmonne Caroline.

En génie de la paraphrase, elle change trois mots et réduit la police de deux tailles, le compte-rendu tient maintenant sur deux pages. C'est cette version que valide Catherine.

— Ah ben voilà, ça change tout.

Corinne me glisse :

— Je t'attendais à un autre niveau.

C'est un peu le coup de grâce de la journée. Avec un savant effet boule de neige, je me retrouve en bout de chaîne a essuyé toutes les frustrations de mes N+1 N+2 et N+3. Pour la première fois, j'ai vu le côté bouledogue d'Isabelle ; les roquets, eux, ont aboyé à l'abri du pôle corporate et je sais maintenant que, dans notre chenil, j'appartiens à l'espèce des caniches qui font coucouche panier.

Je commence à avoir de sérieux doutes sur ma capacité à survivre en milieu hostile. Doutes que je veux partager avec mes parents, qui ne répondent pas au téléphone ; avec Natha, qui ne prend jamais ses doubles appels ; avec Axel, qui a une soirée « réseau » (comprendre qu'il est injoignable car l'univers de *World of Warcraft* est plus passionnant que la vraie vie). Alors j'appelle Mémé, prête à « jérémier » selon les mots de Caroline. Mais c'est sans compter sur ma vieille préférée, tellement contente de m'avoir au téléphone, qu'elle embraye directement sur ses dernières péripéties.

— Mais comment ça, tu t'es rajeunie de dix ans, Mémé ?

— Tu comprends, Viane, pour passer un brevet de plongée à la Fédération, l'âge limite est de soixante-cinq ans. C'eût été vraiment trop bête de passer à côté, à cause de ce genre de détail. Et le petit moniteur n'y a vu que du feu : une photocopie de mauvaise qualité de ma carte d'identité, un peu plus ou un peu moins de cheveux gris… Il n'a pas su faire la différence : pour lui, un vieux est un vieux.

Je tente un « *ce n'est pas un peu risqué tout de même ?* », j'ai droit à un retour de bâton agacé : « *Il y a des choses qu'on commence à soixante-quinze ans, Viane ! Tu sais, on ne s'arrête pas de vivre à la retraite* ».

Elle est bluffante, la vieille, elle arrive toujours à obtenir ce qu'elle veut. Je lui envie cette dose d'espièglerie qu'elle ne m'a pas transmise.

Mémé dit qu'on croise tous les jours de vieux cœurs dans des corps jeunes et, inversement, des cœurs jeunes dans des corps usés.

À y regarder de plus près, le grand défi de l'existence est de vieillir sans devenir vieux.

Ainsi me suis-je promis de : 1/ ne pas radoter ; 2/ ne pas ressasser le passé ; 3/ ne pas mettre mes charentaises au pied du lit (3 bis/ ne pas porter de charentaises du tout) ; 4/ ne pas regarder « *Questions pour un champion* » ; 5/ ne pas ressembler à Isabelle De Barneville et ses chiennes de diamant ; 6/ prendre de la graine en m'inspirant de Mémé : un jour avec panache et sans vergogne, je roulerai les jeunots dans la farine.

J'ai toujours aimé les vieux, même si j'ai longtemps cru que cette histoire de respect dû aux anciens n'était qu'un prétexte pour faire tenir les plus jeunes tranquille. En réalité, si la jeune génération doit les considérer avec humilité, c'est parce qu'ils ont su trouver le moyen de survivre jusque dans le grand âge. Quand j'essaie d'imaginer ma vie dans dix ans, je ne vois rien. Eux, ils sont parvenus à se frayer un chemin dans la jungle humaine.

Leurs rides, leurs cheveux blancs, leurs anecdotes, me disent qu'eux aussi ont été jeunes. Leurs rides, leurs cheveux blancs, leur grosse voiture ou leur maigre retraite, témoignent du fait qu'ils sont en vie. Et qu'ils s'en sont sortis. Ils me montrent que le futur existe.

Je veux croire que le monde m'attend et qu'un avenir meilleur me tend les bras (N.B. : ne pas dire « *je veux* », mais « *je voudrais* »). Merde ! Je veux, je veux, je veux.

Et mon futur est sur le point d'être perturbé. Par un homme. -

5
XAVIER BELEIRE

Les Éditions HyperTexte ont été conviées par leur distributeur à une rencontre littéraire à l'Hôtel Marriott, dans le 14ème arrondissement. Éditeurs, auteurs, personnalités de la presse doivent se retrouver autour de petits-fours, pour mener une réflexion sur « la place du livre dans la société à l'ère du numérique ». La Salle des Congrès résonnera des tintements des flûtes de champagne et des bavardages insouciants de ce petit monde. L'initiative m'intéresse mais je ne fais pas suffisamment partie du club pour en profiter pleinement. De toute façon, je suis de corvée ce soir, réquisitionnée d'office.

J'ai anticipé le déroulement des événements : moi, perdue entre les mines condescendantes de Corinne et Caroline et les sourires carnassiers d'Isabelle et sa sœur. N'ayant aucune envie de rester dans les jupons de ces harpies, je dois absolument trouver quelqu'un ou quelqu'une pour éviter de faire tapisserie. Après moult pourparlers, j'ai réussi à convaincre Axel de traîner ses fesses à la soirée ; il a accepté uniquement parce qu'il y voit une occasion de faire le pique-assiette. Je lui ai également promis qu'il pourrait lorgner à volonté sur la poitrine opulente de Florence, parce qu'avant d'être la copine d'Axel, elle est ma copine, et cet idiot pense toujours qu'il peut la séduire. Flo, elle, a accepté avec enthousiasme, pensant rencontrer plein de garçons beaux et intelligents, deux qualités qui vont rarement de paire.

Je jette un dernier coup d'œil dans la glace : ma paire de cuissardes noires avec ma jupe courte et droite font de moi une fille à peu près dans le coup. Ne possédant que des bijoux de pacotille, je m'auto-persuade que le style ne s'arrête pas à une histoire de breloques. Je n'ai pas réussi à lisser complètement mes cheveux, je me passe un dernier coup de brosse et opte pour un coiffé-décoiffé, fini à laque.

Il fait froid lorsque je sors du métro Glacière, alors je remonte le col de mon manteau et je marche vite le long du boulevard jusqu'à l'hôtel. Je rêve d'un taxi bien chaud. *Ah, quand j'aurai un peu d'argent…* Un petit coup d'œil sur l'heure : mon timing est impeccable. Flo et Axel me rejoindront d'ici une demi-heure.

J'arrive en même temps que Corinne ; elle descend de taxi, avec ses amis, au moment où je pénètre par la porte à battants. M'apercevant, elle fait de petits pas rapides dans ma direction.

— Bien, bien, tu es là. Il faut qu'on aille à la réception, je crois que McQueen a changé de chambre.

Effectivement, le McQueen en question – Simon de son petit nom, a fait déménager ses bagages dans une nouvelle chambre, plus à son goût. Corinne se tourne vers moi avec un sourire crispé :

— Tu te souviens de ce que tu dois faire ?

— Je vais le chercher dans sa chambre, je le conduis jusqu'à la Grande Chef à Plumes dans le hall, pour qu'elle puisse le briefer… Et tout cela, avec le sourire.

Corinne plisse les yeux et fait semblant de ne pas avoir compris le sarcasme.

La réceptionniste m'indique les ascenseurs, tandis que Corinne part rejoindre Isabelle et sa clique. Je suis curieuse de rencontrer McQueen, auteur d'un ouvrage photographique dans la veine de « *La Terre vue du ciel* » de Yann Artus-Bertrand. Le concernant, il s'agit plutôt des États-Unis vus du ciel. Certaines photos donnent vraiment matière à réfléchir. Entre autres choses, il y expose les milliers de carcasses d'avions B-12, en train de pourrir le désert américain, et les villes à gratte-ciels avec leurs auréoles de pollution flottant à l'horizon.

Absorbée par mes pensées, j'attends l'ascenseur qui daigne enfin arriver. La porte s'ouvre doucement, presque sans bruit. Un grand homme brun embrasse goulûment une grande femme blonde. Je reste interdite quelques secondes, quelque part entre une furieuse envie de tousser pour me faire remarquer et un désir malsain de continuer de les observer. La blonde ouvre un œil et repousse l'homme, amusée. Celui-ci plante un regard gris dans mes yeux, sans rien dire. Il m'inspecte de la tête aux pieds et sourit avec un air de défi, toujours sans rien dire, visiblement très amusé lui aussi.

— Je peux prendre le prochain… si vous voulez… continuer.

J'insiste particulièrement sur ce dernier mot, un brin moqueuse mais complice, signifiant qu'il n'y a pas de mal. La blonde est gênée cette fois-ci et balbutie un petit « *non, non, non, montez* ». L'homme rajoute, en me laissant passer :

— Nous remontions, la demoiselle a oublié son sac. (Ce qui n'est sûrement pas le cas, il aurait presque pu appuyer sa phrase d'un clin d'œil).

Je me demande pourquoi sur les six ascenseurs du rez-de-chaussée, il a fallu que je tombe sur celui avec une blonde à tailleur rose bonbon et un brun au sourire obscène. Le voyage me paraît interminable. Du coin de l'œil, je vois que la blonde continue d'envoyer des regards coquins au brun. Il se tourne vers elle avec un air content de lui, puis vers moi, toujours avec le même air. S'il y a un moment pour hausser les yeux au ciel, c'est celui-là. *Pourquoi est-ce qu'on n'arrive pas ? Est-ce qu'il bouge, au moins, l'ascenseur ?*

Ding ! Nous venons d'atteindre le 18ème étage, enfin. Eux, je ne sais pas où ils vont, ils ne se sont même pas donnés la peine d'appuyer sur un bouton.

— Bonsoir, faites comme si je n'avais pas été là, dis-je en persiflant.

— Mais tout le plaisir est pour moi, dit l'homme alors que la porte se referme.

Non, mais quel crétin ! Le mec se tape une fille dans un ascenseur et il se prend pour une star de cinéma !

Simon McQueen, Simon McQueen, concentrons-nous… Alors, sa chambre est dans le couloir opposé à celui que je viens de prendre… Chambre 1812. Voilà. Trois petits « toc, toc, toc » proprement tapés plus tard, Simon McQueen vient ouvrir la porte. Quelle déception ! Je découvre que le baroudeur, savamment négligé que je m'étais imaginée, n'est en réalité qu'un petit bonhomme bedonnant, avec une tonsure bien prononcée. Il me regarde sans me voir :

— *Just a sec', I need my glasses*[5].

Il pourrait au moins se donner la peine de parler français ; Isabelle ne tarit pas d'éloges sur sa parfaite maîtrise de la langue de Molière et son charmant accent ricain. Je prends une inspiration, rassemble mon anglais et me lance :

— *Isabelle would like to talk to you, before the opening. We have to meet her in the hall*[6].

— Oui, je sais, j'ai déjà parlé à Isabelle, à ce sujet.

Je me rappelle quand j'étais petite, je regardais parfois Nicky Larson à la télé. Déjà, à l'époque je trouvais ce dessin animé idiot, mais comme tous les enfants, j'ai toujours aimé les trucs idiots. Nicky Larson était toujours flanqué d'une assistante sexy, qui en mordait sévèrement pour lui. Bien qu'il soit secrètement amoureux d'elle, il s'amusait à la faire enrager en draguant d'autres filles devant elle. Elle gobait toujours ses taquineries et, dans sa fureur, elle lui courait après avec des massues pour lui taper dessus. Chaque massue était proportionnelle à l'outrage commis ; quand Nicky était vraiment lourdingue, c'est une massue de cent tonnes, qui menaçait de s'abattre sur lui. Il arrivait qu'il se lance dans une explication abracadabrante, qui la laissait pantoise, sa massue pendant au bout

---

[5] *« Une minute, j'ai besoin de mes lunettes »*

[6] *« Isabelle aimerait s'entretenir avec vous avant l'ouverture. Nous devons la rejoindre dans le hall »*

de sa main et l'air désespéré sur sa figure indiquant quelque chose comme « il est irrécupérable ». Je n'ai jamais très bien su pourquoi, c'est à ce moment là qu'une libellule traversait l'écran derrière elle, avec un bruit de vélo rouillé.

Je vois Simon McQueen marcher au ralenti, avec un rictus au coin des lèvres du genre «*je t'ai bien eue*». Peut-être suis-je devenue un peu parano, à voir de la mesquinerie partout ? Mais cette fois-là, j'entends pour la première fois la libellule passée derrière moi. Je le prends avec philosophie : Simon McQueen est une créature pince-sans-rire, avec autant de classe que Droopy.

Comme je ne suis pas vache, j'essaie de détendre un peu l'atmosphère :

— Dites-moi, j'espère que vous savez où se trouve le hall, parce que je viens de me rendre compte que j'ai oublié de me le faire préciser à l'accueil ? dis-je avec le ton de la gaffeuse qui vient de se faire prendre, mais dont la gaffe prête plus à sourire qu'autre chose et appelle une douce réprimande.

— Oui, c'est compliqué, je sais, je suis ici depuis quatre jours déjà.

Définitivement, Droopy et lui sont apparentés. Il aurait pu me décrire l'itinéraire jusqu'au hall, histoire de faire la conversation… Au lieu de ça, il passe son temps à replacer ses lunettes sur le haut de son nez, accompagné à chaque fois d'un raclement de gorge. Peut-être que je le mets mal à l'aise, il ne doit pas souvent être en contact avec l'espèce des femmes de moins de trente ans.

— J'aime beaucoup vos lunettes.

Là, je lui décoche un beau sourire mensonger. Je pense apercevoir l'ombre d'une commissure de lèvres se relevant un quart de seconde vers le haut. Au moins, cette fois, il me regarde.

Bon, j'ai foiré ce coup-là, je devais lui montrer le chemin et c'est moi qui me retrouve à le suivre. Néanmoins, même si l'hôtesse m'avait expliqué le trajet, je n'aurais jamais pu m'y retrouver au milieu de ce dédale d'escalators, d'ascenseurs, d'escaliers et de couloirs.

Nous arrivons enfin dans le hall. L'endroit est spacieux, surplombé d'une verrière donnant sur l'étage du restaurant et décoré de plantes exotiques. Isabelle scrute les passants, apparemment impatiente, jusqu'à ce qu'elle aperçoive sa vache-à-lait préférée :

— Sayemône ! Je suis contente de vous voir, comment allez-vous ? Vous vous plaisez ici ?

« *Sayemône* » n'a pas le temps de répondre, Isabelle le tire déjà par le bras pour un conciliabule, Corinne et Caroline attendent en retrait. Catherine, quant à elle, accueille les autres connaissances des Éditions. Personne ne m'a prêté la moindre attention jusqu'à maintenant. Je choisis ce moment pour m'éclipser en douce – méthode « pas chassés-crabe ». Je passe devant Catherine, qui ne semble pas me reconnaître.

Je pénètre dans la Salle des Congrès et je dois dire que le distributeur a tout planifié de main de maître. Les buffets sont répartis tout autour de la pièce et classés par « régions » : mets sud-américains, asiatiques, africains… Au centre de la salle, une table ronde est surmontée de piles des livres des dernières publications de toutes les maisons d'éditions représentées. Pas très numérique tout ça...

Je repère Flo et Axel, déjà en train de se gaver de petits-fours. Ils sont entrés sans problème, j'avais laissé leurs noms à l'accueil. Axel est lancé dans une grande discussion faisant son joli cœur auprès de Flo. Elle l'écoute d'une oreille distraite, tout en balayant la salle du regard. Je vais à leur rencontre.

— Chéachemenbienci, dit Axel la bouche pleine, en mâchouillant une substance à la couleur douteuse.

— Tu peux nous la refaire en audible ?! rétorque immédiatement Flo, visiblement agacée.

— C'est vachement bien ici, répète-t-il en articulant tellement cette fois qu'on peut même voir sa luette vibrée au fond de sa gorge et tout ce qu'il est en train de mâcher.

Je leur fais la bise et les remercie d'être venus. La conversation s'engage, vive et détendue. Nous échangeons les dernières nouvelles, car, depuis quatre jours que nous ne nous sommes pas vus, le monde a changé.

— Au fait, où sont les mégères ? dit malicieusement Flo.

Depuis près de deux mois maintenant, je bassine Flo et Axel avec mes petits malheurs quotidiens chez HyperTexte. Je leur parle des mines antipathiques de mes collègues, des propos scandaleux que je suis obligée d'avaler et des tâches rébarbatives que j'effectue plus de huit heures par jour.

Flo compatit toujours ; elle est infographiste et dans son métier, ses collègues ont tous moins de trente ans, parlent plus mal que votre chipie de sœur et sont habillés comme des héros de manga. Pour elle, HyperTexte, c'est le monde à l'envers. Axel, lui, s'en fout comme de sa première chaussette, il se régale de ces petites histoires.

— Bo, ça ne va pas durer toute la vie de toute façon, glisse-t-il dans un haussement d'épaules.

Il faut dire qu'il ne lui arrive pas grand-chose à Axel, entre ses trois heures de PlayStation, ses six heures de télé par jour et son quart d'heure masturbation. Il passe de sa table à son canapé avec une aisance peu commune. Depuis qu'il a arrêté ses études, il ne fait rien de sa vie et je lui en veux de se transformer en légume. Je sais qu'il vit mal cette situation, il n'en parle d'ailleurs jamais, mais je ne peux m'empêcher de le juger et d'être un peu méchante avec lui parfois.

Je leur fais le récit de la dernière lubie d'Isabelle : HyperTexte emploie deux stagiaires à plein temps, moi y compris donc. Ceux qui auront la chance de nous succéder auront aussi la chance de ne pas être indemnisés, tel est le souhait d'Isabelle. Corinne faisait la tronche à l'annonce de la nouvelle, elle sait bien qu'on n'appâte pas le stagiaire sans un minimum.

— Tu te rends compte, entre la bouffe du midi, le pass Navigo et le loyer, cela en revient à payer pour avoir le droit de faire un stage, c'est aberrant ! Sans compter les frais de scolarité.

— Et qu'en pense l'autre stagiaire ?

— Oh, elle est coincée du cul et lèche-botte en plus de ça ; elle n'a pas pipé mot, bien sûr.

— Mais c'est complètement illégal, quelle est leur combine ? fait remarquer Axel.

— J'sais po.

Les bavardages continuent, nous trouvons le moyen de profiter agréablement de la soirée. Comme j'ai encore un peu soif, après mes deux premières coupettes et que le barman est très serviable, je commande un nouveau verre. Finalement, la soirée est moins terrible que ce que j'imaginais. Je me dis que peut-être, un jour, j'arriverai à faire mon trou à Paris.

Mes pensées sont interrompues par le type de l'ascenseur. À l'autre de bout de la pièce, buvant nonchalamment une coupe de champagne, il s'est arrêté pour me regarder. Il ne détourne pas les yeux, il continue de m'observer tranquillement, sûr de lui, comme s'il m'étudiait. La blonde, qui l'accompagnait, a mystérieusement disparu.

Ses yeux gris sont braqués sur moi comme des gyrophares, je jurerais que sa rétine réfléchit la lumière comme des yeux de chat dans la nuit. De ses pupilles pâles et calculatrices, il me toise en souriant. Je me sens soudainement godiche et mal à l'aise.

Je le vois se rapprocher, son allure me fait dangereusement penser au thème des *Dents de la Mer*. Et là, c'est moi la proie. Je cherche une échappatoire, mais Axel est parti aux toilettes et Flo a jeté son dévolu sur un petit brun. Il vient se planter devant moi.

— Je pensais que vous étiez une cliente de l'hôtel.

— Apparemment non.

— Xavier, me dit-il en tendant la main.

Je lui serre la main en retour, un peu forcée, je ne veux pas être impolie.

— Viane.

— Viane. C'est très joli, ça vous va bien… Est-ce…

— Qu'est-ce que vous voulez ?

J'opte cette fois pour l'impolitesse, je m'épargne le couplet sur l'explication du diminutif. Et puis, après l'avoir vu dans l'ascenseur, je ne suis pas tant d'humeur à me laisser conter fleurette.

— Regarde-toi dans la glace chérie, tu as une allure folle.

J'ai séparé les hommes en deux catégories : 1/ les rats de bibliothèque ; 2/ les rugbymen.

Les premiers sont de gentils garçons boutonneux et binoclards, qui produisent certes beaucoup de matière grise, mais qui ont un physique malingre de 1,20 m les bras levés sur un tabouret. Ils n'ont que deux options possibles dans leur attitude vis-à-vis des filles. Soit, ils sont devenus misogynes à tendance gay, en raison de tous les refus qu'ils ont essuyés adolescents. Soit, ils placent les filles sur un piédestal non-mérité, buvant les paroles de n'importe quelle pimbêche qui les laisse faire, comme si elle récitait du Platon quand elle a simplement répondu « *comment ?* » au lieu de « *hein, quoi ?* », et, ces cœurs d'artichauts se pâment au moindre haussement de sourcil.

Mon copain Ludovic est un peu un rat de bibliothèque. Il a fait Sciences Po, ce qui est censé être le nec plus ultra en matière d'intelligence, même si, à mon goût, il parle trop souvent de livres qu'il n'a pas lus et vous assène des vérités foudroyantes style « *en Province, il n'y a rien, donc très peu pour moi* ». Ce nabot d'1,68m porte une taille 36 – ce qui veut dire qu'il a deux fois moins de hanches que moi, et une coupe de cheveux bouclés, trop longs, genre intellectuel de gauche bobo. Pourtant, il se sape comme un mec de cinquante-deux ans plusieurs fois ministre. Vieille âme au fond, il ne vote pas encore à la droite de la droite, mais ça ne saurait tarder. Malgré tout, allez savoir pourquoi, nous sommes devenus bons amis, dans une soirée où le taux d'alcoolémie avait dérapé bien au-delà de la limite légale pour conduire, marcher et s'exprimer. Pour moi, Ludo, c'est l'antithèse de la personne sexuée.

Quant à la deuxième catégorie, les rugbymen, si leur anatomie est un enchantement pour les yeux, leur conversation est tout de même limitée :

— Le Paillon ? Tu es sûre que c'est un fleuve ?

— Oui, il se jette dans la Méditerranée, depuis Nice, c'est un fleuve recouvert maintenant. Enfin, bref, par définition, c'est bien un fleuve.

— Mais je pensais qu'il n'y avait que quatre fleuves en France : le Rhône, la Seine… Euh, attends voir, le Rhin et la Seine ?

Un jour, alors que j'étais pleine d'espoir, un de ces beaux garçons a malencontreusement été l'auteur d'une blague que j'aurais aimée inventer — si c'en avait été une. J'avais un agenda à l'époque, avec une photo d'Albert Einstein tirant la langue sur la couverture.

— C'est lequel celui-là, déjà, Albert ou Frank ?

Yeux ronds de ma part. Je m'apprête à rire : « *Elle est bien bonne, celle-là !* » Mais non, il demande vraiment confirmation.

— Albert Ein-stein ? Franken-stein ? dis-je en détachant distinctement les syllabes.

— Oui, je confonds toujours…

Je ne me suis pas donnée la peine de lui expliquer la différence.

— Lui, c'est Albert.

Avec les rugbymen, c'est donc un peu tout dans les muscles, rien dans la tête, ils braillent pour un oui ou pour un non, réclament de l'alcool à foison et aiment les blagues grasses bien sûr. Certains s'essaient même à la philosophie de comptoirs : « *Manu Chao, c'est le porte-parole de l'alter-mondialisme* ». Cette phrase sortie avec beaucoup d'aplomb fut prononcée par un copain de rugbyman. Il portait des dreadlocks, se la jouait cool avec ses pétards et arborait une paire flambant neuve… de Stan Smith.

Ce petit couplet n'est là que pour que vous vous fassiez une idée de la difficulté pour une fille d'aujourd'hui de rencontrer un type « normal », ni rongeur, ni sportif limité. Si l'on enlève les 20% de gays, les 25% de rats, les 25% de rugbymen, les 20% d'hommes déjà pris, il reste les 10% d'hommes potentiellement intéressants. Dans ces 10%, il faut soustraire les 5% d'incompatibles. La belle rencontre relève donc de la mission impossible car les hommes, les vrais, sont une espèce en voie d'extinction. Dans les 5% restants, il faudrait peut-être penser à une troisième catégorie d'hommes, celle des mâles avec un grand « M », qui ont à la fois un QI et un beau cul, mais qui sont une espèce dangereuse, parce qu'ils savent baratiner les petites filles impressionnables. Xavier, ce bellâtre, appartient, à n'en pas douter, à cette troisième catégorie.

Bref, là, je suis médusée devant ce type, horriblement macho, qui vient de m'appeler « *chérie* ». Et bien que je déteste ça, je ne trouve rien de percutant à lui répondre.

À quelques tables de là, Virginie, Corinne et Caroline ressemblent à un trio de sorcières, fomentant un mauvais coup. Je suis étonnée de l'intérêt qu'elles nous manifestent. Droites comme des piquets, elles tentent de saisir au vol les bribes de notre conversation. Elles ont exactement la même attitude que les gens qui essaient de lire votre journal par-dessus votre épaule dans le métro : une expression du visage étudiée, se voulant la plus neutre possible ; les lèvres légèrement entrouvertes et le cou incliné qui fait rouler les yeux du même côté comme des billes. Et les sourcils relevés, qui se rabaissent dès qu'elles craignent de se faire démasquer.

Elles me déconcentrent quand tout ce que je veux, c'est rembarrer ce présomptueux.

— Tu peux me tutoyer, continue-t-il.

— Ah non, je préfère le vouvoiement, ça permet de garder les distances.

— Vraiment ? Et de combien doit être la distance réglementaire pour vous parler ?

— 1, 50 m, vous êtes déjà trop près. Dites-moi, vous n'avez pas d'autres chats à fouetter. Ou plus exactement, une blonde à forte poitrine, avec un goût prononcé pour le rose ?

— Oh, le fouet, ça se mérite. Je le réserve pour des occasions plus spéciales… Si vous n'êtes pas une cliente de l'hôtel, que faisiez-vous dans l'ascenseur ?

— J'allais chercher un de nos auteurs, Simon McQueen... Je suis stagiaire... aux Éditions HyperTexte.

— Ah ! McQueen, vraiment ? Qu'en avez-vous pensé ?

Je rêve ou il me fait la conversation ?!

— Pas grand-chose, il a le charisme d'une huître. Mais j'aime beaucoup les huîtres. L'œuvre est plus importante que l'homme qui la réalise, dans ce cas précis en tout cas.

— Probable. Son œuvre est engagée, ses clichés sont extrêmement graphiques, c'est un grand photographe. Mais je vous l'accorde, l'homme semble d'un ennui mortel. Et si on allait boire un verre après le Congrès ?

— Il n'en est pas question !

— Pourquoi pas ?

— Blonde, forte poitrine, du goût pour le rose, vous vous souvenez ? Et puis, un garçon insolent, qui pourrait être mon très jeune père. En deux mots : pas intéressée.

— Vous êtes dure ! dit-il, nullement offusqué, vraiment amusé.

Il marque une pause et ajoute :

— Je ne vais pas te forcer, chérie...

Il fait mine de partir, puis se retourne.

— Tu sais, parfois, il faut savoir saisir les occasions.

L'occasion se retire me laissant sans voix.

Corinne, Caroline et Virginie se ruent vers moi, excitées comme des puces. Elles m'encerclent, pas moyen d'y échapper.

— Ma chère, tu te fais draguer par Xavier Beleire ! Qu'est-ce qu'il t'a raconté de beau ?

— Vous le connaissez ?

— Tu parles ! s'exclame Virginie, tous les éditeurs se sont disputé son livre avant même qu'il soit terminé. Tu sais, « *La Verve Assassine* » !

— Sans compter qu'il est le journaliste le plus sexy de Paris, rajouta Caroline.

— Un beau p'tit cul avec ça, renchérit Virginie, en le regardant s'éloigner. Il t'a demandé ton opinion sur la place du livre à l'ère du numérique ? rajoute-t-elle, tout en sarcasmes.

— Bon, alors, qu'est-ce qu'il t'a dit ? insiste Corinne.

J'avais eu l'occasion de parcourir un peu l'ouvrage, une fois où je rendais visite à Axel. Ce dernier a des goûts très éclectiques en matière de lecture. Entre un manga et une biographie d'Elvis Presley, un titre, « *La Verve Assassine* » donc, avait attiré mon attention.

Pendant qu'Axel insultait son voisin – qui lui reprochait entre autres du tapage nocturne – j'avais eu le temps d'entamer les trois premiers chapitres. J'avais été frappée par l'intelligence du propos, la minutie de la recherche, la tournure des phrases à la fois originales, concises, impudentes et poétiques.

Le roman retraçait l'histoire d'un juge dans l'engrenage d'affaires politico-financières, où l'on pouvait deviner, derrière les personnages fictifs, certaines des personnalités qui font et défont la France. Une de ces affaires conduisait le juge à enquêter sur les ramifications et les enchevêtrements de la franc-maçonnerie, des multinationales, des grandes banques et institutions financières. Au cours de l'intrigue, le juge perdait quelques plumes et gagnait en cynisme. Il se retrouvait victime d'une cabale, montée de main de maître par ceux qui voulaient étouffer les scandales. J'avais dû interrompre ma lecture au moment où le juge essayait de se dresser contre la machine de désinformation mise en place contre lui.

Je n'avais pas pensé à emprunter le livre à Axel alors.

Virginie réitère la question de Corinne avec plus d'impatience.

— Qu'est-ce qu'il t'a dit ?!!

— Rien. Il m'a demandé de lui indiquer les toilettes.

Les filles éclatent de rire. Je me fais la réflexion que c'est la première fois qu'elles se montrent aussi « sympa ». Elles finissent par me laisser en paix.

Je pense : « *Quel petit con* ! » Et puis aussi : « *Oh la la* ! ».

Flo va bientôt battre le record du monde de battements cils, face à son petit brun. Revenu du petit coin, Axel me regarde en train de le regarder :

— Keskiya ?

Il me paraît soudain bien jeune. Soupirs. Si je pouvais « trouver » un Xavier Beleire « gentil »... Voilà qu'Axel déteint sur moi ; je n'ai besoin de personne, na !

Je repense aux rats, aux rugbymen, aux mâles avec un grand « M ». Axel est hors catégorie. Étrange.

6
LE TOUR DE LA QUESTION

Une question me taraude : « *Mais qu'est-ce que cette fille a de plus que moi, putain de bordel à cul de pompe à chiottes ?!* » Voilà, je suis jalouse, d'une jalousie mordante, avec des crocs acérés, qui s'enfoncent dans ma chair et font perler le sang.

Une nouvelle stagiaire, Claire, est arrivée au pôle beaux-livres et remplace Émilie La Fayotte. Claire, c'est le genre de bombe qu'on voit arriver au ralenti : elle se retourne avec un grand sourire aux dents étincelantes, ses cheveux brillent et retombent en cascade sur ses épaules, sa garde-robe est à tomber. Elle accapare l'attention comme s'il y avait un spot de lumière braqué sur elle en permanence, son ombre écrase tout et tout le monde.

Le plus agaçant, c'est que ce sont les filles HyperTexte qui matent ses fesses en premier. Jeunes et moins jeunes sont complètement baba devant cette fille de vingt-quatre balais. J'ai envie de leur dire d'essuyer leur bouche, ça fait désordre de baver en public. À longueur de journées, j'entends des messes basses dans le poulailler :

— T'as vu, elle a un nouvel imper' *Burberry* !

— Ouais, franchement, cette fille a vraiment tout. Grande, stylée, on dirait un mannequin échappé d'un magazine !

— Je me demande si c'est une vraie blonde…

Ce n'est pas tout. La demoiselle est aussi née avec une cuillère en argent dans la bouche. « *Papa* », en effet, est un grand chirurgien dans une clinique en vue du VIème arrondissement ; « *Maman* » est une héritière de la vieille aristocratie anglaise, la demoiselle est donc blindée et bilingue depuis toujours, *grrrrr*.

Son monde fonctionne ainsi, toutes les portes s'ouvrent sur son passage. Son secret, c'est de surtout ne pas se prendre la tête. Moins elle se la prend, plus elle obtient de choses.

Comme dans une petite boîte, tout finit par se savoir, j'ai appris que son stage était mieux rémunéré que le mien. Pas parce qu'elle est plus diplômée ou qu'elle l'a négocié, non, juste parce qu'elle est la nièce du DG de l'obscure fédération immobilière. Je me demandais comment Isabelle et Catherine avaient rattrapé le coup après l'épisode du vert Napoléon. Catherine a récemment cessé d'appeler le dircom « Lolo la pute » et bizarrement, la fédération a passé commande d'un fascicule sur les actions de mécénat de la fondation.

Et si, vraiment, ça ne suffisait pas à la détester – et je dois l'avouer du bout des lèvres, comme si je venais de manger de l'*arrabiata* trop pimenté – elle est sympa, pétillante, drôle même et pas timide pour un sou.

Si je dois regarder la vérité en face, ça fait beaucoup de « plus » que je n'aurai jamais…

Ce que je ressens est viscéral et d'une violence rare. Un chien gronde derrière mes yeux à chaque fois que je pose mon regard sur elle. Je n'arrête pas de me dire qu'elle ne mérite pas cette vie facile. Elle ne la mérite pas et elle n'en a aucun mérite.

Je m'en veux d'être jalouse, d'être rongée comme ça, et en même temps, je ne peux m'empêcher de l'épier discrètement, de disséquer ses faits et gestes, guettant le moment du faux-pas. Je le dis en vomissant, mais elle me fascine, même quand je prétends l'ignorer et être totalement imperméable à l'agitation qui règne autour d'elle lorsqu'elle fait son apparition. Je souhaite secrètement la déposséder de son aisance naturelle. J'aimerais être elle, je lui en veux d'exister, je m'en veux d'être moi. Elle me renvoie sans cesse ma médiocrité à la figure.

En deux temps, trois mouvements, elle a donc été adoptée par toute l'équipe, s'imposant en douceur avec son air cool, entre une histoire de mecs et un commentaire sur son nouveau sac *Prada*. Les filles sont insatiables, elles veulent toujours en savoir plus. Claire parle donc de son dernier shopping à moins 50% dans une vente privée chez *Zadig & Voltaire* ou de son quotidien si trépidant, « *On m'a invitée à un défilé de mode, complètement par hasard, parce que je suis moi* » ou bien « *j'ai rencontré mon ex avec mon nouveau copain, ça craint, mais y'a machin qui me drague en même temps...* »

In-sup-por-table !

Claire est tellement... *accessible*, c'est vrai. En comparaison, je porte une carapace blindée et je vis dans une tour fortifiée ; les meurtrières offrent une vue dégagée sur les barbelés entourant mon champ de mines. Pour entrer, il faut tirer la chevillette avec précaution et montrer patte blanche.

Qu'est-ce que j'y peux ? Je suis timide comme un pou, les *autres* me font une peur bleue, du coup, la glace n'est jamais brisée. Je reconnais qu'avec ma propension à tout critiquer et voir en noir, je ne suis pas la nana la plus avenante. Je me soigne, pourtant : depuis que je suis arrivée, j'ai fait des pieds et des mains pour être acceptée (Claire a donc réussi en quelques jours, ce qui m'a pris plusieurs semaines à échouer, c'est d'autant plus rageant). C'est à coups de gourdin – à pics, que j'essaie de la briser, cette foutue glace, en allant parler aux autres. Mais il ne suffit pas de parler, apparemment. Alors, avec autant de naturel que possible, je passe ma journée à faire des risettes, des claquettes, des cabrioles, du pipeau aussi, souvent…

Je me leurre sûrement en pensant que je me donne du mal… Soit je n'essaie pas assez fort, soit je suis vraiment nulle. Je sens bien que les autres n'accrochent pas, que personne ne recherche jamais ma compagnie. Ils doivent sentir que je ne suis pas du tout à l'aise et que je ne les aime pas tant que ça. Je ne fais pas partie des Claire de ce monde, je ne suis pas née constituée de la même façon. C'est injuste et c'est pour ça que je la déteste. Quand on parle de moi, c'est pour dire que je mets mal à l'aise. Oui, oui et non et oui ! j'envie sa vie facile.

Je ne dois pas être la seule, tout le monde souhaite un peu être une Claire. Parfois, je me demande à quoi ressemble ma vie vue de l'extérieur. Est-ce que je voudrais la vivre si je n'étais pas moi ?

C'est complètement de l'ego mal placé, je vous l'accorde. Oui, mais, il n'y a rien de plus humain. Ma vie doit valoir la peine d'être vécue ; j'ai besoin de me rassurer et de me dire que, moi aussi, j'ai ma place ici. Et pour l'instant, j'ai l'impression de n'être à ma place nulle part, et limite de déranger. Mais j'en ai marre de m'excuser d'exister. J'imagine que si je suis une saleté de fille antipathique, je dois l'assumer. Donc, même question, est-ce que je voudrais vivre ma vie si je n'étais pas moi ? Oui, je ne veux pas renier ceux qui m'ont faite, ni les expériences que j'ai vécues.

… Ce qui ne m'empêche pas d'aller larmoyer auprès d'Axel. « *Personne ne m'aime, ouin, snif, bouh. Pourquoi je ne m'intègre jamais ? Qu'est-ce qui cloche chez moi ?* », dis-je avec des trémolos coincés dans la gorge.

J'ai déjà eu cette conversation cent fois avec lui. Axel, c'est le genre à répliquer : « *C'est pareil pour tout le monde !! Arrête de faire ta bécasse ! Viole-toi ! C'est ce que j'ai dû faire, je me suis violé pour aller vers les autres. Moi, j'ai choisi l'humour. C'est pour ça que je fais toujours plein de blagues nazes. Dans le lot, y'en aura bien une qui fera rire. Toi, il faut que tu trouves ton truc, c'est tout. Parce que, bon, c'est vrai… t'es pas très drôle comme fille…* »

Aujourd'hui, étrangement, il choisit la version douce, je ne sais pas ce qui se passe dans sa petite tête.

— Tu ne vas pas t'abaisser au niveau de ces filles-là ?! Tu sais, si on te remarque moins, c'est parce que tu n'as rien à prouver.

Sa naïveté est touchante, mais j'ai tout à prouver, c'est bien le problème. Malheureusement. Heureusement.

Mais que puis-je faire contre Claire, contre ma jalousie, contre ma propre connerie ? Je fais le tour de la question, littéralement. Je piétine le long du point d'interrogation. Je piétine Claire. J'essaie un tas de configurations, je me trompe dans mes équations, je fais des analyses, des expertises, je prends du recul.

Je vois bien qu'elle n'est qu'une coquille vide. Dans le brouhaha général, elle sait faire plus de bruit que les autres. C'est un talent de mettre savamment sa vie en scène, je lui reconnais ça. Elle transforme chaque interlocuteur en spectateur de sa vie – ou plutôt en spectatrice. La (basse) cour de Claire se compose d'abord de filles, ce sont elles qu'elle cherche à impressionner en premier. J'ai remarqué qu'elle s'entourait toujours de faire-valoir la suivant à la trace, des nanas mal dans leur peau, moins jolies et surtout moins intelligentes. Ensuite seulement, elle veut impressionner les mecs, elle a moins d'efforts à faire avec eux, ils viennent parce qu'ils la trouvent « *super belle* ». Et le vicieux cercle vertueux de Claire fonctionne ainsi : ces mecs impressionnables fournissent le contenu des discussions qui feront pâmer d'envie les faire-valoir. Je sais de quoi je parle, j'ai eu le temps d'étudier le phénomène. La parade, les cris d'admiration, c'est sa came, sans aucun doute.

Je me demande à quoi elle pense quand elle se retrouve seule, vraiment seule, sans personne pour la flatter et lui poser des questions sur son incroyable vie. Bien évidemment, elle s'arrange toujours pour avoir un agenda overbooké, mais dans les temps morts ? Elle n'a aucune passion, ni la danse, ni la musique, ni le cinéma. Elle ne pratique aucun sport, n'a aucun penchant pour la cuisine, les compositions florales, le macramé, les romans russes, que sais-je ? Moi, je pense qu'elle flippe grave à contempler le vide intersidéral de son existence. Ou alors, elle n'a conscience de rien. Ou alors, je dis ça pour me rassurer.

Je l'admire, les filles l'admirent. Pour de mauvaises raisons.

Je suis toujours un peu en train de faire le tour de mon point d'interrogation. Je range Claire et ma jalousie dans mon placard à balais. Elles sont suspendues parmi des squelettes.

7
DES EFFLUVES DE TESTOSTÉRONE

Je hais les jours qui ressemblent à des dimanches. Quand il n'y a bizarrement personne dans la rue, quand les camions des éboueurs sont les seuls à vous rappeler que la ville ne dort pas, quand tout est *calme*. Je hais les jours qui ressemblent à des dimanches, parce qu'on n'est pas censé travailler les dimanches.

En cette fin d'après-midi mortelle, les Éditions suintent les œstrogènes, c'est l'overdose. Si bien qu'au milieu de toutes ces cocottes, je me sens un tantinet virile. Et ce n'est pas la testostérone bridée d'Omar qui va rétablir l'équilibre. Sur mon baromètre, l'ennui atteint son paroxysme. Rien ne va, je me pèle, mon bureau donne directement sur une lucarne mal isolée, un courant d'air glacial me pique le cou. Le temps est à la neige, le ciel est chargé de noir.

Je viens de mettre le point final à un énième compte-rendu de réunion : « *Béatrice envoie la maquette à l'imprimeur, Corinne briefe Caroline sur le nouveau client, Viane envoie le book auteur à...* ». J'ai droit aux gentilles remontrances de Caroline à la relecture :

— C'est une pétouille, hein, mais en typologie un « à » ne peut pas se mettre à la fin d'une phrase, donc tu corriges avant de l'envoyer à tout le monde.

Quelle enculeuse de mouches !! Déjà que j'avais les comptes-rendus de réunions en horreur depuis l'épisode « obscure fédération ». Si encore c'était une lettre pour un client, je comprendrais. Mais là, ce n'est qu'un pense-bête pour nous. Je pense qu'elle déchaîne sa frustration de sous-fifre en donnant des ordres à la seule sous-sous-fifre disponible.

Je l'écoute s'évertuer à appâter un client avec une voix faussement mielleuse :

— Désolée de vous harceler, hahaha, mais je voulais m'assurer que vous aviez bien reçu… Ah très bien… Je vous propose que nous convenions d'un rendez-vous pour…

Blablabla… Avec un discours pareil, impossible de mordre à l'hameçon. Et pourtant, une fois sur cinq, ça marche.

Derrière moi, j'entends le cliquetis régulier de la frappe de Corinne sur son clavier.

Il y a quelques jours, ma putain de bases de données de merde a enfin trouvé grâce aux yeux des deux sœurs La Misère. Une fois que j'ai pu renseigner les noms des directeurs généraux, de la communication et du marketing pour toutes les entreprises. Quand les recherches sur internet ne suffisaient pas, Caroline m'a prodigué ses fameux « trucs » promis en début de stage pour dénicher les contacts :

— Il faut ruser un peu. Tu as le numéro du standard, mais tu changes le dernier chiffre. Tu tombes sur une ligne interne, et là, tu baratines un peu en disant que tu cherches à joindre le dircom. Tu as le nom sur le bout de la langue et tu sous-entends que tu lui as déjà parlé. Voilà !

En chœur, Corinne et Caroline m'ont annoncé que j'allais pouvoir passer aux « choses sérieuses ».

— Oui, mais euh, on t'expliquera plus tard, dit Corinne. Maintenant, tu vas réorganiser le fichier en faisant des cases vertes et des colonnes rangées comme ci et comme ça…

J'ai dû travailler dessus une semaine supplémentaire et sacrifier au passage quelques arbres, en l'imprimant et le réimprimant à chaque correction.

Et enfin, les *« choses sérieuses »* ont commencé : elles consistent à rédiger des lettres de démarchage sur la base de la fameuse base de données. Huit heures par jour, je demande au « Cher Machin », dircom de la société X ou Y, de bien vouloir choisir les Éditions HyperTexte pour leur savoir-faire inimitable en matière d'ouvrage d'entreprise. Je dois assortir chaque lettre d'un ou deux livres déjà édités, et si possible, dans le même domaine d'activité. Huit heures par jour…

Je baye aux corneilles. Alors, quel mot-clé pourrais-je taper pour faire passer le temps en prétendant rédiger mes courriers ? J'ai déjà épuisé « Mick Jagger », « Boris Vian », « F. Scott Fitzgerald », « Zelda Sayre » et « Marie Bonaparte » pour les biographies sur Wikipédia. J'ai aussi compris que Pedro Winter, Busy P et Ed Banger étaient la même personne. Sur Youtube, j'ai regardé des vidéos – sans le son – d'Ok Go et des Daft Punk. Avec Google à la rescousse, je m'informe sur le dernier Tarantino. Et tous ses films précédents, pendant que j'y suis.

Je tape mon nom sur Google. Nada. Je tape le nom d'Axel, celui de Flo, de mes parents… Nada.

Une rumeur enfle soudain dans les couloirs, elle met du temps à remonter jusqu'à nos oubliettes. Mais j'entends bien caqueter dans tous les sens, ça sent la poule à plein nez. La voix d'Isabelle se dégage :

— Sayemône, sur votre droite, le pôle corporate.

Simon McQueen – Le retour ! C'est pas vrai ! Nous nous arrêtons spontanément pour le saluer.

Un tas de têtes s'agglutinent dans l'encadrement de la porte. Béatrice et Astrid se regardent en gloussant, Yasmina a l'air de s'ennuyer comme un rat mort et Virginie fait tout ce qu'elle peut pour se faire remarquer, en gesticulant au milieu des trois autres.

Isabelle fait un commentaire sur la fenêtre, avec sa vue soi-disant imprenable sur les toits parisiens. Je la déteste, moi, cette lucarne et il faut être nabot pour pouvoir en admirer la vue, puisqu'elle m'arrive à peu près au niveau des genoux.

Sayemône, donc, s'avance… suivi de Xavier Beleire ! Je suis bouche bée. Tout sourire, il serre la main à Corinne, puis à Caroline.

— Voici la responsable du pôle, Corinne Fleschen, dit Isabelle à l'attention de Xavier, avec un ton aimable, quoiqu'un peu forcé.

Caroline Chovelon, la responsable du développement. Et notre collaboratrice junior, Viane Cey.

Je vois Virginie, sur la pointe des pieds, essayant de suivre ce qui se passe.

— Bonjour, lance-t-il à l'attention de nous trois. Puis s'approchant de moi : Ravi de vous voir à nouveau, Mademoiselle Cey.

Isabelle tilte sur le « *à nouveau* » et me considère avec un intérêt soudain. Je me réjouis en silence : Caroline fait « *gloups !* » et le teint de Corinne vient de virer au vert. Elles n'ont toujours pas digéré l'épisode au Marriot, « *Pourquoi Xavier Beleire s'intéresserait-il à une gamine pareille ?* », les ai-je entendues chuchoter devant le micro-ondes, le lendemain de la soirée. Corinne, en particulier, espère tellement trouver un père de substitution à sa gamine et Xavier Beleire a tellement le profil qu'elle recherche, et je suis tellement insignifiante. Je peux le comprendre, mais c'est un peu triste, cette façon qu'elle a de minauder en permanence devant tous les mâles de 30 à 55 ans.

La testostérone de Xavier a fait remonter le taux d'hormones féminines, c'est sûr (j'émets de sérieux doute sur celle de McQueen). Dans notre basse-cour, les dindes concourent de plus belle pour capter l'attention des dindons.

— Viane, j'aimerais que vous prépariez le book auteur de Sayemône pour M. Beleire, avant la fin de la réunion.

Non ! Ne me faites pas faire quelque chose pour *lui*, pitié ! Le book auteur est suffisamment humiliant comme ça. Je me prépare à un quart d'heure de « photocopie-découpage-collage-photocopie-assemblage » : photocopie des meilleurs extraits des ouvrages de McQueen, découpage desdits extraits, collage sur une feuille A4 à la colle Uhu, photocopie de la planche obtenue pour un rendu propre, agrafage des feuilles pour en faire un petit fascicule à emporter. Autant dire que je ferais des jaloux au Cours Préparatoire.

— Oui, bien sûr.

J'ai le temps de réfléchir un peu : d'après ce que j'ai compris, Xavier doit écrire un papier sur la sortie du nouvel ouvrage de McQueen et a souhaité, de fait, rencontrer l'auteur. C'est bien ma veine !

Corinne me lance un « *dépêche-toi !* » - qui m'horripile ; son œil me dit plutôt « *déguerpis !* ». Vingt minutes plus tard, je lui fais valider le book avant de l'apporter en salle de réunion. Je trouve Astrid devant la porte, un téléphone à la main. Isabelle, Sayemône et Xavier ont l'air en grande discussion. Opération séduction déclenchée, indiscutablement.

— Isabelle, j'ai M. Adler pour vous au téléphone.

— Veuillez m'excuser, Messieurs, je reviens dans un instant.

Elle m'aperçoit. « *Qu'est-ce que vous faites-là ?* », semble-t-elle me dire avec des yeux exaspérés. Je lui montre le book.

— Ah oui. Faites-lui vérifier avant, aboie-t-elle avant de sortir.

Je tends donc le book à McQueen, qui se plonge dedans avec avidité. Et je me retrouve entre six yeux. Je regarde le journaliste, il a un petit carnet posé devant lui. Il me regarde, regarde McQueen, il attend. Il me regarde à nouveau. Et là, c'est la panique. À cet instant, l'auteur binoclard devient totalement transparent. J'ai l'impression d'être en tête-à-tête avec Xavier. Sa présence est magnétique. Je me demande s'il n'est pas un peu vampire sur les bords, si dans ses effluves de testostérone, il ne dégage pas une odeur bestiale qui m'invite à entrer dans les bois et à me faire mordre avec plaisir.

Je nourris des pensées très très stupides à son égard, je m'en rends compte : finalement, je n'échappe pas à la règle, je suis une dinde moi aussi. Je me demande ce que, lui, peut bien s'imaginer.

— Donc, c'est ce que vous faites aux Éditions, Mademoiselle Cey, des travaux pratiques ?

Je le déteste. Le côté volontairement provocateur de sa question me met dans une rage folle. Je fulmine en silence, j'espère qu'il ne voit pas la fumée sortir de mes narines. Pourquoi n'ai-je pas un truc bien cinglant à lui répondre ?! Tout ce que je trouve à lui rétorquer :

— Et vous, vous êtes loin de la *Verve assassine* !

Xavier me sert un petit sourire en coin. J'essaie de cacher mes envies de gifle, mais je ne crois pas y parvenir trente secondes. Il s'en aperçoit, évidemment, et plus il est calme, plus je m'énerve.

— Hum hum...

McQueen tente une petite toux pour se rappeler à nos mémoires. C'est ce moment que choisit ma stagiaire préférée du pôle beaux-livres pour faire son apparition. Ça empeste la Claire ! Je peux pister son parfum à des kilomètres à la ronde. Avec un plateau d'espresso dans les mains et un grand sourire de magazine collé sur son visage, elle fait son entrée au ralenti, démarche aérienne et cascade de cheveux comprises. Un squelette envieux surgit alors hors du placard, comme un diable en boîte.

Elle aussi a dû être présentée. Je subodore qu'elle s'est dévouée avec empressement pour la corvée café. De ses grands yeux langoureux, elle essaie d'hypnotiser Xavier. Je suis agacée, j'estime avoir un droit de propriété sur lui et elle va me le piquer. Mais qu'est-ce que je raconte ?!! Je n'en ai rien à foutre de ce type !

À mon grand étonnement, il ne la regarde pas et continue de me dévisager. J'observe le petit manège de Claire, qui met et remet ses cheveux en place pour le servir.

— Vous voulez un ou deux sucres ? dit-elle d'une voix suave.

— Noir. Merci, répondit-il poliment, sans même détourner la tête.

Claire fronce les sourcils, décontenancée que son charme légendaire n'opère pas sur le beau gosse.

McQueen est toujours plongé dans la lecture de son book, je me demande s'il va trouver quelque chose à redire. Pour le moment, je suis tout à fait en droit de rester, pas comme Claire m'implorant presque des yeux pour que je me retire en même temps. Sa mine dépitée me fait chaud au cœur.

— C'est une très bonne sélection, Mademoiselle, finit par lâcher Sayemône.

— Vous savez ce qu'a dit Mademoiselle Cey la dernière fois que je l'ai vue, Simon ? Sur vous ?

Je déglutis. Je me souviens très bien de ce que j'ai dit. J'ai comparé McQueen à une huître. Qu'est-ce qu'il est en train de me faire, là ?!!!

McQueen fait signe qu'il ne sait pas, mais se montre intéressé.

— Elle a dit, deux points, ouvrez les guillemets : « *L'œuvre est plus importante que l'homme qui la réalise.* » Qu'en pensez-vous ?

Je ne peux avoir qu'un haussement d'épaules et un rire bêta. Xavier cherche à me tourmenter. P'tit con. Rectification : GROS con.

Simon McQueen, quant à lui, prend la question très au sérieux.

— Je suis parfaitement d'accord. C'est très « profound ». Je veux m'effacer devant mon œuvre. C'est le témoignage que je laisserai au monde, il n'y a pas besoin de plus dire.

Clin d'œil de Xavier.

Après la peur, le soulagement. Après le soulagement, l'amusement. Il m'a bien eue.

Isabelle rentre en trombe, donnant encore du Sayemône par-ci et du Xavier par-là. Je ne résiste pas à me retourner pour voir s'il me regarde. *Il* me regarde.

***

Vers 19 heures, Virginie, toute excitée, déboule au pôle corporate pour dire que Xavier Beleire a invité toute l'agence à un pot.

— Pas question de se faire prier, rajoute-t-elle, McQueen a mieux à faire, et Isabelle et Catherine sont attendues à un colloque.

Je suis le mouvement, ce n'est pas comme si quelqu'un m'attendait. Et puis je suis curieuse. Je trottine dans les basques de Corinne. Caro s'acharne sur son portable. Xavier est en pleine conversation avec Virginie, flanquée de Claire. Logique.

Nous atterrissons dans une sorte de speakeasy des années 1920 niché dans l'arrière-boutique d'un fast-food chinois. À la parisienne. La décoration est coloniale : persiennes en bois, plantes vertes hautes, gravures de chinoises en costumes traditionnels, téléphones vintage, fauteuils Chesterfield. Tout est fait pour se croire dans un film. Je m'attends soit à croiser une héroïne désespérée en flanelle soit à tomber sur une fumerie d'opium.

***

Il doit être près de 22 heures maintenant, j'ai l'impression qu'il est minuit, j'ai la peau moite et les yeux qui piquent. Les gens fument en toute impunité dans ce bar ; je ne sais même pas pourquoi Xavier Beleire et ses amis se sont réunis ce soir, il y a un côté réunion des Anciens combattants ; ils sont tous plus âgés que nous et commencent leurs conversations par « *Tu te souviens de cette soirée de fous chez... ?* ». Accoudés au comptoir ou affalés dans des fauteuils, ils ont l'air d'oiseaux de nuit, junkie jusqu'à l'os, j'en mettrais ma main à couper.

Je suis coincée avec le gang des C – Corinne, Caroline et Claire, le calvaire. J'ai l'impression d'être reléguée à la table des enfants. Elles semblent totalement ignorantes que l'action, la vraie, se passe à quelques tables de là.

C'est parce que la moitié des gars présents lance des regards torves à Claire. Elle joue à qui mieux-mieux avec Corinne : qui a la vie la plus passionnante ? Qui a déjà fait le tour du monde ? Miroir, Miroir, qui est la plus belle ? Ma technique, c'est surtout de ne rien faire, je serais perdante à ce jeu là.

Un vent de dépravation flotte dans l'air. Je surprends des bribes de conversation. Une grande brune, super belle, décolleté plongeant et clope au bec, raconte qu'elle s'est faite avorter le mois dernier. Elle serait plus expressive si elle disait : « *j'ai fait ma lessive et après je suis rentrée manger une pomme* ». Le « père » n'est pas au courant bien sûr et elle ne lui dira « jamais ». Dans la foulée, elle détaille comment le meilleur ami du père est venu la consoler.

Ses copines compatissent « *Oh ma pauvre... ça a dû être tellement dur pour toi... T'aurais dû nous appeler, on aurait été là.* » Je me demande si la fille est convaincue par ce qu'elle dit. Je suis sûre qu'au fond, elle pense, « *T'es qu'une Marie-couche-toi-là qui s'est faite engrossée par sa propre connerie !* »

J'ai une soudaine envie d'aller aux toilettes, faire une pause loin de tous ces gens crades. Quatre mecs m'interdisent l'accès aux toilettes.

— Je ne comprends pas pourquoi je ne peux pas rentrer, dis-je un brin plaintive.

— C'est pas le moment, répond Monsieur Patibulaire.

De ce que je comprends, ça sniffe à mort derrière la porte. C'est vachement moins rock'n'roll qu'au cinéma. J'aurais préféré la fumerie d'opium. Dépitée, je retourne sagement m'ennuyer à ma place.

Le gang des C a migré. Corinne discute avec un des amis de Xavier, chirurgien au zozotement prononcé, mais à l'écouter, au portefeuille garni. Caroline est encore en train de taper nerveusement des textos. Claire est en grande discussion avec un autre ami de Xavier, un journaliste aussi, « encore plus célèbre que Xavier » selon Virginie. Cette dernière est à deux doigts de danser sur les tables, l'alcool aidant.

Désinvolte, comme toujours, un verre dans une main, une cigarette dans l'autre, Xavier s'approche de moi ; il sent bon. *Comment fait-il pour sentir bon dans les relents fétides de ce bar ?*

— Je confirme : Simon McQueen a vraiment le charisme d'une huître. Tu avais vu juste.

— C'était salaud de lui ressortir notre conversation. Même la version améliorée.

— Je suis joueur.

— J'avais remarqué.

— Tu aimes le bar ?

— Beaucoup. Surtout les gens dépravés qui y traînent. Je pensais avoir interdit le tutoiement ?

— Ce n'est pas le bon endroit pour les interdits. Dis-moi tu.

— *Tu* te la pètes.

En guise de réponse, j'ai droit à son regard perçant. Alors qu'il s'apprête à répondre, c'est ce moment que choisit « le journaliste encore plus célèbre que Xavier » pour nous interrompre. Je jette un œil vers Claire, elle danse avec Virginie sur une piste improvisée entre le bar et une table.

— Alors ça va « conclure », dans ce coin ? lance-t-il aviné, en appuyant le mot conclure d'un signe de guillemets.

— On discute, dit simplement Xavier.

— Je ne savais pas qu'il y avait des gens qui utilisaient encore le mot « conclure », ne puis-je m'empêcher de persifler.

— Oh, je vois, dit-le journaliste mi-agacé mi-provocateur, tu es « mieux que ça » ; tu préférerais sûrement qu'il te baratine et qu'il te fasse la cour comme dans les contes de fée ? La vérité, c'est qu'il te trouve extrêmement désirable, chérie...

— T'as un peu trop bu, dit Xavier en repoussant légèrement son compagnon.

— ... Alors si t'arrêtais ton numéro de catho à col claudine et que vous vous parliez comme deux adultes consentants ?

Si j'étais capable de voir ma tête à ce moment précis, je suis à peu près sûre que j'aurais des yeux de hibou, battement de cils compris. Et puis, je m'enfuirais avec à peu près autant de grâce qu'un manchot sur la banquise. Pour rester dans le rayon animalier, je dirais que je reste aussi muette qu'une carpe.

Cette fois, Xavier repousse franchement l'intrus malotru et l'emmène vers d'autres convives. Le groupe se reforme soudainement, certains voulant continuer la soirée en club, d'autres préférant rentrer chez eux. Xavier balbutie une excuse confuse pour son ami en me croisant. Les filles de HyperTexte, Claire y compris, prennent toutes le chemin du retour, et un peu échaudée, je n'ai rien de mieux à faire qu'à les imiter.

Les filles parlent fort dans la rue. Elles ont toutes un petit coup dans le nez et je m'en veux de ne pas être dans le même état. Je suis surprise d'apprendre que Claire a laissé son numéro au journaliste plus célèbre que Xavier, même si elle l'a trouvé « un peu lourd ». Elle aurait plutôt souhaité se rapprocher de Xavier et commence à le googliser, puis glousse imitée par Virginie quand elle tombe sur une photo où il est plus ou moins beau gosse. De mon côté, j'ai parlé avec lui à peu près une minute. Et je me dis que ce qu'il peut se passer dans notre tête en moins d'une minute est affligeant. Ce mec n'est pas pour moi. Et je ne suis pas une fille pour lui. Je devrais m'inscrire sur Tinder.

8
FILLES À TOUT FAIRE

« *Enlève tes doigts du nez, deux et deux font quatre, le participe passé s'accorde avec le C.O.D. quand celui-ci est placé devant le verbe avoir, fais des études sinon tu seras un moins que rien* ».

J'ai enlevé mes doigts du nez.

Je connais mes tables de multiplication par cœur. Plus ou moins.

Mes lettres de démarchage ont des compléments d'objet directs super bien accordés : « *Cher Monsieur Truc, avez-vous pu prendre connaissance des ouvrages que je vous ai envoyés ?* »

Jusque-là, tout va bien ; jusqu'au hic : j'ai fait des études et je suis une moins que rien. Disciplinée, j'ai appliqué toutes les règles et elles ne fonctionnent pas. On m'aurait menti ? À l'école, la vraie règle qu'on aurait due nous apprendre est : « *Fais un bac +5 inutile et tu seras fille à tout faire* ».

Je me console en me disant que Claire aussi est une moins que rien. Je la regarde enrouler des boucles autour de ses longs doigts, alors que le métro nous ballote de gauche à droite de son roulis régulier. Le découragement n'est pas loin : plus ça va, plus le stage empire.

Après le déjeuner, au calme dans mon coin, je me suis consciencieusement plongée dans la rédaction de mes lettres de prospection. Yasmina, la Corinne de Claire, est venue jusqu'au corporate, chose qu'elle ne fait jamais, pour régler un problème « urgent ». Elle s'est adressée directement à Corinne :

— Tu crois que je pourrais t'emprunter Viane pour l'après-midi ?

Elle explique que l'imprimeur a merdé dans le collage des stickers, que les responsables de la radio ont appelé, furax, qu'il faut déblistériser, qu'elle veut envoyer les stagiaires pour faire amende honorable, que « *non, non, non, elles ne seront pas trop de deux pour faire ça...* »

Je ne vois pas trop ce que les mots « stickers » et « radio » ont à voir avec les Éditions, mais j'ai appris à ne plus poser de questions depuis que Caroline a cru bon de me dispenser sa philosophie de travail :

— Tu comprends, tu arrives avec des problèmes, pas avec des solutions. Avant de demander quoi que ce soit, ben, c'est comme quand t'étais petite, tu tournes sept fois la langue dans ta bouche, professe-t-elle se souvenant de mes interrogations répétées sur le compte-rendu aux cinq versions.

Corinne, quoique contrariée d'un retard éventuel dans la rédaction, accepte de me « prêter » au pôle beaux-livres pour l'après-midi. Je me retrouve donc en tête-à-tête avec Claire. Ma « rivale » est enthousiaste :

— C'est cool, je n'ai jamais visité une radio avant ! J'aimerais trop assister à une émission.

— Ouep.

— La sœur d'une copine est stagiaire là-bas...

— Ouep.

—... peut-être qu'on la croisera. T'as des frères et sœurs, toi ?

Non ! Pas cette question ! Panique à bord. Je vois mon père, ma mère, mes frères et sœurs. Mon père dit : « *Que va-t-il se passer ?* », il y a de l'eau partout, je veux courir dans la direction opposée, mais c'est comme dans les cauchemars, je fais du surplace. Malheur ! Je m'entends bafouiller :

— On est sept, enfin six... J'ai deux sœurs, une aînée et une cadette, et un petit frère, en plus de mes parents.

— Je pensais que t'étais fille unique.

À mon tour de poser des questions venues de nulle part :

— Claire, il faut que je t'avoue un truc. Je me sentirai mieux après. Je suis super jalouse de toi. T'es belle, drôle, t'as un instinct grégaire ultra développé. Je vis le calvaire depuis ton arrivée...

— ... Un instinct...quoi ?

— ... On m'a sans cesse comparée à toi...

— Mais non, euh, mais euh...

— ... Tout le monde t'adore. Comment tu fais ?

— C'est super gentil ce que tu viens de dire. Je ne fais rien de spécial. C'est que toi, t'es un peu perchée en fait...

— Non, ce n'est pas gentil. Qu'est-ce que tu veux dire par « perchée » ?

— Euh, non, rien... C'est pas le bon mot.

— Je peux encaisser.

Ou pas.

— Et bien... Tu donnes toujours l'impression de ne jamais avoir besoin de personne... Et t'as toujours l'air de considérer que ce que tu fais est mieux, plus important.

Pas faux.

— Pas toi ? Mais je redemande : pourquoi « perchée » ?

— Euh... Tu dévisages les gens, comme si tu te sentais supérieure. Écoute, c'est sûrement juste un air. Ne t'en fais pas trop. Moi, je m'en fous. Je te comprends, les nanas des Éditions sont inintéressantes.

Je me suis toujours dit qu'il y avait une inadéquation fâcheuse entre ce que je ressentais et ce que mon visage semblait exprimer.

« Attention à la marche en descendant du train » annonce la voix du métro. Quelques minutes plus tard, nous sommes introduites dans les locaux de Oüi FM. J'ai rarement eu l'impression d'être aussi transparente ; l'homme qui nous mène jusqu'à notre pile de cartons n'a d'yeux que pour Claire. Elle défait la ceinture de son trench *Burberry*, le regard du mâle s'arrête sur une boucle rebondissant sur son décolleté. Je vois l'homme au ralenti comme il voit Claire au ralenti. Il s'interroge sur sa tactique d'approche, c'est écrit partout dans la commissure de ses lèvres et ses prunelles brillantes.

Nous avons droit à un tour du propriétaire, agrémenté d'un commentaire sur les coulisses de la radio. Claire en profite pour demander d'assister à une émission. Nous venons de stopper devant une baie vitrée donnant sur un enregistrement en cours.

— On est en direct. Vous voyez les deux jeunes filles là ? Ce sont des petites stagiaires de quatorze ans, elles sont en observation pour la semaine donc ce n'est pas possible. Désolé, les filles.

De toute façon, nous pouvons être sûres qu'avec les réjouissances qui nous attendent, nous n'allons pas nous ennuyer : la pile de cartons est plus haute que nous et bien plus large.

Malgré moi, j'échange un soupir complice avec Miss Burberry. Il va nous falloir des heures pour venir à bout des objets du délit trônant crânement sur une palette : des livres sur l'origine du rock, tous sous blister mais sans le sticker de la radio, fameuse petite pastille témoignant du partenariat avec HyperTexte.

Nous nous répartissons les tâches : Claire déchire les blisters, j'appose l'autocollant et on se garde la mise sous enveloppe pour après.

Claire se sent obligée de me faire la conversation :

— T'as des potins, toi, sur HyperTexte ?

— Je connais les salaires de toute la boîte, Omar les oublie systématiquement dans la photocopieuse.

— Ouais, j'ai vu ! Et moi, je crois que Caroline sort avec un client !

— Ah bon ?

Je m'en contrefous, mais elle insiste pour me détailler toutes les petites crasses de la relation de Caroline... avec le dircom de l'obscure fédération immobilière. Ah oui, tout de même. Lolo la pute.

Un : déblistérisation ; deux : collage ; trois : rassembler les livres en tas de dix. J'ai une vague idée de ce que vivent les ouvriers dans les usines. Claire se casse un ongle, j'ai mal au dos à force de déplacer les cartons. Même les nanas en stage de 3ème ont des tâches moins rébarbatives que les nôtres.

— Et sinon, t'as un copain ?

— Non. Et toi ?

— Je t'ai pas vu avec un petit mec, genre blond aux yeux marrons, un peu geek sur les bords ?

— Axel probablement. Un ami d'enfance, on vient du même trou perdu. Et toi, donc t'as un mec ?

— Je suis entre deux histoires : il y a Pierre-Olivier d'un côté, un mec du 16ème, mon âge, mais « boring[7] ». Et il y a Fred, cinquante ans, une Porsche, une Breitling... C'est bien les mecs de cinquante ans qui ont des Porsche.

Les heures de déblistérisation-collage-empaquetage vont être très longues si je dois l'écouter jacasser avec sa voix surexcitée de crécelle. Je me mets en off et balance un « ah ouais » de temps à autre. Je ne peux réprimer un soupir : elle est belle, Claire, toute en longueur, avec des bagues à tous les doigts et des chaussures qui me coûteraient un loyer. J'aimerais avoir les mêmes bagues, les mêmes chaussures, les mêmes cheveux.

J'endosse mon rôle de faire-valoir à la perfection et lui fais remarquer le petit manège de l'homme de l'accueil qui cherche tous les prétextes pour venir la voir.

---

[7] « Ennuyeux », en anglais

— Un thé ? De l'aide avec ce gros carton ? Un peu de musique ?

Propositions qui n'ont été faites qu'à elle, qui soigne d'ailleurs son public comme une pro en redoublant de minauderies. Ce qui ne l'empêche pas de le descendre dès qu'il a le dos tourné.

— Il est pathétique de ridicule, le gars, non ?! Et sinon, tu veux faire quoi, toi, après HyperTexte ?

— J'adorerais travailler dans une maison d'édition spécialisée en littérature. HyperTexte, c'est un premier pas. Et toi ?

— Mon rêve, c'est de travailler dans la presse féminine : mode, potins mondains etc... Ma mère travaille dans la mode, j'espère pouvoir utiliser ses relations pour intégrer un des magazines de Mondadori ou de Lagardère.

— C'est ce que j'appelle un plan.

Déblistérisation. Collage. Empaquetage.

* * *

— C'est 17h30, tu rentres aux Éditions ? demande Claire.

— Pas toi ?

— C'est un super quartier pour le shopping... Le temps qu'on rentre il sera 18 heures... Ça vaut pas le coup de rentrer pour 30 minutes. On est censé partir à 18h30 pétantes.

Censé, oui. Une idée germe dans mon esprit :

— Écoute, j'ai pas de fric ; en revanche, je vais suivre ton conseil et rentrer chez moi.

— T'es sûre, tu veux pas m'accompagner ?

Je me débarrasse d'elle le plus discrètement possible. Bien décidée à faire de Claire une moins que rien, encore plus « moins » que moi, j'attrape le premier métro pour rentrer au QG. Je dirais même que je me dépêche.

En arrivant, je claque la porte avec fracas. Tiens, et si j'accrochais ma veste au porte-manteau de l'entrée ? Juste à côté du bureau du pôle beaux-livres ? J'avance à pas de fourmis et lance un tonitruant « Bonsoir Astrid, bonsoir Yasmina ». Astrid répond distraitement. Pas Yasmina.

Les bureaux semblent déserts... J'en déduis que les filles sont en pleine pause cigarettes. Le moins que l'on puisse dire, c'est qu'elles sont loin d'être des violentes. Elles s'absentent au moins trois à quatre fois par demi-journée.

Étant non-fumeuse, je ne fais pas partie du « club ». J'ai bien essayé de faire une pause café au début, mais c'est tout de même ridicule d'aller se peler le fion sur un bout de balcon jonché de cendriers pour se faire bien voir. Pourtant, j'ai remarqué que beaucoup de choses se négocient autour d'une clope : les augmentations de salaire, les commérages sur un autre employé, les accords internationaux, le scoop donné aux journalistes, un congé payé transformé miraculeusement en récup', tout ça est possible grâce à un peu de fumée et beaucoup de salive…

La cigarette a un rôle social, donc. Voilà, c'est tout moi : j'ai compris comment ça marche, mais je n'ai pas envie de marcher comme tout le monde. J'en déduis que j'ai bien fait de renoncer à mes prétentions onusiennes, j'aurais fait une bien piètre diplomate.

Cette fois, je suis prête à faire une exception. Et si j'allais boire un café sur le balcon aux cendriers ? Yasmina et Béatrice, la maquettiste, profitent d'une fin d'après-midi relativement douce, tirant sur leur clope la force de retourner travailler.

— J'aurais tué pour cet espresso...

— Tout s'est bien passé ? demande Yasmina.

— Mission sticker accomplie !

— Non mais quel naze cet imprimeur, commente Béatrice en roulant des yeux.

— Elle n'est pas avec toi, Claire ? demande soudain Yasmina en fronçant les sourcils.

— Ah non.

— Ben, elle est où ?

Corinne passe près du balcon. Son timing est parfait.

— Viane, n'oublie pas que tu as du retard dans la prospection.

La faute à qui ?

En m'éclipsant à pas de girafe, je réponds à Yasmina :

— Elle est allée faire du shopping.

— Comment ça, elle est allée faire du shopping ?!

— Oui. Je dois y aller.

Ah ah ah ! Ricanement diabolique comme dans *Thriller* de Michael Jackson. Je n'ai pas fait un pacte de sang avec elle. Je ne tire aucune fierté d'être une collabo à tendance dénonciatrice, mais je jubile à l'idée qu'elle se fasse passer un savon. Au moins, cette fois, je mériterai mon titre de saleté de fille antipathique.

Mes efforts se révèlent inutiles. J'apprends le lendemain qu'Isabelle se trouvait dans le même quartier quand elle a vu sortir Claire d'une boutique *The Kooples*, les bras chargés de paquets. L'anecdote a fait le tour des bureaux, et Claire, qui n'arrive jamais avant 10 heures, est attendue de pied ferme. Je donnerais n'importe quoi pour être une petite mouche se faufilant par la fenêtre du bureau pour écouter le laïus de la dame de fer. Il y a une justice ! Ma jubilation se transforme en satisfaction contentée.

Ce qui ne m'empêche pas d'avoir le cœur qui bat fort quand Corinne m'informe qu'Isabelle me convoque dans son bureau. *Mains en l'air, je n'ai rien fait Monsieur Le Juge, je le jure.* Si mon cœur s'emballe, c'est qu'il espère aussi pouvoir enfoncer la tête de Claire sous l'eau du bout du pied.

— Bonjour, asseyez-vous. J'imagine que vous avez eu vent de la petite incartade de Claire hier ?

— J'en ai eu vent, oui.

— Corinne et Caroline semblent relativement satisfaites de votre travail. Elles disent que vous manquez encore de prise d'initiative mais que vous vous acquittez très bien des tâches qu'elles vous donnent.

Un petit raclement de gorge se fait entendre en signe d'acquiescement.

— Claire est en probation en quelque sorte. Nous allons la fliquer un peu plus. En temps normal, je l'aurais virée *manu militari*, mais bon, comme c'est compliqué avec la Fédé, enfin vous êtes au courant, c'est la nièce de... Bref, elle ne sort plus des Éditions. Donc je vais avoir besoin de vous.

— C'est-à-dire ?

— Nous avons reçu une commande. Il s'agit d'un ouvrage un peu ancien de la maison et nous devons le livrer à la boutique. Claire aurait dû s'en charger.

Isabelle m'explique qu'en raison des invendus de la Noël passée, la maison ne peut se permettre de payer un coursier. C'est officiel : l'univers est contre moi et me soutient mordicus que je dois finir fille à tout faire. Corinne fait la gueule, car elle voit du retard supplémentaire s'accumuler dans la rédaction de mes courriers hautement stratégiques, ceux-là même qui lui permettront de toucher sa prime de fin d'année.

Me voici donc affublée d'un cabas de grand-mère, à déambuler dans le métro, pour aller livrer des bouquins sur les chats dans une boutique spécialisée.

Après trois changements de métro, un cabas porté à bout de bras dans les escaliers et une sortie loupée, j'arrive devant la boutique *Chat-bada*. Sous la pluie et sans parapluie – classique – j'y trouve malheureusement porte close. Un petit papier, scotché à la fenêtre, précise : « *Je reviens dans 5 minutes* ». Depuis combien de cinq minutes la personne est-elle partie ? Un petit vieux ne tarde cependant pas à faire son apparition ; il est impatient, me dit-il, de proposer ce petit plus à ses clients. La boutique a un côté pittoresque : des murs, pendent mille et un chats, sous forme de bibelots, peluches, posters. Les articles sont aussi déclinés sous forme de colliers, chaussettes, friandises, stylos. Très content, l'homme retourne un des livres dans tous les sens, avec un sourire émerveillé et l'installe sur une étagère. Se retournant vers moi :

— Alors, je signe où ?

Un peu surprise, je réponds qu'il n'y a rien à signer.

— Comment ?! On signe toujours pour les coursiers d'habitude…

— Oui, c'est vrai, mais je suis directement envoyée par HyperTexte, je ne suis pas un coursier.

— Ah, vraiment ?

Mon reflet de petite fille dans un miroir Gros Minet me rappelle que je n'ai rien en commun avec les coursiers casqués qui passent aux Éditions. Le pauvre homme, il n'est plus de son temps ! Comment lui en vouloir de ne pas être capable de faire la distinction entre un coursier et une stagiaire exploitée ?

* * *

Dès mon retour, Corinne me convoque dans son bureau, c'est-à-dire qu'elle retourne son siège face à moi.

— Dans quelques jours, cela fera trois mois que tu nous as rejoints. Nous souhaitons te proposer de rester trois mois supplémentaires.

Oh ! Tout le monde, il est beau, tout le monde, il est gentil ! Enfin ! L'univers me renvoie la balle et j'aime le monde entier. Je peux recommencer à faire des plans, des combinaisons, des calculs. J'essaie de voir comment, pour aller de B à D sans passer par C, sans passer par la case départ et toucher vingt mille euros, en revenant à A et B, j'arriverai à E ou Z et conquerrai le monde. Rastignac, c'est moi ! Le Rastignac du blister et des cartons, certes, mais il faut bien commencer quelque part. Si je continue à faire le dos rond, l'univers se montrera clément et les C.O.D. n'auront plus besoin de s'accorder. Et qui sait ? quelques portes continueront de s'ouvrir.

À la pause déjeuner, Claire s'assied spontanément à côté de moi et me chuchote :

— Je suis vénère. Gaulée comme une bleue !

— J'ai entendu. C'est vraiment pas de chance.

— Je suis désolée qu'elles t'aient envoyée faire le coursier à ma place.

Elle n'a pas un mauvais fond, la Claire. Je commencerais presque à l'apprécier. Presque.

9
LE DUC DES LOMBARDS

Axel, le spécialiste des plans de dernière minute, a laissé un message sur mon portable, ce matin : « *Je t'emmène avec moi ce soir, c'est une surprise. Mets ton string léopard à agrafes* ».

Toute la journée, je me suis demandée ce qu'il avait en tête. Je suis un peu agacée qu'il ne me demande même pas si je suis libre ; forcément, je le suis, mes amis se comptent sur les doigts d'une main à Paris et il le sait… Ceci dit, il y un côté « pratique » avec Axel, je peux le trimballer partout. Je lui ai fait visiter tous les musées chiants du monde. Et il encaisse la torture. Et il n'y a rien de plus désopilant que de faire les courses au supermarché avec ce champion de formule 1 de caddie. Axel transforme n'importe quel endroit en vaste terrain de jeu. Je peux même l'emmener faire du shopping, sans trop de gémissements de sa part ; il se montre plutôt bon conseiller :

— Mais non, ce pantalon ne te fait pas des grosses fesses !

De la même manière que je l'ai traîné à la soirée HyperTexte, je peux aussi le traîner dans tout un tas de soirées où je n'ai pas envie d'aller seule.

De son côté, il ne se prive pas de faire la même chose, j'ai dû l'accompagner au mariage d'un de ses cousins au sixième degré où l'on s'est ennuyé à mourir. Et il m'a aussi portée volontaire d'office pour repeindre les murs de son appartement.

C'est à ce genre de détail qu'on peut voir que nous sommes amis, nous acceptons l'un pour l'autre aussi bien les corvées que les réjouissances.

Il est 18h30, un texto illumine mon téléphone : « *Sa seigneurie t'attend* ». En deux temps, trois mouvements, je rassemble mes affaires. Le but est de filer à l'anglaise pour que les filles ne me voient pas, car j'avoue, je crains l'engrenage graisseux et broyant de leur machine à cancaner ; une fois en route, impossible de l'arrêter. Elles font toujours des allusions à mon « célibat » – une tare, j'imagine – et je n'ai pas envie qu'elles se posent des questions sur Axel et moi.

J'essuie quelques regards suspicieux, car je pars plus tôt que d'habitude. Je culpabilise cinq secondes.

Axel a sorti le grand jeu, il est venu me chercher en Uber, à la sortie des Éditions. Il me fait un petit signe depuis la fenêtre.

— Alors, tu m'emmènes où ?

— Ne t'attends à rien d'extraordinaire, j'avais juste envie de passer la soirée avec toi.

Nous sommes interrompus par la sonnerie du téléphone d'Axel. Il vérifie le nom affiché sur l'écran avant de prendre l'appel. Ses yeux brillent, et en même temps, son regard se fait fuyant.

— Oui, je te rappelle… Comme je t'avais dit. Promis. À tout à l'heure…

Déjà, la dernière fois à l'hôtel Marriott, il avait agi bizarrement. Je l'avais trouvé dans un couloir, son téléphone à la main.

— Tu t'ennuies tellement que tu passes des coups de fil au lieu de te goinfrer de petits-fours ?

— Mais non, j'ai juste reçu un appel, c'est tout.

Il a « *juste reçu un appel, c'est tout* ». En temps normal, Axel m'aurait dit qui l'avait appelé, vu que nous fréquentons le même cercle d'amis. Plus j'y pense et plus je me dis qu'il y a une fille là-dessous. Il alterne des phases où je n'ai aucune nouvelle de lui et si je l'appelle, il m'envoie presque sur les roses, avec des phases où il est tout sucre, tout miel, comme ce soir. Je me dis qu'il vaut mieux que j'arrête de me poser des questions et que le moment venu, s'il a quelque chose à dire, il me le dira.

Dix minutes plus tard, le Uber ralentit sur le boulevard Sébastopol, et effectivement, je ne vois rien d'extraordinaire à première vue. Alors que j'ai déjà une main sur la poignée de la porte, Axel m'arrête dans ma lancée :

— On va jouer aux Milords, je viens t'ouvrir la portière.

Il fait le tour de la voiture, m'aide à descendre en me tenant par la main, je suis très amusée. Nous traversons un passage piéton et Axel s'arrête soudainement.

— Tada !

Avec un côté Monsieur Loyal, il désigne *Le Duc des Lombards*. Un peu interloquée, je mets quelques secondes à comprendre qu'Axel m'offre une soirée jazz dans ce club. Je n'ai rien vu venir et je suis ravie qu'il ait cette petite attention pour moi. J'aimerais lui sauter dans les bras pour lui témoigner ma joie et ma gratitude, mais j'en suis tout bonnement incapable. Les effusions me font paniquer.

— Je ne savais pas que tu aimais le jazz, dis-je, en me laissant guider dans l'établissement.

— Moi non plus, rétorque-t-il du tac au tac, en riant.

Axel mérite de l'enthousiasme. Je dois me forcer à lui faire honneur.

— Je suis très contente d'être là.

Quelle tentative pathétique, tu peux faire mieux... Axel sourit.

— Non, mais vraiment, c'est cool, c'est original.

Tu t'enfonces ! Je ferai mieux la prochaine fois...

L'affiche annonce « *Trois jours avec Didier Lockwood et ses invités* ». Je n'ai jamais entendu parler de Didier Lockwood. Axel m'explique qu'il est un violoniste de renommée internationale. Cent, deux cents personnes peut-être, sont venues l'entendre, le club est plein. Ce soir, il joue des improvisations accompagné par un invité au piano, Eric Legnini.

Les mélodies commencent et là, c'est le ravissement. Didier Lockwood nous fait voyager, des contrées exotiques de l'Orient aux rues colorées de la Nouvelle-Orléans. Son violon prend des accents mélancoliques, espagnols, joyeux, tziganes, parfumés. Je pense même avoir entendu un gazouillis d'oiseau.

Je me perds dans la beauté du moment. Mon esprit vagabonde, la poésie m'envahit, je me sens privilégiée.

Axel, qui traîne habituellement un air narquois partout avec lui, ouvre de grands yeux ronds, une expression enfantine rajeunissant son visage.

Les notes entrent dans mon esprit et se transforment en mots, je n'y tiens plus, un désir impérieux me dicte de tout écrire avant d'oublier. Je fais du bruit en fourrageant nerveusement dans mon sac pour dégoter un stylo et un bout de papier ; furax, Axel me fusille du regard. Finalement, un ticket de caisse de Franprix et un billet de train déchiré feront office de feuille.

— Qu'est-ce que tu fabriques ? chuchote Axel.

— C'est bon, j'arrête de faire du bruit.

Je me sens un peu ridicule, sans trop savoir pourquoi, d'écrire, là, dans le noir, de coucher le son de mon âme sur le papier, avec Axel regardant par-dessus mon épaule.

Ma tête est dans mon cœur
Car la montagne est russe
Attirée par un leurre
Et la lueur de Vénus

Mon cœur est dans mon ventre
Car la montagne est russe

Je fuis hors de mon antre
Pour avoir toujours plus

Je griffonne. Je continue de griffonner. Je griffonne souvent des vers.

Mon ventre est dans ma tête
Car la montagne est russe
Je m'invite à la fête
Reprenant le chorus

Sentir la gravité
Avec joie, s'en griser
Plonger dans un abîme
Vivre un moment sublime

Moment sublime, oui, fait d'un tout petit rien, gribouillé sur un ticket… Oui, plus j'écris, plus j'ai envie d'écrire. Peut-être qu'un jour, il faudra que je cède à ma tentation « Bernard Pivot ». Une chose est plus ridicule qu'écrire. C'est de s'empêcher d'écrire.

Encore perdus dans le moment, Axel et moi, nous nous dirigeons doucement vers la sortie.

— Mademoiselle Cey, vous ici ?! Je me disais bien que c'était toi !

Ça ne peut pas être Xavier Beleire qui s'avance vers moi, la bouche en cœur ! Je me projette hors de moi et le miroir me renvoie l'image d'une fille mal fagotée aux cheveux ébouriffés après sa journée de travail, qui, si elle avait su qu'elle verrait Xavier Beleire, le «*journaliste le plus sexy de la place de Paris-un beau petit cul avec ça*» aurait probablement porté une tenue plus affriolante.

Le Duc des Lombards doit être construit sous une centrale électrique, car des câbles à haute tension crépitent au-dessus de nos têtes. Je me suis même pris une décharge en faisant la bise à Xavier.

Axel est soudainement muet. Son visage ne cesse de faire des allées et venues entre Xavier et moi. Notre amitié incestueuse n'a jamais fait trop de vagues jusqu'à maintenant, mais je peux voir à son air renfrogné que la tournure que prend la soirée le contrarie ; je choisis de l'ignorer.

Lorsque Xavier propose d'aller boire un verre, une invitation destinée à tous les deux, j'accepte avec enthousiasme. Balayées toutes les appréhensions concernant Xavier ! Oublié le fiasco de la « catho à col claudine ». Je me sens l'âme d'une midinette.

Axel n'est pas du même avis.

— Écoute, j'avais prévu de rentrer après le concert, vas-y toi.

La culpabilité m'assaille d'un coup, j'insiste pour qu'il nous accompagne.

— Tu ne vas pas faire ton vieux, c'est cool, allez, joins-toi à nous.

On nage en pleine mauvaise foi, je me demande comment me débarrasser d'Axel, sans le froisser. Je suis une garce, je le sais : il m'invite dans un endroit où, grâce à lui, j'ai rêvé pendant deux heures et je suis prête à l'abandonner lâchement pour le bellâtre de service. Mais le moment est trop sexy pour ne pas en profiter, je n'ai envie de penser qu'à moi. Je n'ai pas à être parfaite, la bonne copine sans reproche. Gentleman, mon ami de toujours se retire de lui-même, sans demander son reste.

Dans la rue, je suis une fille de quatorze ans qui essaie de se la jouer détachée ; « *Je maîtrise la situation* », c'est ce que je me répète, en gardant un œil sur mes pieds pour ne pas trébucher. En vérité, je suis aux anges.

Nous parlons de la pluie et du beau temps.

— Je ne voulais pas effrayer ton copain... Mais je suis bien content qu'il soit parti, dit le journaliste.

Il s'excuse encore pour l'attitude de son ami la dernière fois. Je lui avoue que j'en suis effectivement ressortie un peu refroidie mais que je ne saurais lui en vouloir pour la bêtise de son compagnon. Affaire classée.

Nous arrivons devant un bar à la devanture et au mobilier cosy, Xavier est un habitué, apparemment. « *M. Beleire, par ici* », lui dit le maître d'hôtel, affable. Alors qu'il me pousse vers la terrasse chauffée, je me demande combien de filles différentes il a ramenées ici. Et si le maître d'hôtel pense, « *Encore une autre, petit saligaud de Beleire* », ce sera bien fait pour moi.

Nous passons rapidement commande : un Black Russian pour lui, un Montbazillac pour moi. Je vois un mauvais garçon pas si mauvais que ça. Du moins, c'est ce que j'aimerais qu'il soit.

Il boit une gorgée, avec indolence, ça me donne envie de lui. À en faire mal.

— Stagiaire aux Éditions HyperTexte, donc ?

J'espérais plus parler de son travail d'écrivain et de journaliste. Pour une fois que j'ai un professionnel en face de moi. Mais il a dégainé le premier.

— Moui.

Je sais que les prochaines questions vont concerner soit le contenu de mon stage, soit le « futur ». Me prenant la tête à longueur de temps sur ce futur incertain, je me lance plutôt dans le récit croustillant et imagé de mon stage d'exploité. Je le fais rire à plusieurs reprises, à mon grand étonnement.

— Donc il n'y a rien à rattraper, vivement la quille ? conclue-t-il.

— Je n'avais pas signé pour un stage « photocopie », je trouve ça compliqué à valoriser.

— Tu dois trouver un moyen de rendre ton job sympa, même si tu n'aimes pas le milieu ou ce que tu fais. C'est pour toi que tu travailles.

Je n'avais pas envisagé les choses comme ça, moi, l'éternelle victime. Mais je ne vois comment ça peut être fun de se payer les tronches contrites des mères fouettardes d'HyperTexte. Je ne vois pas comment changer la donne.

Il rentre dans le gras du sujet.

— Qu'est-ce que tu veux vraiment faire dans la vie ?

— « *Je veux tout, tout de suite, ou mourir…* ». J'ajoute « *comme dirait Antigone* », je ne voudrais pas qu'il croie que je m'approprie des phrases géniales en me faisant passer pour leur auteur.

Xavier rit doucement.

— C'est la jeunesse qui parle. Et l'impatience.

Honteuse, je ne peux pas lui avouer que le rêve secret que je nourris est l'écriture. Je préfère me rabattre sur un « *j'aimerais travailler dans une maison d'édition, un jour, et découvrir de nouveaux talents* ».

— Toi-même, tu écris ?

J'hésite.

— À mes heures perdues.

Il sourit.

— À tes « *heures perdues* » ?... Mais encore ? Sur quoi tu écris ?

— Sur les rêves et la réalité. Sur la folie, la raison. Sur la mort. Et la vie. Vice. Versa.

— Intéressant… J'avais remarqué que tu avais le goût des grandes phrases. Tu n'es pas obligée de te cacher derrière pour éviter les questions, tu sais.

— Je ne me cache pas !

— Si tu ne te caches pas, alors réponds simplement à la question : sur quoi tu écris ? C'est fou ça, tu es toujours sur la défensive !

— Je… Je n'ai rien écrit de vraiment abouti. Je griffonne ça et là, selon l'inspiration du moment. Un beau tableau, un concert comme celui de Didier Lockwood, une conversation avec un ami, tout peut devenir un sujet. Quelque chose me pousse à écrire, sans que je sache vraiment ce que c'est… Je ne dirais pas que c'est un besoin, voilà, il faut que ça sorte, c'est tout.

— Ah ! C'est bien mieux, beaucoup mieux ! J'ai entendu plus de mots de ta part durant les dernières dix secondes que depuis que je t'ai rencontrée…

Je suis un peu gênée. C'est vrai que depuis que je l'ai rencontré au Congrès de l'Hôtel Marriott, j'ai plutôt été agressive.

— Et toi, Monsieur le journaliste, qu'est-ce qui te pousse à écrire ?

Pour la première fois, Xavier n'a plus son sourire confiant aux lèvres, il affiche même une mine déconfite. Son regard se perd dans le vague et le blanc dans la conversation semble s'éterniser. Il prend une grande inspiration.

— Je suis veuf. J'ai vraiment commencé à écrire, au-delà de mon métier de journaliste, après sa mort.

Il y a deux ou trois options possibles à adopter dans ce cas de figure. Ou vous vous excusez de ne pas avoir su deviner l'indevinable (« *oh, pardon, désolé, je ne sais pas quoi dire* » et l'autre de vous excuser « *ce n'est pas grave, tu ne pouvais pas savoir* »). C'est la réplique classique. Ou bien vous pouvez opter pour un « *c'est arrivé comment ?* », en prenant un air consterné, bien que vous vous doutiez que la personne en face de vous n'ait aucune envie de s'étendre sur le sujet. Ou encore vous pouvez adopter la technique dite « de l'autruche », en plongeant la tête dans le sable. Et ne rien dire.

En fait, je n'ai pas du tout la tête à rire. Ce qu'il vient de dire me ramène aux heures sombres de mon adolescence et me fait voir Xavier sous un autre jour. Il a toujours été tellement sûr de lui que cela le rendait intouchable. Le fait de savoir qu'il traîne un boulet, comme moi, me rassure. Je me sens plus proche de lui, pour de mauvaises raisons, sûrement.

Un sourire triste se dessine sur mes lèvres, je ne peux le réprimer. Xavier remarque le silence. Il me jette une œillade presque craintive. Un peu interloqué, il voit le sourire et sourit à son tour. Nous *partageons* le silence.

Mais la nature a horreur du vide, dit-on.

— Je…

— Écrire pour guérir ? Je tente.

— J'imagine, oui. Et parce que je ne sais rien faire d'autre… Désolé, je ne voulais pas te mettre mal à l'aise, je ne sais pas ce qui m'a pris de te dire ça. J'ai…

— C'est pas grave, ça a duré deux secondes.

Xavier est amusé. Les dix tonnes qui pesaient sur ses épaules viennent de s'évaporer. Même pas fait exprès.

— J'ai encore soif, dis-je.

Le journaliste acquiesce, son verre est à moitié-plein. Ou à moitié-vide. Comme le mien. Il fait signe au serveur de nous remettre la même chose. Et me propose un cul-sec. *Glouglou.*

— Donc tu travailles dans une maison d'édition, tu « griffonnes ça et là » et quelque chose te pousse à écrire… Ne serait-ce pas le bout d'une vocation d'écrivain qui pointe son nez ?

— Franchement, je ne sais même pas ce que ça veut dire. Je suis trop feignante pour avoir une vocation.

— Ah mais voilà ! On commence à entrevoir un début de vérité ! s'exclame-t-il, un peu trop fort.

On dirait que la bête vient de reprendre du poil.

— Tu as dit : « *Je ne sais rien faire d'autre* ». Et moi, j'ai l'impression que je ne sais rien faire. Je ne sais pas comment faire.

— Et bien peut-être que ce n'est pas fait pour toi, effectivement. C'est simple : on ne demande pas comment faire. On le fait. Ce n'est pas un choix, cela s'impose à toi. Quand tu veux faire du théâtre, tu montes sur les planches. Et si tu es mauvais comédien, tu travailles. Mais tu es là où tu es supposé être. Pour l'écriture, c'est pareil. Si tu veux écrire, tu écris, la feuille est ton théâtre. Mais tu ne peux pas être « feignante ». On ne feint pas une vocation.

Bam ! Je viens de me prendre une porte dans la tronche. J'aurais aimé que cette bête me dise ce que j'avais envie d'entendre. Mais, au juste, qu'avais-je envie d'entendre ? Bernard Pivot m'adresse un salut d'adieu pervers et narquois et s'éloigne dans la brume.

— Tu viens de m'enfoncer un pieu dans le cœur, dis-je en sentant ce muscle se dissoudre dans mon estomac. Et moi qui pensais que Xavier était un vampire.

— J'ai raison. Non ?

— Emmène-moi aux urgences.

— Ok, dit-il en riant dans un signe de reddition. Un pieu ? Vraiment ?

Une joute oratoire, un ping-pong verbal, un combat de boxe avec des mots... J'en ressors vidée. Et ravie. Xavier semble être dans le même état.

Nous avons continué la discussion une partie de la nuit pour ce qui m'a semblé être cinq minutes ou dix heures. Le barman nous a chassés de son établissement à l'heure de la fermeture.

Dans la rue, des ivrognes essayaient de se battre ; titubant, ils s'accrochaient à des branches de fortune – chemise déchirée de l'opposant pour l'un, potelet de trottoir pour l'autre. Xavier fit de son corps un rempart ; le torse bombé, il passa devant moi et nous éloigna du grabuge. Alors qu'il m'attirait contre lui, il me glissa avec malice : « *Prends des notes, tu en auras peut-être besoin un jour pour décrire une bagarre* ».

Je prends des notes sur ce bras autour de mes épaules, sur ce sentiment de sécurité et sur mon ivresse, qui n'a plus rien d'alcoolisée.

* * *

Axel me demande plus tard si Xavier a réussi à « *m'attraper* » ce soir-là.

— Tu sais que, s'il s'intéresse à toi, c'est uniquement pour ton cul… ? Ça se voit à la manière qu'il a de te regarder…

Ah ses yeux... Si seulement Axel savait à quel point notre conversation n'était pas « cul ». Je lui rétorque simplement que Xavier s'est montré parfaitement gentleman. Je lui épargne bien sûr le récit du bisou du journaliste s'attardant sur ma joue au moment où le taxi arrivait.

— Tu ne le connais pas, ce mec.

— On verra bien, je me laisse porter par la vague... Je ne sais pas s'il me plaît vraiment…

— Au fait, je voulais te dire quelque chose, au *Duc des Lombards*, l'autre jour. Voilà, je voulais te dire que j'avais une copine, ça fait presque deux mois. Elle s'appelle Élise.

— Pourquoi tu ne me l'as pas dit plus tôt ?

Il me jette son petit regard par « en-dessous », dont seul lui a le secret ; il a l'air d'un enfant, attachant avec ses grands yeux interrogateurs et effrayés.

— Je n'étais pas sûr que ça marche…

— T'es vraiment tordu ! Pourquoi tu te crois obligé de m'emmener quelque part pour m'annoncer que tu as une copine ?! Tu devrais m'envoyer un faire-part officiel, tant que tu y es !

Assaillie par une culpabilité immédiate, je me maudis d'avoir été si dure.

— Enfin, je veux dire : raconte !

— Euh non, une autre fois...

— Pardon, j'ai été un peu brusque, je suis contente pour toi.

Un de ces quatre, il va falloir que je me penche sur le cas « Axel ». Il a un pénis, j'ai un vagin et nous n'avons plus quinze ans.

Il m'a connue à l'époque où je n'avais pas de seins, à celle où j'avais un appareil orthodontique, quand j'avais des cheveux roses après une période gothique, quand je rêvais d'être une amazone. Je l'ai connu quand il croyait au Père Noël, qu'il n'avait pas de poil et qu'il était soprano dans la chorale de son église. Il m'aidait à améliorer mon dribble, je l'aidais à truquer ses carnets de correspondance. Je l'ai initié à *Led Zeppelin*, il m'a initiée à Duke Nukem. Il m'a vue quand j'avais la rougeole, je l'ai vu quand il avait de l'acné. Je pensais que tout ça constituait des éléments dissuasifs dans le fait de tomber amoureux. L'idée m'a effleurée pourtant. Plus qu'effleurer. J'ai parfois imaginé qu'il était l'homme de ma vie. On ne peut pas passer tant de temps avec une personne, connaître son histoire, ses secrets, sans se projeter dans « plus ». Oui, il fait battre mon cœur. J'ai beau avoir envie de lui arracher les yeux à chaque fois que je le vois, de me moquer de lui aussi, je tiens à lui comme une malade.

Mais Axel ce n'est pas *plus*, c'est *autre chose*. C'est le mec avec qui je partagerai des souvenirs quand j'aurai un plaid sur les genoux à l'heure du thé. On se dira « *Tu te souviens quand on se traitait de cyclothymique ?* » et on rira de notre bêtise. Il sera toujours là, après la vie, les mariages, les enfants, le fidèle destrier qui m'aura vue vieillir et que j'aurais vu vieillir ; ma balise qui me ramènera dans le droit chemin quand j'oublierai d'être moi-même. Mais à aucun moment notre proximité n'impliquerait son pénis dans mon vagin.

Mon trouble a permis à l'ambigüité de s'instiller. Mais le cas « Axel » est réglé. J'ai hâte de rencontrer Élise. J'espère qu'elle est moche et affublée d'une cervelle de moineau.

10

PILE OU FACE

Ce dimanche matin, d'humeur paresseuse, je m'étire dans mon clic-clac, sans la moindre envie de mettre le nez hors de la couette. La perspective du lundi me fatigue déjà. Je dois profiter à fond de ce moment où je suis toute à moi, sans Catherine, Isabelle, Corinne et les autres. Sans même Xavier et son air arrogant. Les événements des jours passés me reviennent et je me lève tout de go. En farfouillant dans mon placard, je dégote un vieux jeu de fléchettes, remporté à la foire de Saint-Germain-en-Laye. Dans la foulée, je déniche mon diplôme de « Master de management des métiers de l'édition », ce bout de papier ridicule. J'accroche le jeu au mur, puis épingle mon diplôme dessus. S'en suivent vingt minutes de défoulement orgasmique. Je visualise les têtes de toutes ces poules que je ne peux plus saquer. Il faut bien que je prenne conscience des réalités : jamais je ne dirigerai une maison d'édition ou quelque chose du genre, jamais je n'écrirai ; m'étant trompée de vocation, il faut que je rétropédale très vite. Est-ce qu'on m'embaucherait dans un garage ?

C'est en enlevant du mur mon diplôme criblé de trous que j'envisage de démissionner des Éditions HyperTexte.

J'appelle Natha, un conseil de grande sœur s'impose. Et il vient, plein de sagesse :

— Est-ce que ce stage dépasse la zone du photocopieur ?

— Pas vraiment...

— Si ça ne te convient pas, ça ne te convient pas. Tu ne les feras pas changer, de toute façon. Barre-toi.

Un coup d'œil sur mon diplôme en lambeaux me ferait presque regretter mon geste : j'ai respecté les études, un jour. Cet acte de violence pure, commis à l'abri de regards inopportuns, fait toutefois parti de ma longue liste de fantasmes et je peux enfin l'en rayer. Il faut voir le bon côté des choses : ses meurtres fictifs, perpétrés sur mon jeu de fléchettes, m'ont évité d'en commettre un vrai avec des membres découpés et plein de sang partout.

Ceci dit, une réunion de crise s'impose. Je convoque Axel et Flo dans notre boui-boui préféré, avec brunch à volonté. Ils répondent présents sans hésitation. Ma voisine est horrifiée :

— Non, mais je ne prendrais jamais le risque de quitter un job sans en avoir un autre !

— C'est pas un job, c'est un stage, rectifie Axel.

— T'es sûre qu'il ne vaut pas mieux serrer les fesses et voir si ça s'améliore ?

Je ne vois aucun moyen de rendre ce job « sympa », quoiqu'en pense Xavier. Impossible de s'épanouir ou de se dépasser en préparant des envois postaux et des lettres de relance. Le seul défi est de durer.

— Le problème, c'est que le stage ne dépasse jamais la zone du photocopieur.

— Pourquoi tu pètes un plomb aujourd'hui plus que les autres jours ?

Flo pose la bonne question.

— Une histoire d'ampoules et de Catherine qui me fait tourner en bourrique : vendredi, une grosse réunion était prévue. J'étais contente parce qu'Isabelle devait voir un gros client. Depuis le début du stage, elle s'est résumée à un courant d'air et j'allais enfin la voir en plein numéro de séduction. Je sais qu'elle a une poigne de fer, je voulais voir son gant de velours. Bref, je me disais que j'allais enfin apprendre quelque chose. C'est là que Catherine se ramène tout sourire ; elle dit qu'il manque des ampoules dans notre salle et dans la cuisine. Évidemment, ça ne peut pas attendre. Je tente bien « *la réunion commence dans dix minutes, j'aimerais y assister* », mais elle se contente d'un hochement de tête et d'un « *non, c'est vraiment urgent, va prendre dix euros à la compta, chez Omar, ça devrait suffire pour les halogènes. Achète un gros scotch pendant que tu y es* ». Je me retiens de lui dire que cinq ampoules halogènes, ça vaut sûrement bien plus que dix euros. Je vais donc à la compta en quête des dix euros. Je vous jure, le mec me tend cinq pièces de deux. J'ai trouvé ça mesquin !

— Un peu parano, non ? commente Axel dans un sourire.

— P'têt bien. Lui aussi m'assure que je n'ai besoin que de dix euros pour toutes ces emplettes. J'arrive à la quincaillerie. Bien sûr, les ampoules et le scotch valaient presque 40 euros.

— Ah ah ah, j'aurais bien aimé voir la tête que tu faisais, se moque Axel en donnant un coup de coude à Flo.

— Donc me voilà repartie aux Éditions pour chercher le bon montant. Là, Omar me sort un beau billet de cinquante. Axel, tu en conviendras, j'ai le droit de le trouver mesquin à ce moment-là ? Du coup, j'ai demandé au couple qui tenait la quincaillerie de rendre la monnaie en centimes uniquement.

Flo me fait un clin d'œil quand Axel dit que s'il avait été à ma place, il aurait dit oui et ne serait jamais allé chercher les ampoules.

— Mais ce n'est pas fini ! Quand je suis revenue, tout le monde était en réunion : Isabelle bien entendu, avec ses acolytes Corinne et Caroline ; Catherine avec un autre client ; Omar était près de ses sous, les maquettistes maquettaient. Je me suis retrouvée seule dans le bureau.

— Vive Facebook !

Je reconnais bien le côté tire-au-flanc de mon pote.

— T'as fait quoi ? demande Flo.

— J'ai changé les ampoules.

En cœur, mes deux amis s'écrient : « Non ?!! »

— Si. À 17h45, ils sont tous sortis de réunion. Bien sûr, personne n'a remarqué que la fée du logis était passée par là, alors que c'était une question de vie ou de mort. Après tout, il n'y a rien d'extraordinaire à ce qu'une stagiaire change les halogènes. Si je croyais en Dieu, je dirais qu'il me fait endurer ces épreuves pour m'enseigner l'humilité.

— Amen.

Saint-Axel, priez pour nous.

— Écoute, Viane, faut que tu sois forte. T'as bossé cinq ans pour avoir ton diplôme. Je ne te conseille vraiment pas de démissionner.

— Axel ?

— T'as pas un diplôme à valider ?

— J'sais pas trop. Mais j'ai dû dépasser la période critique. Bon : pile ou face ?

— Tu vas pas jouer ton avenir à pile ou face ? s'indigne ma voisine.

— Pile : je me barre en courant dans la direction opposée. Face : je reste, j'endure.

Axel est excité comme une puce.

La pièce virevolte déjà dans les airs, le temps se suspend alors que nous retenons notre respiration, je souhaite tout et son contraire.

Axel bouscule la table, je loupe la pièce qui valdingue près du bar.

— Tout doit *vraiment* être laissé au hasard, murmure-t-il d'un ton machiavélique.

Derrière moi, j'entends mes conseillers de fortune : « pile, pile, pile », côté Axel ; « face, face, face » côté Florence. Dans ma tête : « pile, face, pile, file, pace ».

Je m'accroupis, mes yeux font la mise au point : face. J'endure.

— C'est trop tôt pour un whisky ?

O Brother, my cup is empty.

Buy me one more drink
Explain the nature of my pain, yeah
Let me tell you once again
I am the captain of my pain[8]

* * *

Pile et face ont peut-être décidé que j'endurerais mes épreuves avec toute l'humilité dont je suis capable, mais j'ai décidé d'être aussi j'm'en-foutiste que les poules de Hypertexte. Comme Caroline, je peux balancer des « j'm'en branle » à tout bout de champ. Et dire non. Je n'ai plus rien à perdre. La mise en pratique commence dès le lendemain de ma cuite.

Corinne m'explique qu'elle a une fois de plus accepté de me prêter à Virginie. L'attachée de presse me destine à un fastidieux travail de relances téléphoniques : lorsque les livres des Éditions sortent, les libraires se voient proposer leurs lots de posters, présentoirs, kakémonos pour en faire la promotion. Virginie n'a pas le temps, occupée par les préparatifs d'une soirée maison.

— Non.

— Comment ça, non ? s'étonne Corinne.

— Non, je ne ferai pas ça.

[8] *Oh mon frère, mon verre est vide / Paie-moi un autre verre / Je t'expliquerai la nature de ma douleur / Laisse moi te dire encore une fois / Je suis le capitaine de ma douleur* – Nick Cave and The Bad Seeds, *Brother, My Cup Is Empty*

— Je ne te demande pas ton avis, en fait...

— Non. J'ai eu ma dose de photocopies, collage, découpage, publipostage ! J'ai fait l'inventaire : je sers de coursiers, je prépare tous les books auteurs – même ceux du pôle beaux-livres – je déblisterise à tour de bras. Ah oui ! Je change les ampoules dans les bureaux et la cuisine. Donc ça suffit. Je suis venue pour apprendre et j'aimerais bien qu'on me confie des responsabilités que je puisse valoriser dans mon cv.

Corinne ou le gobie. Plus je la regarde, plus je me dis *« c'est sûr l'Homme descend aussi du poisson »*. Ses paupières deviennent lourdes, sa bouche inexpressive, et pourtant sa mâchoire s'affaisse comme un ballon de baudruche dégonflé.

Je peux en rajouter une couche pour lui porter le coup fatal.

— Et puis, je vais encore prendre du retard dans la rédaction des lettres de démarchage. Si Virginie veut avancer, elle se débrouille mais c'est sans moi.

Après ça, elle n'arrive plus à rien balbutier qui soit compréhensible. Toujours est-il que quand Virginie vient me chercher toute guillerette, Corinne l'envoie paître.

— Viane ne peut pas t'aider aujourd'hui, elle prendrait trop de retard sur la prospection, ce serait donc au détriment du pôle. Vois avec Yasmina et Claire.

Si j'avais su, je me serais rebellée avant. Voir Claire se farcir toutes les tâches ingrates qui m'incombent habituellement suffit à stimuler ma bonne humeur pour la journée.

Mais le diable vient toujours chercher son dû. Ma N+1 me fera payer mon impertinence, sans aucun doute. Sa vengeance arrive plus tôt que prévue, car Isabelle me convoque dès le lendemain.

— Corinne m'a dit que vous étiez montée sur vos grands chevaux hier ?

« *Mes grands chevaux* », carrément. Ce n'est pas le moment de se démonter.

— Disons que je veux bien assumer les tâches du stagiaire ; j'ai bien compris que je suis là pour décharger les équipes. Mais systématiquement, je suis « prêtée » au pôle beaux-livres ou RP. Ce que j'essayais – peut-être maladroitement – d'expliquer à Corinne, c'est que je souhaite vraiment acquérir des compétences plus significatives.

Long silence. Isabelle me toise. Je rapetisse. Je note tout de même que ce stage m'a permis d'améliorer ma langue de bois.

— Et vous voudriez faire quoi ?

Partir en courant. Aller à un concert d'AC/DC. Visiter l'Île de Pâques. La vérité, c'est que je n'en ai pas la moindre idée. J'ai passé beaucoup de temps à pester contre la terre entière, beaucoup moins à réfléchir à comment « rendre mon job sympa » comme dirait Monsieur Beleire. De toute façon, elle va me rétorquer que je suis junior et que les tâches qu'on me confie sont les seules pour lesquelles on m'a embauchée.

— J'aimerais bien travailler à la conception des ouvrages : la maquette, la ligne éditoriale... Travailler plus avec les auteurs aussi, peut-être...

— Et gérer un client, vous vous en sentiriez capable ?

Je prends ce que l'univers me donne. En sortant du bureau d'Isabelle, je ne suis plus tout à fait une stagiaire, je suis responsable du compte de l'Association du Transport Routier. À ma place, Rastignac serait déjà en CDI. Mais à son époque les stagiaires n'existaient pas. Ce n'est pas si mal, en devenant chef de projet, je suis presque au même niveau que Caroline.

— Tu étais au courant, Corinne, pour l'ATR ? Merci, c'est cool !

— Pas la peine de fanfaronner, Isabelle t'a refilé un bâton merdeux. Le client est ingérable, tu verras, s'empresse de commenter Caroline à qui personne n'a pourtant demandé son avis.

Corinne répond par une grimace puis :

— Tu ne pourras pas lui dire non, à lui.

Je reprendrais bien un whisky.

11
L'AMOUR POLLUE

Avez-vous déjà fait le rapprochement entre l'amour et la pollution ? Les conséquences de la pollution – le réchauffement de la planète en tête – présente des similitudes avec cette chose troublante nommée « amour ».

Asphyxie, canicule, sècheresse sont les premiers symptômes d'un être lambda tombant amoureux. Le cœur bat plus vite, le souffle manque devant l'objet de notre convoitise. Une chaleur douce, puis brûlante, nous envahit ; les mains en deviennent moites, l'incendie nous consume comme il calcine les forêts. D'un côté, notre transpiration envoie une odeur codée, remplie d'hormones à l'être aimé ; de l'autre, notre gorge desséchée n'émet aucun son audible devant l'évidence du sentiment.

Le stade suivant de l'amour : le déchaînement des éléments, où tsunami et montée des eaux sont inéluctables. L'amour vient nous rafraîchir, sa vague nous emporte aveuglément pour le meilleur ou pour le pire. Elle s'enfle, gonfle, monte, nous étourdit et nous assomme ; l'Ouragan ravage et enchante. La vague détruit les barrages, les idées préconçues que nous avions sur la vie ; elle nous dépasse, fait fleurir des jardins luxuriants là où il n'y avait que de la terre, mais absorbe les bouées de sauvetage et toutes les infrastructures auxquelles nous aurions pu nous raccrocher en cas de naufrage. Elle change la face du monde et nous rend méconnaissables. Étrangement, la vague n'éteint pas le feu, elle le nourrit. Le feu fait fondre les armures, les carapaces et notre cœur de glace. Le résultat, c'est une montée des eaux équivalente à la fonte de l'Arctique et de l'Antarctique réunis. Et la fonte des glaces nourrit la vague en retour. Un flot de paroles mielleuses se déverse de nos lèvres et nous rend dégoulinants de bons sentiments – voire dégoulinants tout court.

Si notre partenaire nous est enlevé, nous nous retrouvons à court de carburant. Plus on en utilise, plus on en veut et moins on en a. Le feu se repaît de ce qu'il peut brûler : la moindre goutte de pétrole, la branche cassée, l'oxygène. Lorsque son manteau a tout recouvert, il ne reste rien. Même la vague se retire, formant un marécage nauséabond et tout ce qu'il reste, ce sont les cendres du passé et les moisissures de l'âme. L'amour finit donc par sentir mauvais comme un gaz d'échappement, comme une usine de déchets toxiques, comme les mauvais souvenirs.

Xavier, pyromane de mon cœur, sais-tu que tu as allumé un incendie qui ravage tout sur son passage ? Je me laisse embobiner par ta tchatche de beau parleur. Je m'auto-persuade que « notre histoire » ne peut en rester là, il se passera forcément quelque chose.

Je suis prête à envoyer valser toutes mes considérations sur les mauvais garçons, car Xavier en est un, c'est sûr, je le sens, il est irrésistible, j'en ai bien peur. Oui, tout envoyer balader pour me vautrer avec lui. Lâcher prise pour être jeune et folle.

Axel a toujours été réticent à m'accompagner à des concerts.

— Je ne vois pas le plaisir qu'il y a, à se retrouver serrés comme des sardines, dans un lieu qui pue ; avoir mal aux jambes, ne rien voir, et être totalement passif à vénérer des mecs qui font du bruit, me dit souvent ce fan d'AC/DC.

— C'est tout l'intérêt justement. Se laisser aller. Lâcher prise. Appartenir aux autres et au moment.

— Sauf votre respect, Madame, vous n'êtes pas le genre de personnes à « lâcher prise ».

Axel me connaît bien. Je n'aime pas perdre le contrôle. « Control freak », définition : tayloriste de la vie quotidienne, tout doit être parfait, tout doit être utile, tout doit tourner rond. Ce n'est pas humain. C'est moi.

Pour être un humain digne de ce nom, il ne faut pas avoir peur de s'abandonner de temps à autre. Et faire le deuil d'une croyance : celle d'avoir une « prise » sur le monde qui nous entoure.

Je ne suis pas contre : recevoir les ondes positives comme un transistor, celles qui vont venir faire vibrer mon La, mon Do, mon Ré... Sentir la vie, l'instant, passer à travers moi et me connecter au monde. Ne pas anticiper. Ne pas penser. Là. Maintenant. Tout de suite. Rien d'autre n'existe.

Je me dis toujours que si j'étais moins « sérieuse », comme le dit Mémé, la vie serait plus facile. Le travail. L'amour aussi. J'ai les pieds sur terre, la tête dans les nuages et je ne sais pas être jeune et folle. Merde.

Lâcher prise.
Lâcher prise.
Lâcher prise.
Lâcher...

12

LA GIFLE

— Je vais avoir des clients ! Comme toi !

Ce qui m'émeut dans la phrase de Claire, c'est le « comme toi ». Elle en viendrait presque à m'envier, la bêcheuse. L'herbe est toujours plus verte chez le voisin, même quand on a tout, apparemment.

— Oui, j'en ai parlé avec Yasmina et Isabelle, et elles ont trouvé qu'il était effectivement temps de me faire évoluer.

Après le déjeuner, Claire et moi partageons désormais dix minutes de potins et autres confidences. Non pas que j'aie amadoué la Claire. Il s'agit plutôt d'une solidarité de génération et de statut. Ce matin, son message par tchat témoignait de son impatience à me raconter ses derniers faits d'arme : « *Il s'est passé deux trucs énormes ! On se retrouve après déj ?* ». Premier fait d'arme donc : l'annonce improbable de sa future évolution professionnelle. Deuxième fait d'arme : le résumé exhaustif de son rendez-vous foireux avec le « journaliste plus célèbre que Xavier ». Enfin foireux pour lui, qui n'a pas réussi à « conclure » ; tout bénéf' pour elle qui a réussi à lui faire raquer ses euros dans un des restaurants les plus chers de Paris. Je suis admirative.

En parlant de client, j'ai rapidement des nouvelles du mien :

— *Mais si si, je vous assure, il y a encore de la place pour écrire dans la marge !*

Flippé de l'espace-vide, le Général Thierry Dumas s'évertue à me convaincre qu'il est encore possible de rajouter du texte dans une maquette déjà surchargée. Du genre chronophage, Thierry décroche son téléphone dès qu'une lubie lui traverse l'esprit. Dernière lubie en date : les lois de la physique permettent selon lui de faire des carrés un peu plus ronds.

Bâton merdeux – dixit Caroline – cet ancien militaire devenu responsable communication de l'Association du Transport Routier, n'est pas aussi terrible que promis. J'ai suivi le conseil de Corinne : je ne lui dis jamais non. S'il dépasse les bornes, j'agite la menace d'une facturation supplémentaire, tactique qui se révèle très efficace, si bien que Corinne et Caroline n'en reviennent pas :

— Tu as réussi à mater le Général ! constate la première.

— Il te mangerait presque dans la main, s'émerveille la deuxième.

Quelles douces louanges à mes oreilles ! Le client m'a peut-être à la bonne parce que je suis la seule à être vraiment polie avec lui, je lui épargne le ton excédé de Caroline, ancienne responsable du compte.

Et je lui parle un langage qu'il connaît. Guerre à gagner : la plaquette de présentation de l'ATR ; opération 24 pages de coordination intense nécessitant une organisation au cordeau. Troupes mobilisées : une chef de projet, deux maquettistes, un infographiste, deux rédacteurs, un traducteur, un imprimeur, un téléphone et un ordinateur en état de marche. Perte : Caroline. Batailles gagnées : pas de carrés arrondis, pas de texte dans les marges, 10% supplémentaires sur la facture finale.

C'est en étant une rebelle que je suis entrée dans l'armée et je remercie le Général qui me permet de ruser comme un sioux. Thierry est devenu mon excuse pour me dédouaner des tâches ingrates... qui sont maintenant passées dans le giron de Claire.

Mais le revers de mon pile ou face a ses inconvénients : mes nouvelles responsabilités m'accaparent davantage, le Général ayant toujours la bonne idée d'appeler à 18h30 ; une seconde heure supplémentaire est donc venue se greffer à celle que j'exécutais déjà quotidiennement. Dans les temps morts, le challenge consiste à faire croire que je suis débordée, de boucler « *asap*[9] », et de fignoler mes petites affaires. Je prends un malin plaisir à en faire le moins possible, juste sous le nez de ces dames. Comme je rends toujours dans les délais, Corinne ne se pose jamais de questions.

Mes petites affaires du jour : skyper avec Axel sans me faire démasquer. La caméra est branchée mais nous chattons en ligne.

— *Essaie de faire quelqu'un de moche*, écrit-il et je pourrais presque voir son petit sourire narquois.

Caro est au petit coin et Corinne dos à moi. Je me lance dans un concours de grimaces, plus hideuses les unes que les autres, déformant bouche, nez, yeux, à l'aide des mains et d'objets ; Jean Dujardin peut aller se rhabiller. J'ai droit à une lignée de points

[9] *As soon as possible* : aussi vite que possible.

d'exclamation. Avec la subtilité du renard de la fable de La Fontaine, Axel écrit maintenant :

— *Essaie de faire quelqu'un de « joli ».*

Je lui prépare mon sourire le plus « photomaton » et je fige la pose.

— *Non, ça va pas du tout, t'as l'air constipé ! Essaie encore.*

Après le sourire sans dents, avec dents, le clin d'œil, la moue, le profil droit, le profil gauche, je rends les armes.

— *Tu vois, t'es plutôt moche, en fait !*

Avec empressement, je ferme la fenêtre Skype sans répondre à cet effronté, car Caroline vient de reprendre sa place à son bureau.

— Convocation dans une heure dans le bureau d'Isabelle, annonce-t-elle laconique.

Une heure plus tard, mon destin est scellé par un traquenard.

— Nous allons vous retirer la gestion de projet de l'ATR, m'annonce Catherine sans plus de civilité et en revenant bizarrement au vouvoiement en présence de sa sœur.

Après avoir été portée aux nues, j'en tombe.

— J'ai raté quelque chose ?

— Non non... C'est désormais Claire qui va s'occuper du compte. Il est normal que vous ayez toutes les deux la même expérience à la fin de votre stage, vous comprenez ?

La pute. J'aurais dû me douter que ses simagrées du matin ne présageaient rien de bon.

— Non je ne comprends pas : elle est aux beaux-livres ! Et elle s'occuperait d'un client corporate ?! Concrètement, il se passe quoi ?

Les trois femmes se concertent du regard. La plus âgée et la plus jeune quémandent l'aval de la Dame de Fer. Qui ne dit mot. Donc consent.

— Elle s'est plainte des tâches qu'elle effectuait et son oncle nous a expressément demandé de la faire monter en compétence, explique Catherine avec pédagogie.

Claire m'a tuer. Elle ne va pas « *avoir des clients, comme moi* ». Elle prend *mon* client. Celui qui m'a permis de croire que j'avais un vague talent. Que je faisais enfin quelque chose d'utile dans cette boîte. J't'en foutrais, moi, des évolutions professionnelles négociées aux forceps !

— Tu le sais, ses désirs sont des ordres, justifie Corinne.

— Bon, on ne va pas en faire toute une histoire, s'impatiente Catherine. C'est le seul client qu'on peut confier à des juniors, donc il passe chez Claire, un point c'est tout.

— Non.

C'est Isabelle qui prend la parole.

— Il n'y a pas de « non » qui tienne ! Si vous n'êtes pas contente...

— Si je ne suis pas contente... ?

— Vous êtes libre de partir.

Pile ou face n'ont fait que retarder l'inévitable. Cette décision, j'aurais dû la prendre au moment même où l'idée à germer.

— Très bien. Préparez les papiers. Je pars sur-le-champ.

— Tu ne peux pas faire ça ! crie Corinne, paniquée.

— Regarde-moi. Je peux.

Et je me lève pour prendre la porte et collecter mes affaires. Ma manière de leur adresser à toutes un doigt d'honneur bien raide.

— Et la passation ?!!

— Ce n'est plus mon problème.

— Corinne, les stagiaires sont interchangeables. Laisse-la partir, nous n'avons pas besoin d'elle, s'enorgueillit Isabelle.

Je poireaute chez Omar qui s'exécute de mauvaise grâce, après un appel d'Isabelle, pour faire un chèque et quelques papiers administratifs. Il finit cependant par le lâcher, son chèque, comme s'il avait de la glue au bout des doigts. 175 euros et soixante-trois centimes, soit le prorata du mois entamé. Autant dire que j'ai ruiné les Éditions. Cette somme couvre à peine mes dépenses alimentaires.

Au pôle corporate, j'éteins mon ordinateur, ramasse mon cahier, mon téléphone et mon sac. Corinne et Caroline se tortillent en attendant que je parte. Et là. Claire se pointe la bouche en cœur.

— J'ai appris ce qui s'est passé. Je suis désolée pour toi. Ça va aller ?

« Voir rouge » jusqu'à ce moment n'était pour moi qu'une expression. Jusqu'à *ce* moment. La colère monte comme l'eau dans un bateau, submerge les cloisons étanches du Titanic et voile le derrière des yeux du carmin le plus intense. Mon corps sombre et s'adonne à son instinct le plus primitif.

La gifle part toute seule. Comme si je n'étais pas le capitaine du bateau. Et le claquement habite le silence de la pièce quelques secondes. Trois gobies, voire quatre puisque Virginie vient d'entrer, me contemple de leurs yeux de poissons morts. Claire se souvient de la claque puisqu'elle semble la retenir de sa main sur sa joue.

— Mais, mais... Je ne vais pas me laisser faire ! Tu vas voir, sale...

— Fais moi un procès.

Et je me barre. Vers la grande aventure de ma vie.

À cet instant précis, j'étreins la réalité et elle pique comme une barbe mal rasée. Car j'ai trop fantasmé : je passerais mon temps sur une montagne russe, avec la tête à l'envers dans le grand huit, l'estomac dans les talons et des étoiles blanches derrière les yeux ; avec des montées d'adrénaline constantes et l'envie de dégueuler en même temps ; avec des joues roses, du vent dans les cheveux, des fourmillements dans tous les membres, en haut, en bas, chamboulée, secouée, surprise, ballotée, rattrapée, renversée, poussée, tirée ; en dansant, en valsant, en hurlant, en pleurant. Je n'ai jamais conçu ma vie autrement.

Parce que sans crier gare, un jour, des jours, j'ai senti la Terre tourner, là, sous mes pieds, et je m'en suis grisée ; j'étais en vie, enfin ! Je suis en vie ! Mon cœur est dans mon ventre, ma tête est dans mon cœur, et depuis, comme une junkie, j'en redemande sans cesse, j'en suis affamée, cela me dévore. Je suis une lionne, je suis une hyène, je suis une louve qui hurle à la mort, qui hurle à la Lune, à plein poumons, de rage, d'espoir, de désespoir, de joie.

Et la louve ne rêve que de déchiqueter ses ennemis. Je souhaite solennellement leur mort : celle des Claire, des Corinne, des Catherine ; celle de mon voisin qui fait des claquettes à 4 heures du matin ; celle du morveux qui décida de me transformer en punching-ball à la récré. À mort, le contrôleur des impôts, du RSA et du pôle emploi ! À mort, l'adulte qui brisa mon rêve d'être une amazone, une Kate Moss, un Bernard Pivot et un Kofi Annan ! À mort, la télévision qui m'a fait croire que je pourrais être toutes ces personnes ! À mort, les Parisiens nombrilistes, mesquins, hautains et donneurs de leçons ! À mort, les Niçois casaniers, qu'ils s'étouffent avec leurs tourtes de blettes !

Qu'ils aillent tous se faire foutre avec leur étroitesse d'esprit, leurs sourires en coin, leurs sourcils froncés, leur goût des manigances. Je ne leur pardonnerai rien, jamais, je ne lâcherai rien, jamais, et j'espère qu'ils crèveront tous comme des rats. L'échafaud, la guillotine, la lapidation, la chaise électrique, les virus purulents, le lynchage, la résurrection et la mort – encore – sont des châtiments bien trop doux. Si tout ça ne suffit pas, je les attendrai dans une ruelle noire et leur couperai la gorge en les regardant se vider de leur sang.

Je viens de prononcer ma propre sentence, car je suis mon plus grand ennemi, je lutte contre moi-même à m'en faire mal. Je hais les moulins contre lesquels je me bats, je hais les verres d'eau dans lesquels je me noie, je hais les murs dans lesquels je fonce, je hais les monstres sous mon lit qui veulent me dévorer quand il fait noir. Que j'aille donc me faire foutre avec ma faiblesse de caractère, ma naïveté de débutante, mon acharnement à espérer le meilleur, ma paresse légendaire. Je m'en veux de ne pas avoir l'esprit combatif d'un soldat – seul avec sa bite et son couteau – face à dix assaillants.

Claire n'est pas la seule à s'être pris une gifle. Le monde ne m'aime pas, il m'ignore et se gausse de mon infortune. D'une pichenette, il se plaît à me faire tourner comme un derviche jusqu'à m'en faire dégueuler.

13
I JUST DON'T KNOW WHAT TO DO WITH MYSELF

Mon sommeil est agité ces derniers temps. Encore une fois, mes rêves débordent d'eau et sont peuplés de méduses qui rampent sur les murs.

— Que va-t-il se passer ?

La voix de mon père répète inlassablement la même phrase, comme un vieux disque rayé.

Je fais des longueurs dans une piscine verticale.

— Que va-t-il se passer ?

Je n'aime pas faire ce rêve, la voix de mon père est trop proche, trop réelle. Elle me tient éveillée et à trois heures du matin, je fais la crêpe dans mon lit depuis des heures, j'ai même réussi à emmêler les draps.

Je vais encore me lever à 11 heures. J'aurai à peine eu le temps de mettre la journée en marche qu'il sera déjà l'heure de retourner se coucher.

* * *

Je me grillerais bien une clope ; comme le héros solitaire d'un film, j'aurais un regard pensif fixé sur l'horizon et les volutes de fumée trahiraient mon désarroi. Qui aurait l'air cool.

Sans cigarette, sans fumée, je ne partage que la mine boudeuse de mon héros. Mon humeur fait le bruit du tonnerre. Assise sur un tabouret, je regarde les gouttes de pluie finir leur course sur la fenêtre. « *I just don't know what to do with myself*[10] », version *White Stripes*, passe en boucle depuis trois quarts d'heure. Les paroles ont été écrites pour moi. Et pour vous. Qu'est-ce que je vais faire de moi ? Quelle sera ma recette pour m'en sortir dans la vie ? Quelle est la vôtre ?

Après HyperTexte, un poids est tombé de mes épaules. Pendant trois semaines, j'ai fait la fête. Lors d'une soirée organisée par Ludo – mon pote de beuverie – j'ai mélangé tous les alcools que j'avais sous la main. Avec un petit coup dans le nez, j'ai raconté à qui voulait l'entendre ma démission tonitruante, véritable acte de bravoure suicidaire. Je confiais mes espérances de trouver d'ici peu un job, un vrai.

Malheureusement, les lendemains de fête sont souvent suivis de gueule de bois. La mienne est d'un autre ordre, elle n'a pas de relents alcoolisés. Je suis littéralement assommée par cette question : *et maintenant, tin-tin, tin-tin, que vais-je faireuh ?* (N.B. : à imaginer avec la voix de Gilbert Bécaud).

Maintenant que je suis seule, je n'ai pas à me cacher. Je peux me laisser aller, tout lâcher, sans réserve. J'ai la frousse, la trouille, la

[10] « *Je ne sais simplement pas quoi faire de moi* » - White Stripes, *I Just Don't Know What To Do With Myself*

pétoche, les chocottes, je suis une poule mouillée, une poltronne, une lâche. Oh, j'ai certainement dû avoir l'air très détaché quand je disais, « *ce n'est qu'une question de temps avant que je trouve un job* » ou encore « *je suis jeune, j'ai le temps* ».

Je n'ai pas le temps, tout se joue maintenant, les dix ans à venir sont décisifs, ils donneront la grande orientation de toute mon existence. J'ai peur que tout soit déjà foutu. Rien que d'y penser, j'en ai des crampes à l'estomac et le souffle coupé : ce qui m'attend est insurmontable, j'ai une enclume ceinte à ma taille, je vais sombrer. L'horizon est vide.

Je mets un point d'honneur à ne pas réclamer d'argent à mes parents. Ils ont assez à faire avec le reste de la tribu, les loyers, les études, les crédits, les factures... Je fais comme s'ils étaient morts. En attendant de trouver un métier « sérieux », il faut que je me débrouille ; il faut que je mange, aussi. Sans grande conviction, depuis près de deux mois, j'envoie des dizaines de cv tous les jours, tous azimuts, à des rédactions de journaux, à des magazines, à des maisons d'édition, tout ce qui a un rapport de près ou de loin avec l'écriture. J'essaie d'être « là où je suis supposée être ». Les seules réponses que j'obtiens – quand j'en obtiens – ne varient jamais : « *Vous n'avez pas le profil* ».

Mon diplôme ayant déjà fait les frais de mon mauvais caractère, je ne sais plus qui massacrer. L'option *Fight Club* reste toujours envisageable, rien ne m'empêche de me tabasser moi-même jusqu'au sang… Je me rêvais papillon et je ne dépasse jamais le stade de larve. J'ai l'impression que ma vie ne changera plus ; elle sera une succession d'interminables heures d'attente. Je pousse le rocher de Sisyphe, les Danaïdes remplissent mon tonneau percé. Mon quotidien est figé, mon expression est figée et même mes envies sont pétrifiées. Qu'est-ce que je veux dans cette vie ? Cela m'obsède à un point tel que j'en dors mal et que je cauchemarde sur le « Que va-t-il se passer ? ». Adieu veau, vache, job glamour et bien payé ! Tout ce qui m'importe désormais se résume à un toit au-dessus de la tête et un frigo bien rempli.

À nouveau, « *I just don't know what to do with myself* » me revient avec ironie aux oreilles. Alors que je suis en train de psalmodier des incantations maléfiques devant mon Mur des Lamentations – blâmant l'étoile malveillante qui m'aurait été désignée – un signal strident et agaçant persiste à me détourner de ma chanson du moment : Axel veut absolument tchater, ce n'est pas faute d'avoir hurlé sur les toits que je ne voulais parler à personne. Ceci dit, heureusement qu'il est là pour me distraire avec ses idées saugrenues.

— Kestuveu ???????????????????????

— *Je propose 1 riposte.*

— 1 riposte ?

— *Tu disais que HyperTexte n'était toujours pas entrée dans le 21è siècle ? Que penserais-tu d'1 piratage en bonne & due forme relayé sur FB, twitter etc. ?*

— !!! Ka tu en tête ? écris-je à la vitesse de l'éclair.

— On pirate leur site, en changeant le « à propos ». Ça donnerait un truc du genre : « Isabelle de Barneville et Catherine Viaud croient en l'économie participative, ce qui leur permet de sous-payer leurs stagiaires et de mal rémunérer leurs auteurs. Les sœurs Thénardier n'hésiteront pas à vous livrer vos ouvrages avec de la vaseline pour mieux vous enculer... »

Je me surprends à considérer cette proposition avec sérieux. Une petite vengeance sournoise, l'idée n'est pas pour me déplaire. Le problème, c'est qu'Axel n'est pas toujours très subtil.

— T'es ouf ?! Avec ce qui s'est passé, elles remonteraient jusqu'à moi en moins de temps qu'il ne faut pour l'écrire (j'aime beaucoup l'idée mais je suis peureuse. Depuis quand t'es devenu hacker ?!!)

— Baby, j'ai des années d'expérience derrière moi.

Axel m'a fait du bien. Mais je crois que j'ai encore besoin de me lamenter. Je promets, demain, j'arrête. Demain, un avenir brillant me tend les bras. Demain, je me prends par la main. Demain...

14
LA FAIM

« J'ai faim ! Outre la pollution, l'amour provoque aussi des famines. Maigre et desséchée, prête à me damner pour combler mon appétit et épancher ma soif, je sue, je rampe, je m'agrippe, et ma faiblesse se transforme en plainte. Les chiens du désir me mordent quand je me vautre sur le sol et mes mains sont tendues vers le ciel. Ô bienfaiteur, viens souffler sur ma braise et attise-la d'impatience ! Mijote-moi, tu me goûteras avec délectation quand je serai prête pour toi. Ma faim me dit des mots que je ne veux pas entendre ; ma faim me guide vers toi, mon estomac est devant moi, il me tire, il me pousse vers toi, c'est l'appel de l'instinct. J'ai faim ! J'ai faim ! J'ai soif ! Je me sens défaillir, les yeux mi-clos, un peu de bave au coin des lèvres, je suis plus lionne que femme ».

Plus je pense à Xavier, plus je le veux, lui, tout entier. Dans le marasme de ma vie quotidienne, je m'abandonne sans honte à mes fantasmes. Mon appétit pantagruélique veut dévorer la moindre parcelle de son corps et lécher chaque pore de sa peau. Xavier, plus cruel et magnifique que jamais, m'attrape et me fait passionnément l'amour. Il est l'aigle qui dévore chaque jour mon foie qui repousse la nuit.

Après la phase « canicule », j'entre donc dans la phase « famine ». Ma frustration nourrit ma faim, je ne verrai plus Xavier et je garderai pour lui cet appétit inassouvi. C'est un salaud et pourtant je le veux. Ou je le veux parce que c'est un salaud. Les femmes sont étranges parfois.

Xavier sera bientôt relégué au rayon souvenir et, en attendant, la vision de son visage avant la nuit me réconforte. Avant de le voir nu dans mes songes.

J'ai appris à ne pas me fier à mes rêves, ils ne signifient rien. Le corps de Xavier n'a pas beaucoup plus de sens que les lézards géants qui me poursuivaient la veille. La semaine d'avant, je faisais un cunnilingus à une femme magnifique et la même nuit, ma mère ramenait les codes de la bombe atomique pour faire péter la baie de Nice, pendant que nous nous enfuyons en barque. Le rêve du « Que va-t-il se passer ? » continue aussi de me hanter. Au moins, je sais pourquoi je rêve de la voix de mon père. La dernière fois que je l'ai entendue, je suis tombée du lit ; je crois que je ne me suis pas réveillée tout de suite.

Comme j'ai faim de Xavier, tous les stratagèmes se valent pour « retenir » un petit bout de lui. Comme lire « *La Verve Assassine* ».

Mes lectures m'amènent ainsi à découvrir la librairie qui vient d'ouvrir en face de chez moi, *Matière à Lire.* La devanture est vert sapin et l'intérieur, plutôt rétro, avec de hautes bibliothèques en bois. Rien de poussiéreux, beaucoup de lumière, un côté très épuré dans la disposition des ouvrages.

Je fais un tour complet, en parcourant les rayons un à un, de la bande-dessinée aux ouvrages scientifiques, des livres d'histoire à la littérature. Je débusque même un livre signé HyperTexte, horreur ! malheur ! Il s'agit du dernier opus d'une collection consacrée aux personnages célèbres. Jules Verne vient de faire son entrée au Panthéon maison à côté de Jacques Brel, Arthur Rimbaud, George Sand ou Victor Hugo. Cet ouvrage fait partie des nombreux que j'ai déblisterisé, tamponné, fourré dans des enveloppes pour des énièmes démarchages du pôle corporate. Délaissant Jules, je trouve rapidement Xavier. Son portrait orne la quatrième de couverture, il est beau comme toujours mais aussi franchement ringard. Je triture l'ouvrage dans tous les sens, commençant la lecture du premier chapitre.

Hernando, le voisin du deuxième étage, est en grande discussion avec le responsable de la librairie. Le bel espagnol est *caliente*[11], brun comme l'écorce d'arbre, poilu comme un ours, viril comme un biker et on ne peut plus gay. Il faut dire que le libraire, dans la trentaine, ne peut pas passer inaperçu : grand, sec, un visage taillé à la serpe dans lequel sont plantés des yeux turquoises et des pommettes saillantes. Les lèvres sont charnues ; les joues, roses comme celle d'un amoureux de Peynet, parsemées de taches de rousseur. Sans nul doute, Hernando a ses chances avec lui. Mais Hernando ne peut pas rester, il doit faire visiter la Tour Eiffel à ses sœurs en vacances dans la capitale. Presque timide, il balbutie qu'il reviendra pour le livre dont ils ont parlé. Puis :

[11] « Chaud », en espagnol.

— Oh ! La petite dame du cinquième, tu vas bien ? Tu ne me fais pas la bise ? s'écrie-t-il.

Son insistance à me faire la bise m'amuse ; cette coutume lui a été imposée par Flo à l'époque où elle pensait qu'il aimait les filles.

— Je suis obligée ?

— Tous les Français ne font pas la bise ? On ne vous met pas en rang dans la cour de l'école pour vous apprendre ?

— Ah si ! Mais ça ne s'applique pas aux Espagnols, du coup.

— Mais c'est qu'elle va m'obliger à la supplier, chuinte-t-il de son charmant accent.

— Ça ne me dérangerait pas.

Il n'est jamais très intelligent de rire de ses propres blagues, mais je ne peux m'empêcher de m'esclaffer quand je vois l'air mi-pantois, mi-goguenard de l'hidalgo. Je finis par l'attraper et lui déposer des bisous presque mouillés sur les deux joues.

— Voilà !

— Tu es irrésistible ! Dommage que tu n'aies pas de pénis.

Ce dernier mot me laisse un instant sans voix et me rappelle que le libraire assiste sans broncher à nos effusions. Je subodore que Hernando m'utilise pour faire passer son message, au cas où vraiment il n'aurait pas déjà été suffisamment explicite.

— Euh oui... Cela arrive aux meilleurs d'entre nous. À la moitié, en l'occurrence.

Hernando prend définitivement son congé alors que je tends « *La Verve Assassine* » au libraire. Celui-ci s'attarde sur le titre du livre et s'apprête à scanner le code-barre.

— Xavier Beleire ? C'est pas courant pour une fille de votre âge.

— Ah. Et que sont censées lire les filles de mon âge ?

Ses lèvres esquissent un sourire froid. Je rectifie : ses yeux ne sont pas turquoises, ils sont d'acier. À en faire peur.

— Marc Levy ?

Il est fort possible que je roule des yeux à ce moment. *Si tu me cherches, je ne remettrai plus les pieds dans ta librairie.* Et puis, je me souviens qu'il me fait un peu peur.

— Nan, je préfère les livres qui retournent le cerveau.

Il semble réfléchir quelques instants.

— J'ai mieux dans ce cas. Vous connaissez Faulkner ?

Après quelques enjambées, le libraire extirpe un bouquin d'une des étagères et me le tend. Je lis :

— « *Le Bruit et la Fureur* » ?

— Retournage de cerveau garanti.

J'approuve le titre, totalement raccord avec mon humeur de ces derniers jours. Mon sac à main s'alourdit donc de deux livres et le libraire aux joues roses a piqué ma curiosité.

Rentrée chez moi, je me prépare une session de lecture confortable pour pouvoir me défoncer au Xavier. Un bas de pyjama informe dans lequel je flotte, un plaid de mémé pour pallier le chauffage qui ne chauffe pas, un thé à la bergamote et des coussins moelleux.

Je retrouve le juge un peu crade qui avait retenu mon attention chez Axel la première fois. À chaque page, je vois le visage de

Xavier dans celui du juge, sa ride du lion creuse son front alors qu'il lutte contre les pourritures tirant les ficelles du pays. Le juge enquête, fait et défait des hommes, est manipulé par des personnalités haut placées, baise des femmes sans émotion aucune, s'allie avec la presse, gagne, perd et gagne encore. J'engloutis le livre. La session de lecture se termine et je suis en manque de Xavier. J'ai encore faim.

Je me plonge donc corps et âme dans la lecture du Faulkner. Et là j'en veux au libraire, qui n'a pourtant pas fait de fausse promesse : ce n'est clairement pas du Marc Levy. Mon cerveau est tellement retourné qu'il n'est pas sûr de comprendre ce qu'il lit. En faisant un effort surhumain, j'essaie de rentrer dans la tête de Benjy, un simple d'esprit. C'est à travers son regard déstructuré que le lecteur pénètre dans le récit. Parfois, en lisant une phrase sur deux, un sens fini par se dégager. Mais la lecture est âpre, violente, et j'en perdrais presque mon appétit. Je ne finirais pas le roman aujourd'hui.

Je m'interroge quelques instants sur la santé mentale du libraire, qui n'a pas peur de perdre des clients en conseillant des romans difficiles.

La lumière éteinte, je chasse Benjy et sa famille sordide de derrière mes yeux. Je ne veux voir que Xavier Beleire. J'imagine que ma main est son sexe. Je fais monter l'excitation pour faire rugir la lionne. Ce n'est pas comme si j'avais autre chose à faire.

15
LES CHRONIQUES DE L'EAU

Non, je ne suis pas poursuivie par des mafieux et le FBI ne m'a pas donné une nouvelle identité.

En passant devant un coiffeur, il y avait cette immense photo d'une blonde sublime. J'ai voulu être elle, comme j'ai voulu être Claire et l'héroïne de tous les films et de tous les livres que j'ai aimés. Mais je ne pourrai jamais être elles. Par esprit de contradiction, j'ai voulu casser mon image. Entrée d'un pas décidé, je suis ressortie avec des cheveux bruns. Ça m'a pris comme ça, là, devant ce poster d'une fille qui n'existe pas. C'est brusque comme un tournant à 90°, à un nouveau départ correspondent de nouvelles envies, une nouvelle tête.

Si je veux que ma vie change, je dois changer. Je dois tout changer pour que rien ne change, comme dirait Tancrède. Je vais leur envoyer de la poudre aux yeux, ils n'y verront que du feu et au fond, je serai la même.

En arpentant les rues, j'ai croisé mon image, le cœur léger ; j'étais une autre femme. Avant, j'étais une enfant aux longs cheveux blonds, maintenant je suis une brune aux cheveux courts.

Ce matin, un sursaut m'a secouée le corps, je n'ai pas reconnu la fille dans le miroir, j'ai vu un vampire, aux yeux injectés de sang et au teint blafard. Mes yeux se sont plissés, j'ai fixé plus longuement cette brune. J'ai perçu ses doutes, sa rage. C'était bien moi de l'autre côté. Je me suis inspectée sous tous les angles, j'ai caressé ma nuque. Je me suis accordée cinq minutes pour faire le deuil de ma chevelure et j'ai fini par me plaire.

La distraction est de courte durée. Attendant que *quelque chose* se passe, je m'emmerde, toujours dans ma phase « *I just don't know what to do with myself* ». Après mon envoi quotidien de cv, accompagnés de lettres de motivation personnalisées, je tourne en rond, dans mon dix-huit m². Je n'ai littéralement *rien* à faire. Mes amis sont à la fac, en train de faire la fête, exploités dans un stage ou dans un premier job. À côté de moi, ils sont les rois du pétrole. Mon niveau d'estime est proche de la sous-merde. J'ai honte de ne pas avoir plus de gnaque, mais seule, sans emploi depuis des mois, considérant le McDo au-dessus de mes forces, je me laisse aller au misérabilisme. Voilà une chose facile.

Je deviens maboule. J'ai arrosé ma plante pour la deuxième fois de la journée. J'ai dépensé de l'argent que je n'avais pas sur eBay pour m'acheter un vase dont je n'avais pas besoin. J'ai fini le pot de Nutella, entamé avant-hier. Je l'ai mangé à la cuillère au petit-déjeuner, au déjeuner et au dîner. J'ai regardé pour la troisième fois de la semaine le premier volet des aventures des hobbits gay contre le « dark lord » à l'anneau unique « pour les gouverner tous » sur la planète de Tataouine.

Il faut que je voie quelqu'un, je commence à faire des scénarii catastrophes dans ma tête. Le feu prend et la seule solution que je trouve pour m'échapper, c'est de nouer des draps et descendre en rappel le long de l'immeuble. Ou alors le téléphone sonne et on m'annonce que j'ai un job, mal payé, niveau bac, ennuyeux à mourir et je dis oui.

Non, ça ne va vraiment pas. J'en suis même réduite à appeler Axel. De toutes les personnes que je connais, Axel est le seul vrai looser. Fils à papa, il invente les mille et une façons de dépenser le fric de son père, sans lever le petit doigt. Il est aussi le seul qui est complètement disponible, comme moi. Je ne sais pas si un jour, il se penchera sur la question de trouver un vrai métier, au cas où son père mourrait d'une crise cardiaque, sa mère d'un accident de voiture, et qu'il se retrouverait sans le sou et dans l'obligation de travailler. Au stade où il en est, il a encore le choix. Mais, l'air de rien, c'est mon meilleur ami. Derrière son esprit tortueux et ses mauvaises manières, il détient parfois des vérités désarmantes et puis, peut-être que je le trouve drôle au fond. Je l'appelle et j'en profite pour lui faire des reproches.

— Salut p'tite tête, comment va ? Je peux savoir pourquoi tu m'as ignorée, quand on s'est croisé aux Halles, samedi dernier ?

— *J't'ai croisée, j'm'en souviens pas...*

— Ne sois pas de mauvaise foi, j'étais en train de discuter avec Philippe, devant la Fnac et ...

— *Ah oui. Ch'ai pas qui c'est, Philippe, je me suis dit que comme t'étais avec un pénis, valait mieux pas déranger.*

Il me faut réunir tout mon sérieux pour m'empêcher de pouffer de rire à la vision d'un pénis sur pattes.

— Oui, enfin, un « *salut, ça va ?* » aurait suffit… Qu'est-ce que tu fais de beau ? dis-je un peu trop enjouée. Je suis sûre que t'as envie de ramener ta fraise chez moi.

— *Ça dépend, est-ce que je verrai tes nichons ?*

Bon alors, là, on rentre dans le petit jeu sadique d'Axel, qui refuse de venir tant que je ne lui montre pas mes seins. Les négociations durent jusqu'à ce que j'accepte de lui montrer la moitié d'un sein, qu'il ne verra jamais. Entre temps, il a réussi à placer une ligne sur la taille impressionnante de son pénis, « *Tu n'en reviendrais pas si tu le voyais* » a-t-il coutume de dire. J'ai oublié de préciser qu'en plus de fils à papa, paresseux et narcissique, Axel est aussi un petit con. Son problème, c'est qu'il fait toujours les mêmes blagues, j'ai eu beau lui expliquer cent sept fois, précisément, que ce qui fait sourire au début est lourdingue à la fin, il faut que je me livre à ce genre de négociations à chaque fois que je lui demande quelque chose.

Mais je dois avouer qu'il a l'art et la manière de se faire pardonner. Il arrive chez moi, à l'heure du goûter avec un éclair au chocolat pour moi et une tarte au citron pour lui. Sous ses dehors rustres, il a parfois ces petites attentions qui réchauffent le cœur. Je m'étais préparée à le mettre chiffon-carpette et finalement, revenue sous de meilleurs augures, c'est avec plaisir que je passe l'après-midi avec lui. Et puis, je lui sais gré de son unique commentaire sur ma nouvelle couleur de cheveux :

— On dirait un corbeau.

Parce que je suis polie, je lui demande des nouvelles d'Élise. Un laconique « bien » répond à ma question.

— Tu me la présentes quand ?

— Bientôt. Ton éclair va refroidir.

Alors qu'il commence à faire noir dehors et que nous n'avons toujours pas pensé allumer les lampes, il me demande soudain :

— Comment tu vas ?

J'ai envie de me jeter dans ses bras, les larmes me montent aux yeux. Je lui raconte que je ne sais plus où j'en suis, ma plante, eBay et les hobbits perdus dans *Star Wars*. J'en profite pour le remercier de passer l'après-midi avec moi, sa mauvaise copine. Il écoute patiemment, fait semblant de ne pas me regarder, puis me répond avec une sagesse dont lui seul à la recette :

— C'est tout ce que tu as fait ? T'as envoyé des cv et c'est tout ?

Non mais, il veut des baffes cet abruti de clown, il est censé être de mon côté !

— Ben, je... qu'est-ce que tu veux que je fasse ? Que j'enfonce la porte d'un employeur potentiel ? Je pense que je ferais grande impression...

J'essaie de mettre toute l'amertume et le cynisme que je peux trouver dans cette dernière phrase. J'ai envie de lui dire que je n'ai pas de leçons à recevoir de la part d'un mec qui vit aux crochets de ses parents comme un parasite et que, finalement, c'était pas une bonne idée de l'inviter cet après-m', il peut repartir d'où il vient. Je me tâte, est-ce méchant de profiter de ses travers ? Pas tant que ça… Non ? Si ?

— Désolé de te dire ça, poulette, mais il faut que je sois honnête : tu souffres du syndrome « Cosette », là : personne ne t'aime, tu trouves pas de travail, ouin, ouin, tu vas me faire pleurer ! Tu pensais sûrement que ce serait plus facile, que les employeurs allaient peut-être t'attendre à la sortie de la Fac ?! Envoyer des cv, c'est bien, mais ce n'est peut-être pas suffisant. Jusqu'à maintenant, tu t'es pas beaucoup aidée. Il y a un proverbe qui dit « *aide-toi et le ciel t'aidera* ». Je n'ai pas la recette miracle sur ce qu'il faut faire, mais je suis sûre qu'une fille intelligente et mignonne comme toi peut imaginer quelque chose pour s'en sortir. C'est à toi de provoquer les choses, maintenant. Sors-toi les doigts du cul !

Waouh, un électrochoc n'aurait pas pu me faire plus d'effet. Il a prononcé des mots, qui mis bout à bout, devaient former des phrases… Des mots tout simples. Pourquoi est-ce que je n'y ai pas pensé avant ? J'essaie de deviner son visage dans le noir, pour lui répondre quelque chose. Axel, lui, se tait ; il attend que je digère. Il a raison, je dois la trouver cette putain de recette pour avancer dans la vie. Le futur m'a toujours paru voilé ; aveugle, j'avance à tâtons. Mais je comprends, je construis un puzzle dont je ne connais pas l'image finale. La recette, c'est de trouver deux morceaux qui s'emboîtent, pour commencer. Axel est un peu magicien, en fait. J'avais besoin d'entendre ce que je savais déjà.

— Tu as raison, probablement.

Je ne vais pas lui dire qu'il a complètement raison, il serait trop content, j'espère qu'à travers ce « probablement » qui masque un brin de fierté mal placée, il lira entre les lignes et comprendra, qu'en réalité, je lui dis « merci ».

— Je fais ma « Cosette » comme tu dis. Je veux bien te montrer mes nichons si tu trouves la recette, ceci dit.

— Ben alors, je ne suis pas près de les voir ! fit-il avec un haussement de sourcil, en riant de bon cœur et avant d'ajouter : je trouverai bien un moyen de les voir, de toute façon.

— Je sais pas pourquoi je te laisse approcher de moi.

— Parce que tu aimes bien mes pitreries.

Quand je vous disais qu'il détenait des vérités désarmantes…

Une heure après le départ d'Axel, je n'ai ni élucidé le mystère de la recette, ni concocté un plan de bataille génial. Par contre, j'ai cessé de me regarder le nombril ; j'ai décidé que faute de travail, je dois au moins occuper mon temps plus intelligemment.

Au lieu de ressembler à une ratte rabougrie et rachitique, je pourrais au moins me sculpter un corps de déesse au cas où l'homme de ma vie déciderait de faire un tour du côté de chez moi. Je surfe sur le net, en quête d'une salle de sport aux tarifs dissuasifs. Et dissuadée, je suis ! Après m'être posée de (nouvelles) questions existentielles (« *Est-ce que c'est si moche une ratte rabougrie, après tout ?* »), je décide que le sport ne peut pas être ma priorité n°1.

Bon, ça, c'est pour le physique. Qu'est-ce que je pourrais faire pour améliorer le mental ? J'inspecte mon appart' de fond en comble. Plein de vieilleries s'entassent inutilement ça et là. Un grand ménage de printemps s'impose. Je pourrais même me faire un peu d'argent en revendant un ou deux trucs. Je farfouille dans ce que j'appelle « mes archives » : des coupures de presse découpées à la va-vite côtoient des souvenirs d'écoles. Ces classeurs réclament de l'ordre et un bon dépoussiérage. Avec un petit pincement au cœur, je déterre un vieux cahier jauni, débordant de feuilles volantes.

Flashback dans ma vie d'ado : à Natha, à mes parents, à Mémé, je racontais le mythe de l'étudiante studieuse, quand je gribouillais ma bohême sur ces feuilles noircies de signes kabbalistiques. À moi, je racontais le mythe de l'écrivaillon crevant la dalle et exposant ses tripes sur le papier. « *C'est la jeunesse qui parle* » a dit un certain Xavier B. Je m'attendris moi-même.

Mes yeux zooment soudainement sur le titre d'un recueil laissé de côté, *Les Chroniques de l'Eau*. Comme beaucoup de choses dans ma vie, ces chroniques sont restées inachevées, inabouties, incomplètes. J'ai pensé que je n'avais pas le droit d'écrire parce que je n'étais pas douée pour les sonnets dans l'art de Ronsard ou de Rimbaud. J'ai toujours eu envie d'écrire hors des règles, de surfer sur les sentiments, l'instinctif, j'essayais de mettre du « brut » en forme. Je ressortais frustrée de ces moments, je voulais que mes écrits soient à la hauteur de ceux qui m'avaient inspirée. Écrire a toujours fait partie de ma vie, j'ai toujours écrit et j'y suis toujours revenue.

Mais ai-je *vraiment déjà sérieusement* considéré devenir écrivain ? La perspective de passer des heures, seule, devant ma page blanche, m'effraie. J'aime sortir, rencontrer des gens. Et j'ai toujours eu l'impression qu'un écrivain n'avait pas de vie sociale, c'est sans doute cliché, je le reconnais. Je me suis tellement focalisée sur l'édition que je ne me suis finalement jamais donné la chance d'écrire. En même temps, l'année qui vient de s'écouler, j'ai très peu écrit, je n'avais rien à raconter, ma vie a cessé de progresser.

Je m'affale sur un tas de coussins et me plonge dans le manuscrit, comme dans un souvenir. À l'époque, je faisais souvent des rêves surprenants de véracité, allant jusqu'à sentir l'iode marin. Je rêvais régulièrement d'eau, sous toutes ses formes : la mer, la pluie, le fleuve, le raz-de-marée, la glace… Je me disais que ce n'était pas que des rêves, ils avaient un sens caché. Au matin, le souvenir était si présent, si prenant, que je m'étais fait un devoir de le retranscrire, en y fixant les grains de sable, les rayons de soleil, les requins aux bouches béantes, les rires, les peurs. Les histoires étaient parfois liées entre elles par des personnages sans visage. L'eau m'obsédait, m'inondait, me prenait, me happait… La vague me percutait de plein fouet et je ressortais sèche et forte. Peu à peu, *Les Chroniques de l'Eau* ont pris forme.

Avec le recul, je peux être parfaitement critique sur ce que j'ai écrit. Les textes respirent la poésie, mais une touche d'immaturité dans l'écriture me fait sourire. Alors, ils me paraissaient intemporels, je pensais ne pas pouvoir aller plus loin dans la perfection de mon écriture. Certains passages, en revanche, martèlent les mots comme des tambours et vont loin dans l'introspection. La faiblesse de ce manuscrit, c'est son manque de cohérence. Comme il s'agit de rêves, on part de nulle part pour aller n'importe où. Peut-être faudrait-il trouver un fil conducteur ?

J'ai dix pages, à tout casser… Je regarde le plafond, me dis que c'est ridicule. Après le passage du cyclone Axel, je me surprends à envisager mon avenir sous un jour différent.

Il est temps de terminer ce nettoyage de printemps, j'enfouis négligemment le manuscrit sur une étagère et m'apprête à une autre journée d'envoi de cv.

* * *

Durant plusieurs jours, j'ai bien pris soin d'éviter l'étagère où gît le manuscrit des *Chroniques*. Je suis passée devant maintes fois, en le regardant du coin de l'œil. Le manuscrit, c'est un fruit du paradis. J'ai envie de le toucher, de l'ouvrir, d'y découvrir mes propres mots encore une fois, mais je me le défends. Il brûle d'une promesse qu'il vaut mieux ne pas entendre.

À 3h27 du matin, je me réveille le cœur battant, des mots se ruant et se bousculant dans ma tête ; mon esprit est une ruche et je bourdonne d'excitation. Je vois les *Chroniques* défiler derrière mes yeux. Les mots se déversent à flot, j'en fais des combinaisons inédites. Je ne sais plus si je suis réveillée ou si je rêve, les images sont claires comme un film. Je pense en même temps que je vois : « *Demain, tout à l'heure, aujourd'hui, il faut que j'écrive tout ça avant que l'idée ne s'évapore* ». Mon esprit vagabonde des heures, des minutes, des secondes ; ma nuit passe vite et lentement.

N'y tenant plus, je me lève, d'attaque, l'âme conquérante ; mon réveil indique en chiffres rouges : 6h43. Je me prépare un chocolat pendant le démarrage de mon vieux tracteur d'ordinateur. Je m'installe confortablement, un coussin sur les genoux et une page blanche avec un curseur qui clignote. Je me lance ; je suis partie pour des heures d'écriture non-stop. Mon studio résonne du bruit de la frappe, l'instant est solennel. Vers 8h30, il me semble entendre Flo sortir paresseusement sur le palier pour se rendre au travail. J'y prête à peine attention, je dévore des pages. Je m'arrête plusieurs fois, pour reprendre la lecture au début. Je chouchoute mes phrases, je les dessine.

À 11 heures, les yeux explosés, j'émerge, étonnée ; j'atterris, en provenance d'un autre univers. Fièrement, je contemple mes sept pages ; j'ai accouché si vite du début de l'histoire… Écrire est facile, en fin de compte. Je me sens bien, comme après beaucoup de sport et un bon bain. Je lis le premier chapitre à haute voix :

« Le Prince est accoudé à la balustrade, il hume l'air du large, rêve de ce que sa vie aurait pu être s'il n'avait pas été fils de roi.

Devant lui, une mer de sable. Derrière lui, trônant au sommet du baou, se dresse le château. Sa plus haute tour est surmontée d'un phare.

La nuit, laiteuse, enveloppe le château de sa robe bleue. Le Prince se mouche dans les étoiles ; il regarde dans les yeux la plus grande lune de la planète. Il se retourne, cherche l'autre, cette effrontée, qui joue à cache-cache avec des nuages bleus. Sa figure est rose et tronquée.

L'aurore s'étire déjà à l'horizon, teintant le ciel de blanc sur cette ligne imaginaire. Le Prince voit la marée galoper à toute allure, droit jusqu'à la digue. Ce phénomène est provoqué par l'attraction des deux astres célestes. S'il n'y en avait eu qu'un, pense le Prince, la face du monde aurait été changée. Si…

Les flots chargent, avec un bruissement comme un torrent de galets, les coquillages courent.

Les réverbères alentours s'éteignent les uns après les autres, comme des dominos qui s'effondrent.

Le Prince prend une grande inspiration, il se sait seul. Il calcule dans sa tête qu'à ce moment précis de la journée, la marée ne séjournera que quelques minutes au pied de la digue, avant de repartir pour son voyage inlassable à l'autre bout du ciel, là où les eaux tombent sans fin, dans le vide de l'univers. Qu'y a-t-il à la fin des eaux ? Il n'a jamais cru à l'histoire de son peuple, celle qui situe le séjour des morts à cet endroit.

La marée vient fracasser la digue, puis s'assagit, devient un océan d'huile.

Des passants, à pied ou à vélo, commencent à s'enhardir sur la Promenade. L'air transporte des effluves de pain et de brioche. Les lunes disparaissent avec la lumière du jour. Quelques passants reconnaissent le Prince, le salue respectueusement en baissant bien bas leurs hauts-de-forme.

Le Prince regarde au plus bas, là où l'eau vient lécher la jetée. Il trouve, à côté de son pied, un coquillage égaré. Il caresse longuement la coquille, sourit. Comment est-il remonté jusqu'ici ? Le Prince lui laisse la vie sauve, il ne doit pas mourir aujourd'hui.

Le Prince entend la marée qui repart. Il veut la suivre, il plonge, il chute. Des cris se perdent dans le râle de la marée. Le Prince est emporté vers l'horizon.

Un vélo écrase le coquillage. »

Oui, *Les Chroniques* commenceront comme ça, c'est un bon début.

* * *

Aujourd'hui, j'ai dépassé le cap des trente pages. Et tout ça, sans écrire un seul mot. Les leçons de Caroline ont fini par payer : j'ai joué sur la grosseur de la police et la hauteur de l'interligne, j'ai au moins gagné cinq pages.

De qui se moque-t-on ? Je fais les cent pas comme un tigre dans une cage de dix-huit m^2 ; je sue, à grosses gouttes. Écrire n'est pas facile, il faut se faire orfèvre et ciseler ses phrases à la nuance près ; mes paragraphes se sculptent à coups de burin. Ma plume est une pointe d'épée qui s'escrime sur le papier ; virtuose, on doit la sentir passer comme un concerto de Mozart. On doit entendre des « cracks » et des « booms » aussi. Mais je frappe quinze lignes, les efface, utilise la fonction Ctrl+Z pour les faire réapparaître et recommence. Si j'avais tapé sur une vieille machine à écrire, le sol de mon appartement serait jonché de feuilles roulées en boule. Et puis, il me semble que j'ai épuisé tous les mots de la langue française. Mes lectures m'apprennent chaque jour que je me trompe, évidemment.

Le curseur clignote sans relâche depuis un quart d'heure, son pouvoir hypnotique est tel que ma vision se trouble. Je me pose la question que tout écrivain est censé se poser : « *Et maintenant, qu'est-ce que je vais bien pouvoir raconter de beau ?* ». Le curseur apparaît et disparaît encore pendant que je me ronge les ongles.

Je retranscris mes rêves, tant bien que mal, et il ne s'y « passe » pas grand-chose. Ce que j'écris, finalement, s'apparenterait plus à de courtes nouvelles, contemplatives comme de la poésie. Moi qui pensais que l'imagination était sans limite… Je peux toujours la nourrir par mes expériences. Mouais… Je sors de l'œuf, je n'ai rien vécu, je suis quelqu'un d'ordinaire ; c'est plus facile d'en faire des tas sur l'enfance et la vie des tueurs psychopathes qui mangent le foie de leurs victimes ou sur les mères qui congèlent leur bébé. À côté, le récit de mes rêves est une fade bluette pour les enfants de moins de quatre ans. J'avoue, j'ai un peu peur d'écrire de la littérature grandiloquente et mièvre pour vieilles filles à moustache. Je n'y peux rien si mon Prince et mes ouragans sont désespérément romantiques, c'est la première chose qui est sortie quand j'ai décidé d'écrire.

Je croyais qu'en expiant mes idées noires sur le papier, je me sentirais légère. Avec malignité, un œil unique, tortionnaire et sans pitié me scrute de la racine des cheveux à la pointe des pieds. Il voit tout, détecte tout, décrypte les hiéroglyphes, décèle les anomalies, épie les fautes. Il fait le jour sur les failles, les crevasses, les cavernes, descendant toujours plus profond dans les entrailles périlleuses de l'abysse. Qui suis-je recluse, tapie, terrée au fond de ma tanière, poussée dans mes retranchements ? Un peu méduse, un peu sirène…

Mon œil intérieur ne pointe pas les rivières de miel qui coulent en moi ; il réclame l'assainissement des pourritures, il traque les bêtes monstrueuses, il sabote les fondations, il converse avec l'ego sur le ton du badinage. Me poussant à avancer, il me veut meilleure et pire. Cet œil immonde est schizophrène.

Que j'écrive trente pages ou mille, ai-je une chance de me faire publier, qui s'intéresserait à des divagations d'adolescente attardée ? Trente pages, ce n'est même pas symbolique, j'ai grillé mes trois bonnes idées dès le premier chapitre… Ce n'est pas l'écriture qui va me sauver…

Mais pour qui j'écris, bordel !!! Je n'ai même pas vraiment essayé, qu'est-ce que je croyais ?! Que j'allais pondre le Goncourt de l'année, en moins d'un mois ?! Alors, aujourd'hui, après mes trente-quatre pages, mes deux-cent trente-six paragraphes, mes 14 239 mots et 1968 minutes d'écriture, je prends solennellement la décision de finir ce que j'ai commencé. Je ne sais pas ce qu'il adviendra du manuscrit final ; je ne sais pas qui le lira, en dehors de mes parents, Axel et Flo – avec un flingue sur la tempe. Je n'écris pas pour le public, je n'écris pas pour une maison d'édition, j'écris pour moi, un point, c'est tout !

Car quand j'écris, j'oublie que j'ai peur. Peur de vivre. De vivre mal. Peur de ne pas vivre. Intensément. Je vis une autre vie, me fondant dans le décor à tel point que cet univers est plus réel que la réalité et que j'y passe d'ailleurs plus de temps. Un jour, je n'en reviendrai peut-être pas, je resterai coincée dans les abysses, dans une autre époque, avec des gens plus beaux, plus grands, plus vrais. Oui, l'imagination est sans limite. J'ai d'ailleurs passé l'après-midi à voyager ; l'écriture rend la géographie compressible, j'ai fait des allers-retours instantanés entre une calanque marseillaise, New York et Paris. Il est des endroits que je n'ai jamais vus mais je les visite en rêve. Je viens d'une autre planète, je n'ai pas les pieds sur terre et je suis un million de personnes. Je joue à Dieu aussi, puisque j'ai le droit de vie et de mort sur mes personnages.

L'air de rien pendant que je vous parle, j'en suis à la page 41.

16

LE COUP DE LA BRETELLE

Mon attachement à Axel et Flo est viscéral ; ils complètent ma tribu de frères et sœurs. Ils appartiennent à la catégorie d'amis avec lesquels on est toujours fourré, contre vents et marées. Et plus que ça, ils font partie de ceux pour qui on trouve toujours le temps. C'est à ce petit détail qu'on mesure le vrai degré d'attachement.

Ludo appartient à une autre catégorie, celle des amis pour qui on n'a pas vraiment le temps. Ludo, c'est l'ami des soirées et des vodkas pomme. J'ai plus d'affinités avec sa copine Anouk. Elle, c'est l'amie du shopping et du vernis à ongles. Sortis de ce contexte, nous n'avons pas grand-chose à nous dire.

En général, dès qu'une soirée se profile à l'horizon, je reçois un petit coup de fil de Ludo ou d'Anouk, c'est selon. Version Ludo, ça donne souvent :

— J'ai trouvé un autre prétexte pour nous bourrer la gueule.

Version Anouk, c'est plutôt :

— Encore une occasion de faire des folies de nos corps !

Cette fois, ils m'ont conviée à une soirée « d'anciens rescapés niçois montés à Paris pour faire fortune et trouver la gloire. »

Axel et Ludo sont très proches et Axel n'est pas du genre à refuser une beuverie. Mais c'est seulement au moment où je me trouve au milieu des autres invités que je pense à lui.

Ludo me dit, en roulant des yeux :

— Axel est très « Élise » en ce moment, tu sais.

Je sais. « *Je ne peux plus te consacrer autant de temps qu'avant, j'ai une copine maintenant* » m'a-t-il rétorqué avec son aplomb coutumier quand je lui faisais remarquer qu'il se transformait en Monsieur Courant d'Air. Ce jour-là, il m'a répété que je devrais me *trouver* quelqu'un. Petit con. Il ne croit pas si bien dire.

Je ne demande même pas où est Flo, elle n'a jamais été fan de Ludo et son côté pédant.

Je me dis que nous ne sommes pas non plus obligés d'être trois mousquetaires inséparables.

Anouk piaille de l'autre côté du bar en servant ses invités. Difficile d'en placer une.

Je porte mon verre jusqu'à mes lèvres, puis tout se passe au ralenti, comme dans un film. Je *le* vois franchir le pas de la porte, doucement, calmement. Ludo se précipite vers Xavier et l'accueille avec une accolade virile. Son visage n'exprime aucune émotion particulière quand il croise mon regard. De mon côté, j'essaie d'adopter l'expression la plus neutre possible, alors que ma tête résonne : *Qu'est-ce qu'il fout à cette soirée ?* Là, on est loin des rencontres fortuites dans Paris. *Il pense peut-être qu'il est crédible au milieu de ces ados attardés ?*

Ludo pousse gaiement les nouveaux venus dans l'appartement et demande à Anouk de servir le champagne pour tout le monde.

Après avoir salué tout le monde, Xavier s'approche. Il prend un instant pour me regarder et sourit franchement. J'ai posé mon verre sur le comptoir et j'embrasse les nouveaux arrivants, sans les voir.

Nous sommes maintenant face à face ; Xavier lisse une mèche brune derrière mon oreille.

— Tu es fatale.

— Bonsoir Xavier.

C'est la première fois que je le revois depuis mon départ de HyperTexte. Alors qu'il m'effleure, je revois en une fraction de seconde toutes ces fois où je l'ai imaginé nu. L'électricité est palpable, les autres font semblant de ne pas nous regarder.

Bien que nous ayons pris la peine d'agir comme de simples connaissances, quelque chose cloche, dans nos yeux brillants, dans notre maladresse. Nous ne trompons personne.

— Qu'est-ce que tu fais ici ?

Ludo se charge de répondre à la question pour lui ; il s'avance vers nous avec deux coupes de champagne et un journal dépassant de sa poche arrière.

— Vous vous connaissez, quelle coïncidence ?! On peut s'passer des présentations et porter directement un toast.

Oh oui, quelle coïncidence ! Il faut que j'élucide ce mystère avec Ludo, me dis-je en moi-même. Ludo se tourne vers la petite assemblée et élève la voix :

— Tout le monde ! Je vous ai réunis ici, en entourant cette soirée d'une aura de mystère, pour vous faire part d'une grande nouvelle. Je vous rappelle que le but de la soirée était de réunir « d'anciens rescapés niçois montés à Paris pour faire fortune et trouver la gloire. » Et bien, je viens de signer mon premier article. Voici l'honorable publication, dit-il avec solennité, en tirant le journal de sa poche.

Des sifflements se font entendre et tous les invités commencent à applaudir. Je me dis que ça sent tout de même le guet-apens à plein nez. Ludo se tourne vers Xavier et lui dit :

— Merci, mon gars, tout en lui serrant la main. Tu sais, Viane, c'est à lui que je le dois. Il a fait confiance au petit débutant et a réussi à me faire entrer dans la rédaction.

— Tu as fait le reste, répond modestement Xavier.

— Je peux voir l'article, tu le trimbales partout ou quoi ?!

Ludo me tend le journal, je l'arrache de ses mains et cherche son nom en première page sans le trouver. Mi-amusé, mi-gêné, Ludo me fait remarquer qu'il ne s'agit plus du journal de Sciences Po où il était rédacteur en chef, en son temps, et où il signait les éditoriaux en première page.

— Page 23, en bas à droite.

— J'espère que ce n'est pas la rubrique des chiens écrasés, dis-je d'un ton espiègle.

Bien sûr, Ludo a beau être mon ami, à ce moment, son article est très éloigné de mon esprit. *Est-ce que Xavier est en train de me fixer ? Est-il là pour moi ? Et si je profitais de l'aubaine pour lui tendre un piège, moi ?*

Je lis.

— « *Un nouveau directeur nommé à la tête de l'office européen de police, Europol* ». Pas mal, Ludo, je suis fière de toi.

— Même si l'article ne fait que vingt-cinq lignes et ne sera probablement jamais lu par une majorité de lecteurs, il signe le début de ma grande carrière de journaliste !!

Des convives s'approchent pour le féliciter. Je m'éloigne de Ludo, de son article et surtout de Xavier. Je vais proposer mon aide à Anouk.

Le petit jeu ne dure pas longtemps. Je trépigne, « *Mais pourquoi est-ce qu'il ne vient pas me parler ?!* » Je mets des glaçons dans le freezer.

— Alors, quoi de neuf ?

Xavier a failli me faire tomber. Je prends le temps de réfléchir à la réponse. J'ai envie de lui dire que je me suis lancée dans une grande entreprise d'écriture, c'est même la première chose qui me vient à l'esprit. Bizarrement réticente, je n'ai pas tant envie de parler de moi ; pourtant, s'il y a une personne que cela pourrait intéresser, c'est bien lui…

— J'ai démissionné des Éditions HyperTexte.

— C'est pas vrai ?! Tu as bien fait, ce n'était pas pour toi… Ceci explique pourquoi je n'avais pas de nouvelles de toi.

— Tu n'as pas cherché à en prendre non plus.

Silence. Nous nous toisons en souriant.

Depuis que j'ai rencontré Xavier, une bête affamée grandit dans mon ventre. Plus nous flirtons, plus la bête se réveille. Elle renifle de tous les côtés à l'affût de la moindre odeur qui la mettrait sur la piste de son dîner, elle furète, elle s'affole, elle grogne, elle mord et elle quémande les restes de la dépouille dépecée par les vautours.

— Xavier ? Est-ce qu'on flirte ?

Il baisse les yeux. Pour la première fois, j'ai réussi à le mettre mal à l'aise. Et je ne suis pas peu fière, je n'ai même pas fait exprès. Flirter, c'est avoir l'air de ne pas y toucher et y toucher sans en avoir l'air.

— Tu es « cash »... Tu m'obliges à formaliser quelque chose que je n'avais pas envie de formaliser.

Comme un éléphant dans un magasin de porcelaine, je me sens soudain très empotée, ayant la sensation d'avoir cassé un peu de la magie. Le premier a avoué qu'il flirte est aussi le premier à dévoiler son jeu.

— Je suis « *cash* », comme tu dis, parce que ça m'a traversé l'esprit.

Il prend une inspiration, relève les yeux vers moi.

— On flirte depuis qu'on s'est rencontré, non ?

C'est tout, c'était la réponse dont j'avais besoin. Quelque part au fond de moi, je sais déjà que je passerai la nuit avec lui. Je vais le laisser se fatiguer un peu à faire ma conquête. C'est bien plus plaisant comme ça.

Et il le fait. Il me fait la cour, à l'ancienne.

Anouk, ravie de la tournure que prend la soirée, propose que nous allions danser dans un club à quelques rues de chez elle. Une quinzaine d'invités se laissent convaincre. Les néons violets du

Crazy Zoo deviennent notre phare dans la nuit, nous ne marchons pas droit, sérieusement éméchés ; je ne sais pas comment je fais pour ne pas trébucher, perchée sur des talons. Le monsieur muscle à l'entrée nous laisse passer sans trop de difficultés.

Le temps commence à s'étirer, je m'oublie, j'entame un pas de danse endiablé avec Anouk ; je tourne, tourne, tourne et je vois Xavier qui me regarde danser. Il boit une gorgée, me sourit, avale une nouvelle gorgée ; je le revois comme la première fois au Marriott, où il avait la même manière, sans gêne, de me dévisager. Et ses yeux font *mal*. Il sait à l'avance ce qu'il est sur le point de se passer.

— C'est indécent comme il te regarde, dit Anouk à mi-chemin entre l'admiration et la répulsion.

Puis, il y a ce moment unique et étrange où je me sens presque mal, et l'alcool n'a rien à voir là-dedans. Mon cœur bat en rythme avec les pulsations de la musique et les stroboscopes m'envoient des décharges électriques, je suis prête à sombrer. Xavier me rattrape au vol, la musique se fait plus douce. J'attends son baiser avec impatience.

***

« *Baise-moi !* », je veux crier, mais aussi « *fais-moi l'amour comme au cinéma, avec les ralentis et les violons* ». Mais je ne dis rien. Ma bouche est occupée ailleurs.

Il fait noir. On se cogne contre un mur, puis un autre. Complètement excitée, le trouillomètre à zéro, je ne sais pas très bien ce que je fais. Il me faut encore retarder l'instant. Je murmure :

— Déshabille-toi.

J'ai toujours rêvé de le dire et je n'ai pas honte de demander. Il s'exécute sans prononcer un mot. Le froissement des étoffes déchire le silence de la pièce. Il me regarde comme si c'était moi qui étais nue devant lui. Il a déjà ces yeux sévères qui n'appartiennent qu'à l'amour. Je veux le voir tout entier, voir l'effet que je lui fais, mais l'homme se contrôle et attend, il s'est embusqué au coin du bois.

C'est mon tour maintenant. Je laisse choir mon petit haut sur le sol, puis ma jupe ; apparemment, il aime ce qu'il voit, car il sourit, très peu, mais la commissure des lèvres est bien légèrement relevée ; je sens qu'il va bondir, mais j'ai encore envie de jouer :

— Je te parie que je peux enlever mon soutien-gorge sans utiliser mes mains.

— Pari tenu.

Sa voix, à la fois rauque et suave, fait monter l'adrénaline en moi, je respire plus vite que je ne le voudrais. Puis je le fais, je fais rouler mon épaule droite sous ma bretelle, lentement, elle finit par céder et glisser le long de mon bras. La bretelle gauche est plus coriace, je n'arrive pas à la faire tomber, je me mords les lèvres, amusée. Xavier rit doucement. Mes bretelles pendant de chaque côté, maintenant, je lui adresse un petit haussement de sourcils signifiant « *pas mal, non ?* », il me répond par un autre haussement de sourcils « *et maintenant ?* ».

Je lève les mains, en signe de reddition. Je m'approche de lui, à pas de louve, puis lui offre une vue plongeante sur mon dos. Mes fesses effleurent son sexe, qui s'enfle doucement. Pas question de bouger le petit doigt : il doit défaire, lui, les agrafes de mon soutien-gorge. Il comprend. Il frôle ma peau, caresse mes épaules, en faisant tomber mon arme, en me faisant baisser les bras. Je le sens respirer mon odeur au creux de ma nuque. Je bascule, je me laisse faire.

— Sans les mains, tu vois…

J'avais promis de faire de ce moment, un épisode rock'n roll et violent, mais l'heure venue de l'écrire un voile pudique est venu recouvrir délicatement l'étalage de peau.

***

;-) Smiley clin d'œil. Vous saliviez ?

Suis pas une vraie sainte-nitouche qui coupe le film au meilleur moment. Je tiens toujours mes promesses.

La peau. La peau. J'aime la peau. Son étalage ne me fait pas peur. J'y prends du plaisir.

Les premières fois, le sexe provoque rarement le fameux « effet waouh » promis par le cinéma. Les diapasons n'étant pas accordés, il faut trouver le bon tempo dans cette danse à contretemps mal chorégraphiée ; c'est au mieux une partie de poker menteur qui commence : jusque-là, les joueurs ont fait monter les enchères, mais ils sont sur le point de perdre la main. *Et si j'assurais pas ? Et s'il était tordu ? Et pourquoi j'ai pas mis un string ?*

Des fantasmes rocambolesques, il ne reste rien une fois face à face et nus. Les grandes gueules se transforment en grandes muettes, l'assurance en gaucherie, l'ardeur en langueur, la complicité en gêne, les contorsions du kama sutra en missionnaire, les râles en hoquets. Les allées et venues du voisin font office de violons, les ralentis n'existent pas, pas plus que les porte-jarretelles, les abdos « tablette de chocolat ». Ou l'amour sans capote. Avec Flo, c'est ce qu'on appelle la politique du *Stop and Go* :

— *Attends ! C'est bon, tu en as une ?* (STOP) *Ok tu peux y aller* (GO).

Le vrai sexe interdit le romantisme.

On en est encore là avec Xavier : à se jauger sans oser. *Qu'est-ce qu'il aime ? Qu'est-ce qu'il n'aime pas ? Que va-t-il me faire que je n'aime pas ? Qui va se lâcher le premier ? Est-il affamé de moi comme je suis affamée de lui ?* Fait chier d'être une femme cérébrale. Mon corps contre mon esprit.

Donc : il en était à respirer mon odeur dans le creux de ma nuque. J'ai bien pu faire ma maligne jusqu'au moment où il met sa main dans ma culotte. J'ai tellement les chocottes que je passe complètement à côté du moment… pendant une minute à peu près. *Oh, ruine-moi !!!* Il arrête sa besogne – *quoi déjà ?!* – et me pousse par derrière contre le mur le plus proche. De son autre main, il caresse mon cou, suis la courbe de mon dos. Puis, il pince mon téton du bout des doigts. Je déteste ça. Il resserre son emprise sur mon poignet et me fait bouger d'une façon que je ne souhaite pas tout à fait. Il me retourne, face à lui. Je crois que je tremble. Il descend, descend, descend le long de mon abdomen, s'agenouille, écarte ma cuisse. Va-t-il… ? *Non, non, non, suis pas prête !!!* Est-il… ? Euh… est-il en train de renifler mon sexe ? De me humer ???

Il vient deviner mes pensées avec sa langue, lapant mon corps écartelé. Diabolique. Gémissement ; gémissement. Je me retiens, je ne veux pas qu'il voie que je suis trop contente d'être là. Il semble encore changer d'avis en remplaçant sa langue par ses doigts. Je préfère. Il masse et masse encore. Puis, glisse un doigt à l'entrée de mon vagin. Torture.

— Tu aimes ça, murmure-t-il.

Il ne pose pas une question, il affirme. Je grimpe dans mon désir. L'air est parfumé de ma propre excitation. Vapeurs humides.

— Ce n'est rien en comparaison…

Étant sur le point de dire quelque chose de très niais, je lui mets un doigt sur la bouche pour le faire taire. J'peux pas rester passive comme ça. Pourquoi devrait-il être le seul à s'amuser ? Je réclame mon dû. Plus ou moins. Je m'enhardis un peu. Je lèche mes doigts. Pour aller énerver le bout de sa bite. Il a l'air extatique. Il met sa main sur ma nuque m'incitant à descendre. *Nan mais moi jamais ; jamais de fellation la première fois !* Au diable ! À pleine bouche, j'oblige mon partenaire. Qui ne peut réprimer un immense soupir. Je m'applique. J'ai un peu envie de rire. Je suis aux pieds de Xavier Beleire, lunaire !

Après quelques minutes, j'estime qu'il est temps de passer aux choses sérieuses. Je retourne chercher ses lèvres. Sa bouche se fait douce, son corps se fait dur. Il me pousse sur le lit, un peu précipitamment. Et il reprend là où il s'était arrêté, à mon clitoris.

— Tu es prête pour moi.

Oh la la ! Je kiffe grave.

Et puis, je le sens, l'homme hésite, incertain de lui, de moi, ses mains voudraient bien, sa pudeur dit non, et d'une toute petite voix :

— Tu es sûre, tu veux ?

Un moment de vulnérabilité. Qui me fait fondre. Bien sûr, je veux. Il se fait marbre à nouveau. Pesant sur mes hanches, il m'empêche de bouger. Mâchoire serrée, il plante ses yeux dans les miens. Regard avide. Regard de panthère.

— Mets-moi à l'intérieur de toi.

J'ai la frousse. Et je ne me reconnais pas. Toute enhardie par lui, je prends son sexe et le plante dans le mien. Je mouille encore plus. Et il n'est pas tendre. Il me baise. Durement. Rapidement. Brutalement. Je suis fascinée par la sensation de sa bite en moi. Par ce fourmillement.

Je ne crois pas que je gémis. Je dirais que je suffoque. Les battements de cœur cognent ma poitrine. Je perds deux secondes le fil de ce qu'il se passe à ruminer sur mon manque d'entraînement flagrant. Mais il gémit, lui ; ce son m'affole, j'en redemande, j'y vais plus fort. Je sens mon vagin se contracter. *Ravage-moi ! Balance tes reins en cadence ! Baise-moi ! Plus fort, plus vite, plus dur !*

C'est tout ce que j'imaginais et tout ce que je ne soupçonnais pas. Je suis excitée par tout ce qui fait de lui un mâle et de moi une femelle. Chair contre chair. Ventre contre ventre. Brut contre brut. Et la houle est forte. Et le bateau est fort. Au flux et au reflux des marées, je tangue.

Il me demande de venir sur lui. *Comment on fait ça déjà ?* À quoi je peux m'accrocher dans ce navire ??? Je m'accroche à ses lèvres, je m'abreuve de son haleine, j'avale son râle.

Il fait 300°.

Enfouissant sa tête dans mon cou, il me serre si fort au moment de l'orgasme que je crois qu'il va me casser en deux. J'adore ça. Ma colonne vertébrale est parcourue d'un spasme. Sismique. Il hurle. Et hurle encore. Et je l'accueille. Et il m'accueille.

Maintenant, l'air est liquide. Je m'enlise dans ses sables émouvants. Rêves d'apesanteur.

***

Je me réveille avec un parfum de fleur vénéneuse dans le nez. Xavier m'enveloppe de ses bras. Il ne dort plus, mais reste silencieux. Je regarde les ombres et les lumières jouer sur le plafond. La poussière tournoie dans un rayon de soleil qui s'est glissé au travers des persiennes. Je tourne mon visage vers son visage, ses longs cils frémissent en me voyant. Il me sourit, m'enlace un peu plus fort et je ne trouve rien à dire.

J'avais été tenaillée par une furieuse envie de m'encanailler avec lui ; maintenant que je l'ai eu, que je l'ai fait, que je suis allée au bout, j'en ressors avec un sentiment d'inachevé. Loin d'être apaisée, je suis même en colère sans trop savoir pourquoi. Mon désir a pourtant été satisfait et repu, mais je ne veux plus être là, dans ses bras, dans ce lit, et je cherche le meilleur moyen de prendre mes jambes à mon cou. Il n'y a plus rien à attendre de cette relation, elle est morte comme elle est née ; l'électricité de notre rencontre s'est évaporée. Nous nous sommes consumés dans cette nuit et on ne fait pas du feu avec des cendres.

Maintenant que nous sommes nus, il est impossible de cacher ce que nous sommes. Xavier a un tout autre visage ; le masque angélique dont je l'ai paré est tombé : sa face est monstrueuse, il est redevenu un homme comme les autres. Et dans ses bras, je ne suis qu'une fille de plus.

Si j'essaie de juger les choses froidement, je me rends compte que certains désirs feraient mieux de rester du domaine du fantasme. Cette histoire ne m'a rien apporté ; et si je n'y ai rien gagné, je ne suis pas sûre de ne pas y avoir perdu un peu. Je n'ai aucun regret, que ce soit clair. Il fallait que j'aille jusqu'au bout de l'histoire pour la terminer, je suis allée au bout de l'histoire pour voir jusqu'où je pouvais aller.

À force de penser à lui, d'anticiper et d'imaginer mon histoire avec lui, je me suis montée la tête et le cruel constat du matin, c'est que nous n'avons rien à nous dire.

Je profite encore de l'incroyable chaleur de son corps. Je n'ose compter le temps qui s'est écoulé depuis la dernière fois où un homme m'a tenue dans ses bras. Et j'avais tant besoin de cette chaleur. J'en crevais. Je me blottis plus fort contre lui et profite tristement des dernières secondes où nous sommes encore des amants énamourés.

***

Un petit cadre entre des piles de livres attire mon attention. En m'approchant, je suis frappée : il n'y a aucune photographie dans l'appartement de Xavier, sauf celle-là. Une boule se noue dans mon ventre. Un couple de jeunes mariés sourit. Xavier n'a pas changé, toujours les mêmes yeux perçants et cette allure incroyable ; aujourd'hui, il a tout au plus des tempes grisonnantes et un air moins fringant peut-être. Et elle… Sublime, rayonnante. La photo est en noir et blanc, mais je peux y deviner la clarté de ses yeux et la couleur sombre de ses cheveux. Elle est aussi grande que Xavier, élancée et porte une robe de princesse. On dirait une actrice, j'ai l'air d'un petit boudin à côté.

On ne rivalise pas avec les morts. J'en viens à me dire qu'aucune femme n'aura jamais sa chance avec Xavier, il papillonne de femme en femme pour oublier celle qu'il a perdue. En même temps, je devrais éviter de faire de la psychologie de comptoir.

Xavier me voit en train d'observer la photo de sa femme, il ne dit rien. Je me tais aussi.

***

Ludo nous a invités la veille à la remise d'un prix, organisée par sa rédaction. Toute notre petite clique doit se retrouver devant la salle plénière. Xavier sera là aussi. Ce qui semblait une bonne idée hier se révèle plus problématique cet après-midi.

— Alors, vous vous êtes éclipsés discrètement hier avec le journaliste sexy ?!! me demande Anouk, en roulant des yeux avec un grand sourire.

— Oui.

— Ben raconte.

Je n'ai pas envie de mentir, mais je n'ai pas envie de raconter non plus, c'est trop frais, trop personnel.

— Non.

— Vous avez passé la nuit ensemble, non ?

Oui, oui, et il m'a retournée dans tous les sens et prise par tous les trous ! J'opte pour une réponse plus soft.

— Je te raconterai.

— Il ne me plaît pas tant que ça, ce mec, continue-t-elle.

Heureusement, car ce n'est pas toi qui as couché avec lui...

— Moi, je ne pourrais jamais lui faire confiance, il a l'air malsain, je ne sais pas comment tu as fait.

Tu as raison, cocotte, mais j'ai le cœur suffisamment accroché, pas comme toi, sale petite prude.

Pauline trépigne d'impatience :

— Et sinon, il t'a fait un cuni ?

(N.B. : à lire avec un smiley blasé – yeux fatigués, bouche serrée et une bulle au-dessus de la tête : « *Ta gueule !* ».)

À l'autre bout du hall, je reconnais la démarche féline de Xavier. *Gloups !* Je suis flanquée d'Anouk à ma droite et de Pauline à ma gauche. Si elles pouvaient se transformer en forteresse… Il n'y a pas d'échappatoire.

La pénombre s'installe soudainement devant mes yeux, je vois Xavier nu au-dessous de moi, le visage crispé de plaisir. J'entends un râle.

Je suis foudroyée, il est à quelques centimètres de moi, habillé cette fois. C'est la panique. Xavier ne salue même pas mes amies. Il attrape mon visage à deux mains et m'embrasse à pleine bouche. Je ne sais plus où je suis, mon teint doit virer tomate. Non mais quelle blague, pourquoi se croit-il obliger de sortir le grand jeu devant tout le monde ?! Je me sens godiche, j'ai l'impression d'être la fille au tailleur rose et je déteste ça, que Xavier me traite comme une des ses poules.

Ludo vient nous rabattre dans la plénière. Xavier s'assoit avec les équipes de rédaction et les gens importants. Notre clique prend place en fond de salle avec les gens insignifiants.

Des types sinistres se succèdent au pupitre pour faire l'éloge des écrivains récompensés. Je n'ai tellement pas la tête à ça, je n'entends rien de ce qu'ils disent, tout ce que je vois, ce sont des sourires complaisants.

Je guette Xavier, assis à quelques rangs. Il sourit avec sa désinvolture caractéristique. Il va sans dire qu'il est comme un poisson dans l'eau ici. Il est vraiment très beau.

Comme j'ai voulu aimer cet homme ! Avec férocité.

Encore une fois, comme souvent dans ma vie, je ne suis plus dans mon corps ; je suis une paire d'yeux perçants. Je dissèque les gestes de Xavier : sa mâchoire qui se sert légèrement alors qu'il tend l'oreille pour écouter les chuchotements de son voisin, sa veine qui palpite dans son cou, sa main négligemment posée sur son genou, qui fait des petits va-et-vient.

Flash. Nu, sur moi, les sourcils froncés.

— *Viens sur moi*..., dit-il dans un souffle presque plaintif.

Flash. Badaboom ! Patatras ! Je suis étonnée que personne ne m'ait vue me vautrer. Xavier continue d'échanger des commentaires avec le croque-mort assis à côté de lui. Il n'a pas un regard pour moi. Il ne me voit pas nue sur lui.

La lumière blanche du début d'été inonde la salle. Je crois que j'arrive même à percevoir le bruissement des feuilles de platanes, à travers les fenêtres entrouvertes.

Peut-il se rendre compte à quel point je pourrais lui faire du bien ? À quel point *j'aurais pu* lui faire du bien ? Xavier n'a jamais eu le mauvais goût de me faire de promesses. Nous n'aurions jamais pu être un *couple*. Il n'empêche, je ne veux pas ressentir ce que je ressens maintenant. Mon cœur dégouline dans ma poitrine.

— ... et le choix du jury s'est porté vers « Le Soufre et la Rose », roman mettant en lumière... annonce un employé des pompes funèbres.

Et l'écho me renvoie que certaines histoires sentent le soufre quand elles auraient pu sentir l'eau de rose.

Paris redeviendra-t-elle une grande ville où je ne croise jamais personne ?

Cette cérémonie s'éternise ; j'ai besoin d'air, j'ai besoin d'espace. Avec un regard entendu, Anouk et Pauline s'éclipsent d'elles-mêmes tandis que le reste de notre groupe se disperse au milieu des invités.

Xavier vient à ma rencontre.

— Viane...

— J'ai besoin de te parler.

17
LE POINT DE VUE D'UN HOMME

J'ai un regret, je l'ai laissée partir. Après la remise du prix, je me suis débattu comme un forcené pour m'empêcher de la retenir. Pourquoi refuser ce qui est bon ? Je ne pourrais que l'abîmer. Nous sommes trop différents, pas du même monde. Elle ne le sait pas, mais je me complais dans ma vie sordide, faite de filles faciles qu'on se tape dans des parkings, remplie de soirées qui ne sont pas de bonnes soirées sans un bon vieux cocktail champagne-cocaïne. Elle ne sait pas quels hommes j'ai dû soudoyer et à quoi j'ai dû m'abaisser pour obtenir l'information qui ferait la une du lendemain. Elle ne sait pas que j'y ai pris du plaisir.

Je me suis senti vieux auprès d'elle, je lui en ai voulu pour ça. L'espace d'un instant, j'ai souhaité avoir à nouveau vingt-cinq ans pour être jeune en même temps qu'elle. Elle sent le bois vert, je suis rassis. C'est encore une petite femme, qui tire de tous les côtés pour savoir qui elle est. Je me demande quelle femme elle sera quand elle aura mon âge.

Un jour, je l'ai aperçue de loin au jardin du Luxembourg. J'ai pu l'observer un moment. Alanguie dans l'herbe, elle s'est redressée soudainement, fixant le ciel. Elle était étrangère aux messes basses de ses amies. J'aurais donné n'importe quoi pour connaître la teneur de ses pensées. Elle avait les yeux d'une femme qui a vécu, une femme égale en âge et en force avec moi.

Pourtant, je l'ai surprise à me regarder avec de grands yeux d'enfant. Elle espérait clairement autre chose. Elle a dû penser que j'étais un type qui pouvait changer et je ne veux pas changer.

Viane est arrivée dans ma vie comme une surprise – une bonne surprise, mais je l'avais sur les bras et je ne savais pas quoi faire d'elle.

Quand la porte s'est ouverte sur elle dans l'ascenseur de l'hôtel Marriott, je l'ai vu tout de suite, elle n'est pas de celles qui savent dissimuler leurs pensées, je pouvais lire sur son visage son agacement, sa rage, son amusement. Elle se donnait l'air de celle qui a tout vu, tout connu et qu'on n'impressionne pas.

Quand je l'ai vue, j'ai voulu l'embrasser. Quand je l'ai goûtée, j'ai eu une envie irrépressible de la voir nue. Puis, de la baiser. J'ai l'impression que j'aurais pu faire ce que je voulais.

Tout est de ma faute, je l'ai invitée à me rejoindre, je lui ai donné envie de moi. Je pouvais sentir à quel point elle me voulait, je me suis dit que ce serait facile de coucher avec elle. J'imaginais déjà comment j'allais la prendre… Et puis, devant elle, j'ai eu peur. Jusqu'au bout, j'ai pensé qu'elle se déroberait sous mes doigts, elle n'aurait jamais le cran. Ce n'est qu'une gamine, après tout. Je lui en voulais, car j'étais persuadé que je n'arriverais pas à l'avoir. Et en même temps, ça m'excitait qu'elle soit capable de me résister.

Elle était là, dans mes bras, nue, offerte, et je n'y croyais toujours pas. Je la *respectais*. Soudain moins fort qu'elle et toujours plus empli de désirs.

— *Est-ce que tu veux de moi* ? Je ne voulais pas l'implorer, mais je devais faire attention, faire comme elle voulait, elle. C'était beau. C'était bon.

Je crois qu'elle a aimé aussi.

Quand je l'ai revue à la cérémonie, elle ne paraissait pas enchantée de me voir, elle n'a pas souri, m'a presque regardé comme un étranger. Elle s'est raidie quand je l'ai embrassée.

« *J'ai besoin de te parler* », a-t-elle demandé. Je n'en avais pas envie, mais je voulais faire les choses bien.

Son regard disait, « *Je m'attends à tout, même au meilleur, que faisons-nous ?* ». J'ai dit : « *J'ai déjà des regrets, j'ai l'impression que je suis en train de faire une connerie* ». Et c'était vrai. J'avais peur qu'elle fasse une scène ; au lieu de ça, elle a souri, tout le temps. Je crois que je l'ai vue pleurer, aucune larme n'a coulé pourtant, elle pleurait de l'intérieur. C'est là que j'ai eu une boule dans la gorge, je me suis senti très con, parce que je ne savais plus ce que je voulais. Et maintenant, je loue ma capacité à faire ce qui est bon pour elle.

Si je commençais une histoire avec cette fille, elle s'apercevrait forcément que je ne suis qu'un connard. Et elle me laisserait tomber. Et puis, ce n'est pas comme s'il n'y avait pas d'autres femmes dans ma vie, je ne peux pas me consacrer qu'à elle.

18
LE POINT DE VUE D'AXEL

Qu'est-ce qui l'intéresse chez lui ? C'est ce qui la fait mouiller, un mec pété de tunes ? Il peut l'aider à dégoter un job ? J'suis pas beau ?!

Quand on avait vingt ans, j'aurais été prêt à aller à l'Église et à me marier avec elle sur le champ. C'était une terreur, elle me traitait de bigot et disait que l'Église, c'était pour les ringards. Plus elle me rejetait, plus je la voulais bien sûr, c'est triste d'être un homme parfois. Il fallait que je sois avec cette fille. Rien que son odeur me filait la gaule, surtout quand je lui faisais la bise, la racine de ses cheveux sentait… sentait Viane… Il n'y a rien qui sente comme elle, même après avoir couru, elle sent bon, elle sent toujours bon.

J'ai dû faire une croix sur elle ; si elle ne me voulait pas, il fallait que je l'accepte, par respect. Et parce que je n'ai pas toute sa vie à l'attendre, parce qu'elle trouvera forcément quelqu'un et que son nouveau mec n'acceptera jamais qu'elle passe autant de temps avec moi, je me suis dit qu'il fallait que je prenne ce qu'il y avait à prendre, que je profite de sa présence au maximum. Et même maintenant, si elle me sifflait, je quitterais Élise et je rappliquerais dans la minute pour ramper à ses pieds. Je serais même prêt à ramasser les miettes, devrais-je passer après dix autres gadjos, je n'ai aucun amour-propre, je ne suis qu'un chien galeux qui réclame un peu d'attention et je suis heureux pour dix ans quand je vois un peu d'affection dans ses yeux. Je ne lui dirais jamais, évidemment.

Mais là, je la déteste, pourquoi lui, ce bâtard fini, ce m'as-tu-vu, ce bellâtre fadasse ? Comment peut-elle être aveugle à ce point ? Putain ! Je l'imagine en train de le sucer, ce petit queutard de merde, elle me dégoûte. Elle a été éblouie parce qu'il avait plus de deux mots de vocabulaire, parce qu'il est célèbre… « *La Verve Assassine* », mon cul ! C'est la « verge assassine », oui. Je n'ai même pas aimé le bouquin !

Et moi, je suis à côté, à espérer qu'elle me voie et qu'elle arrête de me considérer comme une de ses copines. Ludo me dit que des singes sortiront de mon trou du cul avant que Viane ne me regarde comme un vrai mec. Je ne suis pas normal de la désirer fort comme ça, j'ai envie de lui faire mal comme elle me fait mal, de la détourner de ce gros dégueulasse. Quelques secondes, ce serait déjà une victoire. J'aimerais même sa fureur, ça me rassurerait de voir que je lui tiens à cœur, mieux vaut sa colère que son indifférence.

Je sais que j'ai tort de la mettre sur un piédestal ; elle s'est toujours foutue de ma gueule parce qu'elle pensait que j'attendais une fille qui n'existait pas, qui « *n'aurait pas de poils sur les jambes, qui ne ferait pas pipi et caca et qui n'aurait jamais ses règles* ». En fait, j'attendais une fille qui la supplanterait elle, qui me ferait l'oublier, qui la détrônerait, mais cette fille n'est jamais venue. Viane est toujours mieux que les autres, elle place la barre très haut. J'ai fait tout ce que je pouvais pour attirer son attention, je me démène pour la faire rire, il faut que je justifie ma présence auprès d'elle, que je me donne une raison valable pour avoir le droit de la côtoyer et de la mériter. Déjà sur les bancs de l'école, j'inventais des excuses miteuses pour m'asseoir à côté d'elle, elle ne s'en est jamais aperçue, je crois, il me manquait toujours un stylo ou je me débrouillais pour la rejoindre au piquet, sa langue bien pendue lui ayant souvent valu la punition ; je me suis incrusté dans sa vie et je m'y suis accroché comme un parasite. Je me sentais au chaud avec elle, en confiance, un peu comme en famille. J'ai essayé de la rendre jalouse, aussi, mais au lieu de ça, elle m'a encouragé dans mes relations avec les femmes.

Ce fameux soir au *Duc des Lombards*, j'étais prêt à tenter le tout pour le tout. Oui, j'avais déjà Élise dans ma vie, mais c'était insupportable d'être avec elle, alors que je voulais Viane. Si je n'avais rien qu'une chance, même infime, d'être avec elle, je devais le savoir. Mais il a fallu qu'on tombe sur l'autre bâtard et qu'il casse mon coup. J'ai pris sur moi. Je me suis rabattu sur Élise (ma douce Élise, elle me haïrait si elle savait…) car je ne peux pas rester sans personne, à mater des pornos toute ma vie. Je me suis dit qu'elle verrait qui il était. Comme je me trompais !

Putain ! J'suis malheureux ! J'la comprends pas, si seulement j'avais le mode d'emploi pour comprendre comment elle fonctionne. Ludo dit qu'elle n'est ni sourde, ni aveugle et qu'elle doit prendre un malin plaisir à me manipuler pour que je reste à sa disposition, mais je la connais, Viane, elle n'est pas comme ça, je suis un substitut de frère pour elle. D'ailleurs, elle pense que ça lui donne des droits sur moi et ma vie, alors elle ne m'épargne jamais rien. Elle est toujours dure. Elle est casse-couille, mais une bonne casse-couille, d'une certaine manière, elle fait de moi un homme, elle me fait avancer, parce que, si elle n'était pas là, je ne serais qu'un grand con.

Je croyais que je pourrais fissurer son cœur de pierre. Viane ne pleure jamais, elle refuse de se laisser aller en public. Pourtant, un jour quand nous avions douze ans, elle n'a pas pu faire autrement. Et j'ai aimé ses larmes, je l'ai prise dans mes bras, j'ai souhaité qu'elle n'arrête jamais de pleurer, pour qu'on reste là, comme ça, enlacés. Elle avait besoin de moi, pour une fois, et je voulais lui montrer qu'elle pouvait compter sur moi, n'importe quand, comme un frère, comme un amant. Est-ce qu'elle a partagé ne serait-ce que la moitié de ça avec ce Xavier ?!

Viane n'est pas une fille de passage, elle est exceptionnelle, il n'y a que moi qui la connais de l'intérieur, qui sais à quel point elle est belle, lumineuse. Pour Xavier, elle n'est qu'une passante, il ne la comprendra jamais comme je la comprends, il ne l'aimera jamais comme je l'aime.

Il va falloir que j'apprenne à vivre sans elle, que je la « quitte », que je me détourne d'elle, que je ne la regarde plus, que j'en vienne à la considérer seulement comme une amie et que j'arrête de japper dans ses jupes… Je me sens tout noir à l'intérieur, j'ai presque peur de la briser si je la vois, je ne savais pas que j'étais capable de ressentir ça… Je n'aurai jamais la force de la quitter, je m'en rends compte, je préfère souffrir en la voyant plutôt que de ne pas la voir du tout…

Pile : je lui dis que je l'aime ; face : je ne la revois plus jamais.

19
LA GUERRE DES SEXES

À 13 heures, l'interphone me transperce les tympans :

— *Axel.*

Il ne passe jamais si tôt dans l'après-midi, encore moins sans prévenir, c'est louche. Il monte les escaliers en trombe, j'entends son pas lourd marteler les marches. Quand il franchit la porte, je peux voir qu'il a perdu son insouciante légèreté, un masque dur lui pétrifie le visage.

— Il faut qu'on parle.

Je suis intriguée. Je l'invite à s'asseoir. Je remarque qu'il ne me regarde pas comme si ma vue l'insupportait.

— Qu'est-ce qu'il y a ?

— Ce qu'il y a, c'est que ça me fait du mal d'entendre que tu te laisses embobiner par un mec comme Xavier Beleire. Comment as-tu pu rentrer avec lui ?

Abasourdie, je comprends que *la* nouvelle a été colportée au sein de notre microcosme. Je comprends aussi qu'Axel me fait une crise de jalousie en bonne et due forme. Je n'avais pas pensé au facteur « Axel » en rentrant avec Xavier, je n'avais pas à y penser.

— Je n'ai pas de compte à te rendre, Axel, ça ne te regarde pas.

— Je sais. Je sais que je n'ai pas le droit d'être là, de dire ça, mais j'peux pas m'en empêcher. Je ne comprends pas qu'une fille intelligente comme toi manque à ce point de discernement. C'est pas toi, ça.

— Et bien si, c'est moi. Je ne vois pas où est le problème.

— Il n'en avait qu'après ton cul et toi, tu t'es laissée faire. Ça me fait mal d'entendre ce que les autres disent de toi.

J'essaie de garder mon calme.

— Je n'ai rien fait de mal. J'avais envie de lui, il avait envie de moi.

— Tu m'avais dit que tu ne t'intéressais pas tant que ça à lui, tu m'as pris pour un con.

— Mais c'était évident que je m'intéressais à lui, mais je ne savais pas exactement ce que je ressentais.

— Il a suffi qu'il claque des doigts pour que tu rappliques.

Sa voix se transforme en plainte.

— Je t'imagine trop, un peu bourrée, avec tes yeux aguicheurs…

Là, il marque une pause avant de donner le coup de grâce : « *Tu n'es qu'une traînée…* »

Remarquez qu'il n'a pas utilisé le mot « *pute* » – il n'a pas osé – mais c'est ce qu'il a pensé, très fort. Majeure, plus que consentante, j'ai couché avec un homme et je suis une traînée. Si Axel avait fait la même chose, je l'aurais accueilli avec des « hourras ». Il a un sérieux problème de mentalité et je pense qu'il n'est pas le seul. Je me suis toujours demandée ce qui pouvait transformer un mec *a priori* normal en Cro-Magnon de base.

Je pourrais vous dire que tout est de la faute de cette petite catin d'Ève : n'a-t-elle pas pactisé avec le diable, mordu dans le fruit défendu et refilé son péché et son esprit vénal à ses filles ? Mais je n'y crois pas vraiment. Laissez-moi vous exposer mon point de vue de femme : j'ai retourné le problème dans tous les sens et je suis arrivée à la conclusion que les hommes ont choisi de dominer les femmes pour ne pas être dominés par elles. Ils ont *peur* des femmes car ils savent le pouvoir qu'elles *peuvent* avoir sur eux.

Prenez le premier péquenaud dans la rue. Mettez-le devant n'importe quelle publicité de lingerie mettant en scène une fille en string. Observez l'avancement de l'érection. Voilà. C'est tout. On en est là. L'homme est sous le joug de ce pouvoir féminin. Le dicton clame « *l'homme propose, la femme dispose* ». C'est vrai, c'est injuste, le mec se tape tout le boulot, la fille condescend à lui dire oui du bout des lèvres et attend de lui les prouesses les plus fantaisistes au lit. Rien qu'à l'anticipation de ce travail, les hommes font déjà dans leur pantalon. Ce qu'il y a dans leur pantalon étant cependant plus fort qu'eux, ils arrivent dans 92,73561% des cas à surmonter leur mauvaise volonté pour se lancer dans la conquête de la belle.

Mais, un homme, un jour, n'a pas eu envie qu'on dispose de lui. « *Toi, je te veux, toi, je te prends* » a-t-il pensé. Il a trouvé bien plus commode d'aller tirer une femme par les cheveux, de la prendre en levrette dans le noir de sa caverne et il a instauré l'étrange rituel du mariage arrangé pour que ça paraisse moins suspect. Oui, je pense que c'est comme ça que l'humanité est devenue ce qu'elle est. Avec ces femmes dont tout le corps incite à l'amour, il fallait trouver le moyen de se les approprier.

Autre facteur non-négligeable, peut-être le premier, la concurrence entre les mâles eux-mêmes. Les hommes savent comment les autres hommes pensent. Tout à coup, ils ont réalisé que d'autres hommes pouvaient se branler en pensant à leur(s) femme(s) (avec ou sans pluriel). Cette idée leur a paru insoutenable. Ils ont donc décidé de cacher l'objet du crime derrière une burkha ou une ceinture de chasteté… C'est comme ça que la cheville est devenue l'endroit le plus sexy de l'anatomie féminine au Moyen-âge, si, si… C'est la même logique qui régit votre voisin, celui interdisant à sa nana de porter une mini-jupe « *parce qu'elle a l'air d'une pute* » (ce n'est bien sûr pas ce qu'il pensait quand il l'a rencontrée). Il n'est que le résidu de 150 000 ans et des brouettes d'humanité, avec un « h » comme homme.

Toute cette digression pour dire qu'Axel n'est qu'un petit con de mec qui vient de renouer avec cette tradition, plusieurs fois millénaire ; je ne suis plus que cette fille en mini-jupe.

Ses paroles font écho dans ma tête : « *Je t'imagine trop, un peu bourrée, avec tes yeux aguicheurs… Tu n'es qu'une pute…* »

J'ai mal. Je suis un animal blessé, je traîne la patte pour essayer de fuir, je sens qu'on va m'achever. J'ai envie de mordre, de désespoir, pour ne pas partir sans avoir rendu, tant que je pouvais, coup pour coup.

Si Axel est malheureux, c'est parce qu'il vient de se rendre compte que je suis libre de disposer de moi-même. Je ne suis pas une fille dans une caverne, je n'appartiens à personne ; j'ai lâché prise pour une fois et si Axel n'accepte pas que j'ai une vie en dehors de lui, c'est qu'il est un peu bête au fond. La tentation de lui déclarer la guerre est forte, mais je m'essaie à un peu de psychologie.

— Axel, je suis célibataire. Xavier Beleire n'est pas le premier venu. Qui te donne le droit de venir me faire la morale ? Qui te donne le droit de me juger ? Tu es pris. Tu as une copine et tu es mon ami.

— Je sais que je n'ai pas le droit de te dire quoi que ce soit, que je ne suis pas à ma place, mais ça me fait mal, ça me tue… Je ne te vois plus pareille…

Je déglutis. C'est sûr, je viens de dégringoler de mon piédestal ; il faut que j'accepte qu'il ne me voie « *plus pareille* ». Je ne veux pas le perdre, mais je ne veux pas lui dire ce qu'il veut entendre, comme si je m'excusais.

— Oui, je ne suis qu'une pute : j'ai couché avec un mec. C'est ce que tu veux entendre ? Qu'est-ce que tu veux que je te dise, Axel ?!! On fait quoi maintenant ?!

Je ne saurais dire en quels termes nous nous parlons après. Je crois que je ne l'entends plus vraiment, le temps est comme figé ; je le vois bouger, articulant des mots, fronçant les sourcils et appuyant ses propos de ses mains. Je suis un peu ailleurs, mon attention se porte sur le rayon de soleil qui aveugle Axel, sans qu'il ne s'en rende compte, mais qu'il cherche pourtant à éviter.

Je ne sais pas ce que je lui réponds. C'est une conversation ubuesque. Je crois que nous trouvons toutes les manières imaginables et possibles de dire que nous nous aimons, sans utiliser une seule fois le mot.

À 4 heures du matin, après des dizaines de textos et d'appels manqués, Axel décide d'aller retrouver Élise. Le silence pèse lourd. J'aimerais que nous nous cantonnions à notre éternel *statu quo*. Mais je n'arrive plus à lire en lui. Lui aussi n'est plus « pareil ».

Sur le pas de la porte, Axel me jette son fameux petit regard par en-dessous. Il me dit « *j'y vais* », n'y va pas, se gratte la tête. Mon cœur est une petite pomme rabougrie qui vomit son mal-être :

— Je ne me sens pas bien, je n'aime pas ce qui nous arrive.

Il hausse les épaules et répond « *moi non plus* ». Après quelques pas vers les escaliers, il s'arrête dos à moi et contemple le vide. Un long moment.

Il se retourne, et d'un pas brusque et lourd, se dirige vers moi. Je ne cille pas, même pas d'un iota, bien que ma petite pomme rabougrie ait des ratés et que je me sente au bord de l'asphyxie. Attrapant mon visage à deux mains, il y prend un baiser fougueux. Il le prend, oui, plus qu'il ne le donne, et je me perds dans l'instant. Nos yeux se rencontrent à nouveau. Un peu hébété, il tourne les talons et disparaît dans le petit jour.

20

AXEL MON FRÈRE

Non ! Rien de rien... Non ! Je ne regrette rien... Ni la démission, ni Xavier, c'est choisi, assumé, consumé.

Si je devais traquer la moindre once de doute sur mes actions passées, je dirais qu'au pire, j'aurais dû démissionner plus tôt dans le premier cas, et éviter de me monter la tête en imaginant une robe blanche et une marche nuptiale dans l'autre.

Axel me donne quant à lui plus de fil à retordre. À la croisée des chemins, le panneau indique à gauche « *proscrire une relation avec son meilleur ami* » et à droite « *y foncer tête baissée* ». Un jour, je regretterai peut-être de ne pas avoir su saisir ma chance pour me marier et avoir beaucoup d'enfants. Un jour, j'aurai peut-être des remords d'avoir sauté le pas et ruiné une amitié vieille comme l'enfance. Figée devant le panneau, j'entends des voix : tout le monde n'a-t-il pas insinué que j'étais secrètement amoureuse de lui ? Mais si nous étions faits l'un pour l'autre, ne devrions-nous pas déjà être ensemble ?

Quoiqu'il arrive, si je ne fais rien, je le perdrai. Depuis le baiser, je n'ai pas eu de nouvelles. Par texto, j'ai tenté un « *tu boudes ?* » puis un « *si on se voyait pour terminer notre discussion ?* ». Mes appels n'ont pas trouvé leur destinataire ni mes messages téléphoniques. Par mail, l'inspiration m'a fait le coup de la panne :

« Axel, je ne sais pas quoi penser. Comme je te le disais, je n'aime pas ce qui nous arrive ; je ne veux pas te perdre. Nos chamailleries me manquent, appelle-moi. »

Il ne peut pas m'ignorer. Il ne peut pas me faire une crise de jalousie, m'embrasser et me laisser en plan. Alors mes pas finissent par trouver le chemin de son appartement. Me faufilant derrière un résident, j'évite de sonner à son interphone. Axel s'est retranché derrière un mur de silence, et le seul moyen, c'est de le prendre en embuscade. Embusquée donc, je tape et, soulagement, je l'entends s'agiter derrière la porte.

C'est une fille de mon âge qui ouvre. Elle n'est ni grande, ni petite ; ni blonde, ni brune ; ni moche, ni jolie. En quelque sorte, elle ressemble à Axel. Élise. La bête embusquée se sent prise au piège et ridicule. La bête est jalouse : voici donc celle qui vole le cœur de mon ami d'enfance ! Ma jalousie me dit que, si ! je suis secrètement amoureuse de mon meilleur ami et devrais foncer tête baissée, quitte à écraser ma rivale comme un bulldozer. Une autre voix me dit de proscrire toute relation, mon cœur sait que je ne l'aimerais jamais comme il m'aime.

La bête se calme. Impossible de rebrousser chemin, de toute façon.

— Viane, je suppose ?

— Élise, je suppose ? Je ne voulais pas déranger... Si j'avais su... Est-ce que je peux voir Axel ?

Je suis bien heureuse qu'elle n'ait pas une tapette entre les mains, car elle s'en servirait pour m'écraser contre le mur comme un moustique porteur du chikungunya.

La situation force la main des trois âmes respirant entre ces quelques mètres carrés. Elle fait quelques pas dans le salon, attrape son sac à main et sa veste.

— Axel ! Viane est là. Je rentre chez moi.

L'homme pointe son nez, elle dépose un baiser sur ses lèvres et lui demande de l'appeler. Axel ne dit rien, me fait signe de m'asseoir en fuyant mon regard.

— J'aurais préféré rencontrer Élise dans d'autres circonstances.

— J'aurais préféré que tu ne la rencontres pas.

— Ok. Tu lui as dit quoi ?

— Ça ne te regarde pas.

— Donc c'est fini ? Tu m'éjectes de ta vie du jour au lendemain ? Tout ce qu'on a vécu : poubelle ?

— J'ai fait comme toi, j'ai tiré à pile ou face.

— Je vois. Quel était l'enjeu ?

— Pile : je te déclarais mon amour...

Un sursaut m'agite le corps à la mention du mot « amour », malgré moi.

— ...Face : tu sortais de ma vie.

— Laisse-moi deviner : la pièce est retombée sur la tranche ?

Baissant les yeux, il encaisse le sarcasme et se ressaisit.

— C'est puéril de tirer à pile ou face ! J'ai choisi. Élise. Celle qui veut de moi. Tu comprends, Viane, c'est pour me protéger. Tu me fais mal et je ne suis pas maso.

— Je n'ai jamais voulu ça. Je ne comprends pas pourquoi on ne peut pas rester amis ?!

— Mais pour ça ! Bordel !!! Même là, quand je te déballe mes sentiments ou que je t'embrasse, tu restes de marbre ! Je ne peux pas être ton frère toute la vie.

Uppercut. Coups de pied au sol dans le ventre. Je me fais fracasser sur les vestiges de notre amitié. Certains tuent le père, Axel tue le frère.

Axel a tout été dans ma vie, c'est vrai : mon frère, ma sœur, mon animal, mon amant platonique, mon ami. Mon frère.

Flashback.

— Que va-t-il se passer ? demande mon père.

Un monde sépare mes parents d'Arnaud Mestre, le directeur de mission. Je peux mesurer ce fossé entre lui et mes parents, entre son acceptation de l'évidence et le bloc d'émotions que forment mes parents. Ses décisions sont bonnes, elles sont incontestables, il ne subordonne et ne sacrifie rien au sentiment. Arnaud Mestre, c'est l'homme que j'ai haï avec le plus d'ardeur, c'est l'ennemi que je voudrais tuer.

Du haut de mes douze ans, je règne sur les chimères et le monde n'est qu'un fond de mer pour moi, j'ai la force de dix hommes et je raille le délire fleuri de ma jeunesse, parce que je suis éternelle.

— Que va-t-il se passer maintenant ? répète mon père, le souffle court.

Mestre est un peu chirurgien, sans le savoir. Il se doit d'être précis dans son geste, impeccable, implacable et sans éclaboussures.

Nous sommes suspendus à ses lèvres, l'Everest au-dessus de nous, un gouffre en-dessous, les yeux écarquillés.

— Il leur reste quinze minutes d'oxygène.

Toujours du côté des vivants, l'espoir inébranlable, pas une seconde, je n'envisage que mon frère ne s'en sortira pas. Il est coincé sous l'eau, dans une situation périlleuse, certes, mais ce n'est rien d'autre qu'un contretemps fâcheux.

Ma mère, une main sur sa poitrine, demande :

— Est-ce qu'on peut lui parler ?

Mestre sent venir un moment délicat, ses vêtements ne sont pas confortables. Il n'est pas insensible, mais il n'a pas de temps à perdre avec le désarroi de la famille qui lui fait face. Il cède un peu de terrain pour accélérer leur départ.

— Oui, dans la cabine, à côté.

Ma sœur exige de suivre mes parents, mais elle est repoussée, doucement, derrière la porte fermée.

Je regarde l'immensité de l'eau face à la tour, là où mon frère n'est qu'une petite goutte. Le ciel et la mer s'arquent sous la robe du soleil. Difficile de croire qu'à quelques miles de là, la tempête du siècle fait rage.

Mon petit frère sanglote, agrippé à ma plus jeune sœur. Un contrôleur lui apporte un verre d'eau, qu'il ne boira jamais.

En cet instant, l'horizon devient ma seule raison de vivre, je ne peux voir personne. Du bout des doigts, je peux tracer mille horizons imaginaires, des courbes, des droites, des parallèles. Si je ferme les yeux, je peux donner la couleur de l'or au ciel et faire bouillir la mer. Plus je regarde l'horizon, plus il est loin, plus il est proche. Je peux aussi décider que la mer est le ciel et que le ciel est la mer. Je peux voir tout en bleu. *En quelle couleur il voit, mon frère ? Est-ce qu'il peut cueillir des étoiles de mer ?* Je marche sur l'eau et je fais de l'équilibrisme sur l'horizon. Je fais de l'équilibrisme tout court. Mon cœur oscille sur mon électrocardiogramme imaginaire ; un peu au-dessous, beaucoup au-dessus de l'horizon. Si mon cœur continue de battre aussi fort, les autres vont finir par croire à un tremblement de terre.

Mes parents sortent de la cabine, bouleversés, les yeux hagards.

La trotteuse de l'horloge continue de faire avancer le temps, il reste cinq minutes. Chaque seconde qui passe rallonge l'horizon et creuse l'abysse.

Je suis avec mon frère, ses cheveux sont fous dans le désordre de la mer. Il fait de moi une sirène et peigne une étoile de mer dans mes cheveux. L'horizon est le sourire énigmatique de la Terre et je lui rends son sourire.

La trotteuse a dépassé depuis de longues secondes le cap des cinq minutes.

Je ne bouge pas de ma fenêtre, pourquoi bougerais-je, je règne sur le ciel et la mer. *Est-ce un aileron au loin qui fend la mer en deux ?* Le silence de la mer est le silence de la tour.

Mestre m'attrape par l'épaule.

— Mademoiselle Cey ?

Je ne sais plus ce qui se passe ensuite, je suis sourde, aveugle et muette. Des doigts me tâtent et me font tourner dans le noir. Ce que je touche n'a aucune forme familière, tout est pierre. Dans une boîte ballotée par la mer, je me cogne contre des parois d'acier.

De l'eau sort de ma tête, mais elle ne s'écoule pas assez vite et mon front explose. *Pourquoi des bras et des mains me caressent-ils quand j'ai besoin d'un remède pour le mal de tête ? J'ai la grippe. Qu'ils touchent à autre chose ! Où est l'horizon ? Où est le bas ? Où est le haut ? Qui me pousse ? Si je bats des pieds, est-ce que je vais remonter ? Est-ce qu'aujourd'hui serait encore hier ?*

Je me réveille sur le sol de ma chambre, Axel à mes côtés. Je comprends plus tard que mes parents l'ont fait venir ; dans les arcanes de l'enfance, seul un autre enfant parle le langage des chimères, cette langue qu'ils ont maîtrisée il y a longtemps, oubliée depuis et qui les rend incapable de communiquer avec moi.

Je me demande ce que je fais là. Je veux dormir encore, retourner à mes rêves, à cet engourdissement du sommeil. Je me souviens soudain qu'il est mort. Toute la misère du monde s'abat sur mes épaules, je pèse vingt tonnes. Je ne peux que rester là, prostrée, dans les bras d'Axel pour la première fois. Mon frère connaît l'abysse de la mer, je connais celui de l'âme. Il a eu de la chance, en vérité.

Je veux dormir, toujours, et ne jamais me réveiller, sinon je penserais à lui à chaque seconde et je veux l'oublier, lui et la douleur lancinante qui gronde dans mon crâne. Et je dors sans dormir. Je n'arrête pas de tomber. Mais aucun sursaut ne vient me réveiller. Je m'engouffre en moi-même, je veux être lui. Dans les abysses, il n'y a aucune cavité pour se mettre à l'abri, seulement du noir et une chute interminable. Quelque part, un peu avant le fond sans fond, se trouve mon frère ; il plane. Ses yeux sont fermés, il n'est plus là, seul son corps, encore pour peu de temps, témoigne du fait qu'il était en vie. Il n'est plus derrière ses yeux. Il n'est plus. Et il n'est pas ailleurs. Il n'y a rien. Rien. C'est moi qui scrute les abysses, et c'est vrai, je peux en attester, les abysses m'ont scrutée en retour.

Mon frère est en moi. Il est enfoui quelque part dans mon abysse intérieur. Il a vingt-trois ans pour toujours, il a des yeux noirs et bleus pour toujours ; il me remplira et me fera souffrir. Toujours. Ma colère n'a pas de mesure, ma violence n'a pas de limite. Leur ombre a terni mon sourire, mais je suis à l'épreuve des balles, je suis un monstre.

Je fais le noir sur lui.

Un Axel de douze ans me réconforte :

— Je serai ton frère maintenant. Je serai toujours là.

Je fais le noir sur lui.

Fin du *Flashback*.

Axel est ainsi devenu mon frère, ma sœur, mon animal, mon amant platonique, mon ami. Mon frère.

Et il ne veut plus l'être, mon frère. Alors il le tue. Et me tue. Je le lui dis.

— C'est toi que me fais mal, maintenant.

— Tant pis.

Il m'invite à m'en aller et à ne plus revenir.

KO, je sors sur une civière et ne garde aucun souvenir du chemin du retour, si ce n'est l'amertume profonde de cette dernière rencontre. J'ai tout confondu. Je sais bien qu'Axel n'a jamais été mon frère. Que je ne devrais pas voir le visage de mon frère dans celui du Prince. Mais c'était ça ou la folie.

J'ai douze ans à nouveau et je meurs une seconde fois.

21

LA TRAHISON

Mes copines toutes pourries refusent de venir chez moi, parce que je n'ai pas la télévision. Je jure que tout est vrai, c'est la vérité, rien que la vérité.

Contre une séance de bavardages inutiles devant une tarte à la courgette maison, Anouk et Pauline préfèrent ingurgiter un plat réchauffé, en se foutant de la gueule des concurrents d'une émission de télé-réalité.

— Comment ça, « *je n'ai pas la télé ?!* », m'insurgé-je au téléphone.

Devant mon incrédulité, Anouk ne se démonte cependant pas.

— *Ben oui, tu comprends, ça va être chiant, le dîner, sinon…*

Un être humain normalement constitué possède un poste de télévision ; le contraire est une bizarrerie ou un mensonge. Même le contrôleur de la taxe audiovisuelle trouve ça louche. Chaque année, il dépose son avis de passage dans ma boîte aux lettres :

Si vous possédez un poste de télévision, mais que vous ne l'avez pas déclaré, vous pouvez encore le faire, en évitant les poursuites et en vous acquittant de la somme due.

Si vraiment vous ne possédez pas de télévision, veuillez renvoyer cette déclaration datée et signée dans les plus brefs délais.

Attention, je n'ai rien contre perdre quelques neurones devant des phénomènes de foire, j'adore la télé. Ce n'est pas les huit milles meurtres que j'ai vus avant mes douze ans qui y changeront quelque chose. On y apprend tellement de choses utiles comme : faire des bébés, la différence entre le racisme et l'antisémitisme, les vertus détachantes des pastilles pour le linge, l'impossible résolution de l'équation de Zoran, la nomination du nouveau secrétaire de l'ONU, l'intérêt d'être blonde à forte poitrine pour réussir dans la vie... C'est juste que j'en ai marre de regarder la vie des autres, toujours plus belle et plus intéressante que la mienne.

Qu'on se le dise, cinq nanas, après leur plat régime (à cent-quatre-vingts kcals) et leur fondant au chocolat (à cinq cents kcals), posant leur derrière (plein de cellulite) devant un écran, ce n'est pas le summum des relations sociales, du moins pas telles que je les conçois. J'aurais aimé partager tellement plus, comme monter un groupe punk-rock, tenir un salon mondain ou jouer au scrabble… Peut-être pas jouer au scrabble, d'accord, mais j'aurais aimé nous créer de nouveaux souvenirs.

Pour l'affection de mes amies, moi, la fille d'un ennui mortel, suis en compétition avec la télé. Je m'abaisse à leur proposer de voir l'émission en streaming sur mon ordinateur.

— Mais... on ne va pas regarder ça sur ton timbre-poste ! Pauline a un écran HD.

La libellule et son couinement de porte mal graissée me hérisse les poils. Axel m'a répété un million de fois que je devrais changer d'amies. Il a beau être le premier à aimer passer une soirée avec Anouk et Pauline, c'est lui qui a inventé le concept de « *copines toutes pourries* ». « *Elles me font peur, ces filles, avec leurs yeux noirs. Vides* », a-t-il coutume de dire.

Axel... Je devrais le croiser à l'anniversaire de Ludo samedi prochain. Il sera bien obligé de m'adresser la parole. Cette pensée me permet de ne pas m'éterniser sur le fiasco de la soirée bavardages et de ne pas avoir à changer d'amies.

— Au fait, je te dois combien, Anouk, pour le cadeau ?

Blanc intersidéral. *Houston, on a un problème ?* La communication a été coupée ou j'ai prononcé un gros mot ?

— *Viane, je pensais que Ludo t'avait appelée, en fait...*

— C'est quoi le problème ?

— *Euh... Écoute, je ne sais pas comment te le dire... Tu devrais en parler avec Ludo, euh...*

— Accouche !

— *Tu n'es plus invitée, voilà...*

— Je ne comprends pas, je suis invitée chaque année, depuis au moins cinq ans. Qu'est-ce qui a changé ?

— *Euh, euh... Je crois que ça a un rapport avec Axel, mais encore une fois, je n'ai pas trop compris, Ludo...*

— Tu peux me le passer ?

— *Il n'est pas encore rentré, je...*

Pour la seconde fois, je vois rouge. Mais je suis dans l'impossibilité de distribuer des baffes, cette fois.

— Ok, je te rappelle.

Ni une, ni deux, je compose le numéro de Ludo. Mon calme m'épate quand je lui demande des explications, *illico presto.*

— *Je vais être très clair : Axel préfère que tu ne viennes pas. Il n'a pas envie de t'imposer à Élise. Il n'a pas envie de te voir.*

Face à moi, Axel fait doucement glisser une lame dans ma cage thoracique, son regard impitoyable ne cille pas un centième de seconde alors que je suffoque dans ses bras.

Derrière mon combiné, je cache mes larmes à Ludo.

— Mais c'est ton anniversaire ! Axel n'a pas à choisir tes invités. Je ne vois pas en quoi mes histoires avec lui se retrouvent au milieu de ta soirée !

— Tu sais, je m'en tape de vos histoires. Mais j'ai dû choisir entre lui et toi.

Réflexion faite, Axel avait raison sur toute la ligne : je dois entièrement renouveler mon cheptel d'amis.

Qu'est-ce que je disais déjà ? Pour réussir sa vie, il faut cocher les cases « job », « mariage » et « à-côtés ». Étant sans travail, sans mec, sans amis, c'est clair, tout est foutu. Pas étonnant que les écrivains n'écrivent que des tragédies. Le bonheur n'existe pas. Qui voudrait être heureux d'ailleurs ?! Quand on vous demande comment vous allez, vous répondez « *ça va, mais...* » Si vous n'avez pas de problème, taisez-vous, inventez-vous-en. Vous ne voudriez pas être cette personne ennuyeuse à qui n'arrive jamais *rien* ?

« *La guerre est finie et hors-la-loi depuis des décennies. Ils sont riches, jeunes et beaux. Ils se rencontrent, s'aiment, se marient et ont beaucoup d'enfants. Ils achètent la maison de leur rêve, le chien et la voiture qui vont avec. Le printemps fleurit dans leur jardin toute l'année. Ils coulent une existence paisible entre un boulot épanouissant et des vacances aux Seychelles. Ils attendent calmement la mort, en se bourrant de Valium ; non, mieux : d'ici là, les pilules d'immortalité ont été inventées et ils jouissent de cette vie pour toujours.* »

Ennuyeux à mourir, non ? Alors que « *Je t'aime ! Je te hais ! À mort ! Amour ! À sang ! Sacrifice ! Complots ! Axel m'a éviscérée en place publique avec une lame dentelée, recouverte de poison, sans sourciller !* », c'est bien plus passionnant ? Je revendique ainsi mon droit au malheur. Aux lamentations. Aux larmes. À la dépression dans laquelle me plonge ce frère repris par la vie.

Le bonheur n'arrive qu'aux autres, impossible donc de décrire ce dont peu font l'expérience. Je ne désespère pas, un jour pourtant, d'écrire des mots ailés pour dire toute la félicité qui m'habite parfois, pour dire les aurores qui s'éveillent dans ma poitrine.

Un livre entier de plénitude, d'enchantement, de force tranquille et d'allégresse.

***

« *Un livre entier de plénitude, d'enchantement, de force tranquille et d'allégresse* »... Non mais, qu'est-ce qu'il ne faut pas entendre ?!!! Je m'ennuie moi-même et je vais me faire vomir. L'écrivain n'est jamais meilleur que lorsqu'il écrit avec ses tripes moisies par la colère ou le chagrin.

Aujourd'hui, ce serait plutôt la colère. Noire comme le charbon, gangrénant mes entrailles, elle me sort de mon abattement. L'opprobre ne vise pas qu'Axel, je suis en mode « moi contre le reste du monde ». J'en veux aux autres d'exister et de s'en sortir. Ou non. Mais je m'en tape. Qu'ils crèvent tous. Dans leur soirée où je ne suis plus invitée. Mon oisiveté est en train de me tuer. Je ne sais plus où aller chercher l'adrénaline, je pèse 10 000 ans.

Comme Anouk et Pauline, je me gave tellement de films et séries en tout genre, que je vis par procuration. Et quand le film est fini, je n'ai rien, rien que le silence. Je souhaite trop de choses que je n'ai pas. Une vie avec des gens dedans. Être quelqu'un d'autre, le poids d'être moi est trop lourd.

Il faut trouver un échappatoire – que dis-je ?!, un exutoire ! Je commence une autre histoire, je ne suis pas sûre que je pourrais la faire lire ou on pensera qu'un truc ne tourne vraiment pas rond... Une histoire de malheur.

Je me suis mise dans la peau d'un petit malfrat. Le second couteau, celui qui n'a jamais de prénom ou qui meurt dans la fusillade. Mais tendance sociopathe, tout de même. Mission du jour : cambrioler la station-service. Ramener autant de biffetons que possible. Piquer des chewing-gums au passage. Tout pour l'adrénaline.

En écrivant, j'accède à son cerveau. Je suis dans sa tête, je suis dans ses yeux. Caméra subjective : j'ai l'arme au poing, je vais rentrer, je vais pointer mon magnum sur la tempe du connard, je vais lui gueuler dessus, il va chier dans son froc, ça va me faire marrer.

Je suis en train de le faire, je le fais, je le vois, je l'entends. Je le *sens*. Je suis un être abject pendant quelques secondes, se laissant aller à ses plus bas instincts. Je franchis le pas de la porte, l'adrénaline fuse, je la visualise faire son parcours dans mes veines, le cœur pompe, pompe, pompe et la fait monter. Le souffle est court, les sens sont en éveil, le ventre est noué. Je suis une artère, je suis du sang, je suis folle, je suis fou.

Je le vois ce gros bâtard de gérant de la station, recroquevillé, les yeux jaunes, il transpire du crâne. Envie de le lui défoncer. Qu'il chante mes louanges. Qu'il me supplie de l'épargner. Sinon, je ne réponds plus de rien. Quand j'imagine que je vais tuer quelqu'un, c'est toujours avec une arbalète. Pourquoi y'en a jamais à portée de main !!! C'est moins fun avec un magnum. Toujours recroquevillé, toujours les yeux jaunes, plus je le regarde, plus il a peur. Il n'arrête pas de déglutir. Et si j'enfonçais mes doigts dans son cou gras ? Et que je serrais, serrais jusqu'à ce qu'il en suffoque ? Et que je retenais ses hoquets ? Et si ses yeux se révulsaient ? Ils deviendraient rouges ? Est-ce que son pouls battrait en rythme avec le mien ? Puis de plus en plus doucement et le mien de plus en plus vite ? Il sait ce que je pense, je crois.

Je me fais grave peur. Je ne sais pas ce qu'il me prend d'écrire des trucs pareils. Je ne tourne vraiment pas rond. Je jouerais bien aux fléchettes sur le visage d'Axel.

Mon malfrat me parle encore : et si je faisais péter une bombe sur la planète et que j'annihilais cette sous-espèce misérable que sont les humains ? L'univers s'en porterait mieux. Moi contre le reste du monde.

22
SPLEEN ET IDÉAL

Battant le pavé parisien, je traîne mon spleen de quartier en quartier. Hier, j'arpentais la Coulée Verte ; le jour d'avant, j'usais les marches de Montmartre ; aujourd'hui, j'ai squatté les sièges inclinés du Jardin du Luxembourg. Dans le zigzag de ces lieux, je gribouille des notes pour les *Chroniques*, tout en apportant d'ultimes corrections à mon cv, histoire de cocher un jour ma fameuse case « job ». Mais la motivation n'y est pas. Impossible de sortir Axel de ma tête grosse comme un ballon.

Dans le métro, ma carcasse s'affaisse sur son siège, trimballée dans les méandres de la ligne 8. Que j'ai pris dans un sens, puis dans l'autre pour rentrer chez moi. Dans mes oreilles, une comptine déchirante me chuchote des mots étrangers ; le reflet sur la vitre me sourit avec tristesse et un regard blasé espionne les autres passagers. Un type est au téléphone, un autre lit le journal, une femme berce la poussette de son nouveau-né.

Station République, l'apparition des cheveux gris de Catherine sur le quai me donne un coup de fouet. Je sens le truc arriver gros comme une maison, elle va venir s'asseoir à côté de moi… Et ça ne loupe pas ! Les yeux perdus, elle balaie la rame de sa hauteur, regarde tout le monde mais ne voit personne et pose son royal popotin à côté de moi. Je me serais bien targuée d'un « *Bonjour*

Catherine, comment allez-vous ? », mais comme elle ne semble pas m'avoir reconnue, pas besoin de mettre de l'huile sur le feu. *Tu ne me remets pas ? Je suis la Provinciale. Mais si ! J'ai changé les ampoules et je me suis tapée une démission mémorable ?! Non ? Vraiment pas ?!*

Un clochard monte à la station suivante. Il ne réclame pas d'argent et n'insulte personne. Il s'assoit simplement sur le siège de la rangée d'à côté. Sa mise fait peine à voir, il porte un anorak tâché, dont la mousse verdâtre sort de trous. Des cheveux gras pendent sur ses oreilles, des croûtes lui recouvrent le haut du crâne. Avec ses ongles noirs, il joue avec une fermeture éclair cassée. Son pantalon trop court découvre des chevilles crasseuses et des chaussures aux lacets déchirés. Mais quelque chose dans sa mine affecte une certaine dignité. Il est adossé bien droit dans le siège et sans cet accoutrement dégoûtant, il pourrait passer pour le commun des mortels. Malheureusement, il sent les poubelles, les toilettes, le rat crevé. Catherine cherche du bout du nez l'origine de cette odeur pestilentielle ; quand elle l'identifie enfin, elle l'ignore de sa superbe, comme si elle regardait au travers d'une fenêtre ouverte. Lui, lui sert un sourire édenté. Mon ex-patronne descend presque en courant deux stations plus loin.

Dans un coin de ma tête, je prends des notes au cas où j'ai un jour besoin de mettre en scène un SDF dans une histoire. Le clochard me redonne du baume au cœur et un peu plus légers, mes pas me guident machinalement vers mon immeuble. Me trouvant sur le trottoir de la librairie *Matière à Lire*, je vois son gérant en pleine pause cigarette. Tentée de prendre la tangente, je n'ose cependant pas l'éviter. Je ne sais toujours pas quoi penser du livre qu'il m'a fait lire, sinon que son titre me rappelle cruellement Axel. Et Shakespeare : « *La vie est un conte raconté par un idiot, pleine de bruit et de fureur, ne signifiant rien.* » J'hésite encore sur l'attribution du rôle de l'idiot. Ou de l'idiote.

L'homme a toujours des pommettes d'amoureux de Peynet et des prunelles d'un bleu hypnotique. Quand il m'aperçoit, je tressaille en espérant qu'il ne me flingue pas avec ses yeux revolvers. Au lieu de lui dire bonjour, je pense à haute voix :

— Un fumeur, c'est dangereux pour les livres, non ?

Un sourire franc viendrait presque réchauffer l'apparente froideur de mon interlocuteur. Il ignore ma remarque, mais éteint son mégot du bout du pied avant de le pousser dans le caniveau.

— J'ai bien cru que je ne vous reverrais jamais. Il vous a fait peur, William Faulkner ?

— Je vous en ai voulu à mort.

— Je vois.

— En fait, je ne sais pas si j'ai aimé. C'est le roman le plus difficile que j'ai eu à lire. Mais vous aviez promis de me retourner le cerveau. Donc on est quitte...

— Je pense que j'étais comme vous la première fois. C'est un roman avec lequel il faut bagarrer un peu.

Nous échangeons un petit moment sur Faulkner, le sud crasseux des États-Unis, les personnages de Benjy et Caddie, puis d'autres livres de Faulkner, Scott Fitzgerald et Beigbeder, pour en arriver à

New Order dont le titre *Blue Monday* passe à fond dans la boutique. Durant ce laps de temps, mon esprit s'évade loin des tracas des dernières semaines. J'envie le bouquiniste.

— Vous avez la chance d'être libraire. De passer vos journées avec Faulkner, Duras, Balzac, Ellroy, Joyce, Bescherelle et les autres.

— Bescherelle ? pouffe-t-il.

Je lui désigne l'étagère sur laquelle trône l'ouvrage de conjugaison.

— Oui et avec Marc Levy, Guillaume Musso ou Katherine Pancol... Je n'ai pas toujours été libraire, en fait. J'étais analyste financier avant. Je travaillais à la Défense.

Partagée entre l'admiration et la répulsion, j'émets un « *waouh, sacré grand écart !* ». Dans mon imagination, un crack des courbes et nombres à plusieurs zéros affronte un capitaliste à bedaine et à cigare. Réalisant que le résultat est le même dans les deux cas, je m'abstiens de tout jugement et lui demande comment on passe de l'un à l'autre.

— Marre des cravates, des *Lehman Brothers*, de la course au chiffre... C'est un peu cliché, mais c'est à peu près ça. Mais la finance, ça colle à la peau. Avant de me lancer, j'ai fait une étude de marché et un *business plan* ; comme chef d'entreprise, je gère les réseaux sociaux, le développement du site internet de la libraire avec une partie e-commerce et je prévois l'acquisition d'une autre librairie... Mais en attendant, j'ai une vie plus calme et du temps pour bouquiner et conseiller Faulkner ou Marc Levy.

— J'aimerais être capable de ce genre de revirement à 180°.

— Vous faites quoi dans la vie ? On va peut-être se tutoyer, non ? Je m'appelle Hugo.

— Moi, c'est Viane. Et je cherche du travail.

— C'est un très joli prénom. Tu cherches dans quoi ?

J'évoque rapidement mon stage chez HyperTexte, sans entrer dans les détails du fiasco, lui explique ma théorie du métier idéal créé par Bernard Pivot et reviens sur mes tentatives infructueuses pour trouver un emploi.

— Les recruteurs ont tout de même un peu mordu à l'hameçon alors ?

— Bof. Je viens juste d'entrer dans le Livre des Records, catégorie « nombre le plus impressionnant d'entretiens d'embauche débiles ». Je pense en tirer un « *Manuel de chasse et de pêche à l'usage des jeunes diplômés cherchant du travail* ».

— Ah ! Et quelles en seraient les règles ?

— Il y a trois règles.

— Très bien. J'écoute.

Mon interlocuteur jouant le jeu, je m'en donne à cœur joie.

— Règle n°1 : « chasser les chasseurs ». J'ai érigé cette règle après un entretien chez un chasseur de tête. Une gentille dame au nez refait et aux cheveux peroxydés m'a proposé de me livrer au test maison, un « bilan de potentiel » ; elle a précisé qu'elle serait capable de dresser mon profil en décortiquant mon cortex. L'espace d'un instant, j'ai souhaité qu'elle ne soit pas Hannibal Lecter. Bref, le résultat : mon cortex droit est plus développé que le gauche, je suis donc – je cite – « *une stratège, encline à agir dans la prudence avec un côté logique et consciencieux et un grand besoin d'imaginaire* ».

— Et alors, tu t'es reconnue dans la description ? questionne Hugo.

— De toute façon, je ne pouvais pas lui dire non. Elle ne m'a jamais rappelée, alors qu'elle avait dit qu'elle pourrait « me trouver quelque chose ». Je n'ai pas cherché à la contacter non plus. Morale de l'histoire : un chassé se sachant mal chassé doit savoir chasser les chasseurs sans se faire chier.

— C'est drôle. Second règle ?

— « Avoir la tête de l'emploi ». Un employeur potentiel m'a dévoilé les secrets de sa méthode de recrutement infaillible : la morphopsychologie.

— Après la dissection de cerveau, tu cumules là !

— Effectivement. Les traits de mon visage étaient censés lui révéler si j'étais l'employée parfaite. Au milieu de tout un tas de commentaires sur mes lèvres charnues et mes pommettes saillantes, c'est mon front qui a retenu toute son attention, pointant mon caractère sensible et fragile. J'ai failli pleurer d'ailleurs. J'ai abandonné toutes mes croyances sur les critères objectifs des recrutements. Ils reposent à 90 % sur des critères subjectifs.

— Je confirme. Morale ?

— Puisque l'habit fait le moine selon les pourvoyeurs de foutaises morphopsychologiques, si t'as pas le look, coco, passe ton chemin.

— Je te rassure, on en est tous passé par là.

— J'en viens à ma règle n°3 : « ne pas être plus qualifié que la personne qui vous recrute ».

— Je te rejoins totalement.

— La nana parlait l'anglais comme une vache espagnole et je me suis entendue dire que son supérieur – que je n'ai jamais rencontré – pensait que j'étais trop qualifiée pour le poste et que j'allais m'ennuyer. J'ai cru que c'était une blague.

— C'était peut-être honnête.

— Ai-je précisé qu'il s'agissait en fait d'un stage où il *fallait* parler anglais ? Bref, je pense que, dans ce cas, la morale peut être commune à toutes les autres règles : savoir affûter son radar à connards.

— Donc tu en es au point mort.

— Oui, je me force à envoyer des candidatures. Un jour sur cinq. Je devrais peut-être songer à écrire aussi un manuel de la paresse...

Grand sourire.

— Écoute, je peux peut-être te donner un petit coup de main. Tu t'en doutes, je suis en relation avec pas mal de maisons d'édition. Passe-moi ton cv et je peux le faire remonter. Je ne te promets rien, mais au moins, ton profil circulera un peu plus.

— Mais oui. Carrément. Merci beaucoup.

— Au fait, t'étais pas blonde avant ? J'ai rêvé ?

— Oui, c'est ma couleur naturelle ; j'avais envie d'essayer le brun.

La simplicité de la conversation me surprend. Les contacts devraient toujours être aussi aisés. Je trouve Hugo plus chaleureux que la première fois et je suis contente d'avoir fait ce brin de causette. Sa proposition n'est pas tombée dans l'oreille d'une sourde, je ne vais pas tarder à lui porter mon cv.

Pour la seconde fois de la journée, mon cœur est plus serein. J'abandonne mon spleen et, en reprenant la plume, je me concentre sur mon idéal.

23

MON NOM EST KEVIN

Axel et ses coups fourrés hantent mes jours et mes nuits. Sa trahison me mine au point de bloquer la rédaction des *Chroniques*. Je n'arrive pas à « voir » le Prince ; ses états d'âme reflètent mes états d'âme et ce n'est plus de la littérature. Ses digressions m'ennuient et mes envies de violence ne sont pas compatibles avec sa mélancolie. J'écris de la merde. Mais je m'accroche à l'écriture comme si je n'avais rien d'autre.

Le petit malfrat a donc très vite ressuscité. À la troisième personne du singulier. Je me surprends à lui inventer un passé, je lui confie des missions pour la pègre niçoise et je m'attache même à ses manies les plus exécrables. Son visage prend dangereusement les traits d'Axel mais je serai la seule à le savoir. Des chicots à la place des dents, des os saillants de junkie, des cheveux bruns encadrant un visage d'une pâleur maladive feront l'affaire pour le transformer en version défoncée de mon ex-meilleur ami.

Je finis par lui donner une identité pour qu'il ne soit pas ce mec crédité comme « l'homme au revolver n°2 » dans Imdb. Kevin est un second couteau certes, mais aussi un gangster mercenaire certifié mafia, ne rechignant jamais à exécuter les basses besognes de son parrain. Ma crapule n'a pas d'histoire avec un début, un milieu, une fin. Elle vit sa vie au jour le jour. Les billets sont donc courts, 2000 à

3000 signes en moyenne. Ce format semble bien se prêter à l'écriture web et sur un coup de tête, je crée un blog « monnomestkevin.com » où je poste les premiers feuillets.

C'est avec surprise que je découvre un commentaire le lendemain de la première publication. « Schmurtz » m'écrit qu'il s'est bien défoulé en lisant le braquage de la station-service, qu'il a hâte de découvrir la suite, que je dois être « *un mec qui adore* Scarface » et que j'ai donc de « *très bons goûts cinématographiques.* » L'enthousiasme de l'internaute m'encourage. Je décide de compléter l'onglet « à propos » du blog et de ne surtout pas détromper Schmurtz : le blog est écrit par Kevin, fan de *Scarface,* et précise que « *toute ressemblance avec des psychopathes ou des situations dangereuses existantes ou ayant existé ne saurait être fortuite* ».

Et je me prends au jeu : devenue accro aux commentaires, je guette avec impatience les réactions des internautes après chaque publication. Quand Kevin vit, Axel n'existe plus. Il ne veut plus de moi. Je ne veux plus de lui.

Kevin n'existe que pour mon ego. Le Prince n'existe que pour donner du sens à ma vie. Et voilà comment je me retrouve à écrire deux histoires diamétralement opposées en même temps.

* * *

Kevin est allé aux putes aujourd'hui (N.B. : pas besoin d'utiliser un *nota bene* pour s'excuser de son langage ordurier puisqu'il n'est pas un garçon de bonne famille).

Ce qu'il y a de jouissif chez ce personnage, c'est qu'il n'a pas de limite. Avec une certaine allégresse, il baise, il rackette, il tue. Je peux me cacher derrière lui pour faire les pires crasses. Ses lecteurs ne semblent pas en avoir beaucoup, de limites ; je me suis donc retrouvée dans la position de devoir leur en donner : un internaute mal avisé réclamait un viol dans un commentaire aussitôt supprimé. Kevin est fou, Kevin est une raclure de chiottes, Kevin est bestial, oui. Mais ce n'est pas un violeur. Il n'aime que les femmes qui veulent de lui ou de son argent. Le billet du jour décrit ainsi sa virée chez les putes avec son pote Jojo. Il en réclame une avec des seins, du ventre, des fesses et des cuisses qui « *gigotent dans tous les sens et qu'il puisse attraper à pleine main* ». Il aime les femmes de toutes les couleurs et même, occasionnellement, les hommes. Il ne s'en vante pas, car il déteste les pédés, mais il pense souvent que les mecs sucent mieux. Jojo pourrait être son genre, mais on ne baise pas avec les copains, question de principe.

Un autre commentaire m'a encouragée à décrire davantage le passé du personnage. J'ai travaillé plusieurs heures à la description d'un père absent et alcoolique et d'une mère ayant du mal à joindre les deux bouts. Puis, j'ai eu envie d'être plus vague : Kevin est un personnage qui ne conjugue qu'au présent, il n'a pas besoin de s'appesantir sur les moisissures du passé. On apprendra qu'il était nul en math, mais qu'il sait très bien compter aujourd'hui –

compétence absolument nécessaire pour travailler à la solde d'un baron de la pègre. La seule trace de son passé est la clé de son appartement qu'il porte autour du cou. Enfant, il restait des heures à attendre le retour de sa mère devant la porte. Non pas qu'elle n'ait pas pensé à lui donner un double, mais il le perdait toujours, d'où la clé pendue à un cordon. Dès qu'il ne la perdit plus, Kevin ne rentra plus chez lui, préférant le foot avec les copains. Il est ainsi passé très vite du jardin d'enfants aux caves de ses voisins, et du trafic d'autoradios à celui de marijuana.

J'ai volé l'histoire de la clé autour du cou à un copain de classe. Qui n'avait pas de père et ne voyait jamais sa mère. Il est devenu mécanicien. Heureusement, les enfants à moitié orphelins ne deviennent pas tous des Kevin.

Je lâche le gangster jouant machinalement avec sa clé pour retrouver le Prince qui tente d'échapper à un déluge millénaire, quittant la rade noyée de Villefranche-sur-Mer pour trouver refuge à la montagne dans un village rappelant – comme par hasard – l'Escarène.

Je viens de franchir le cap des 100 pages – hourra ! – et je mettrai bientôt un point final aux *Chroniques de l'Eau*.

24
LES BÊTA

Ce n'est pas terminé, ce n'est *jamais* terminé. Mais je n'ai plus de recul. J'ai lu et relu les *Chroniques :* je suis allée aussi loin que je pouvais aller.

Axel est le premier à qui j'ai envie de faire lire le manuscrit ; c'est lui qui, sans le savoir, m'a poussée à écrire et je lui en suis reconnaissante. Un réflexe me pousse à prendre mon téléphone pour composer son numéro, réflexe malheureux qui me rappelle le crève-cœur de son absence.

Natha est promue première lectrice. Malheureusement, elle n'est pas douée pour la critique.

— Ouais, c'est bien *les Chroniques*, j'aurais été incapable de faire la même chose…

— Je vois. Mais sinon, tu n'as rien de plus constructif à me dire. Je ne sais pas, tu ne trouves pas qu'il y a des incohérences ? Ou des trucs inintéressants ? Etc… Etc… Non ?

— Ben, c'est pas trop mon genre d'histoire, je ne me suis pas ennuyée quand je l'ai lu, c'est plutôt bon signe.

— Oui mais, tu ne penses pas qu'il y a des passages qui pourraient être améliorés ?

— Non, je sais pas, c'est bien comme ça…

Ma sœur ne dit pas qu'elle aime pour me faire plaisir, je le sais, mais je suis frustrée, il n'en ressort rien qui m'avance. J'insiste lourdement pour torturer le texte, aller chercher la petite bête, couper les cheveux en quatre et poser mille questions sur mille passages.

— Écoute Viane, je pense que tu as un don pour l'écriture, si tu ne persévérais pas, ce serait une insulte pour ceux qui voudraient écrire et qui n'auront jamais la moitié de ton talent. Après, si tu me demandes de mettre des mots sur ce que tu écris, je ne sais pas faire. J'ai aimé, j'ai beaucoup aimé et ça suffit.

Alors, je m'incline.

— Et Kevin, il va lui arriver quoi cette semaine ?

En lectrice assidue du blog, ma sœur s'est plus entichée de Kevin que du Prince. Ça me gonfle. Le gangster l'empêche de se concentrer sur un personnage de littérature avec un grand L. Kevin est au cafard ce que le Prince est au phœnix.

Je n'ai pas ce problème avec mes parents, ils sont réfractaires aux aventures du malfrat : eux, ne peuvent pas se blairer Kevin, un personnage – je cite – « *vulgaire, qui doit déplaire à toutes les personnes de notre génération, avec son étalage de gros mots et de chair* ». En général, ils rajoutent : « *Il y a vraiment 10 000 visites sur ton blog chaque mois ?* »

Ces fervents lecteurs de toute la littérature de Sun Tsu à Homère en passant par Boris Vian, Jane Austen et George Sand, se montrent beaucoup, beaucoup plus dubitatifs sur ma tentative de roman.

— Il faudrait peser tous les mots ; et il y a un peu trop de références aussi à mon goût. C'est un peu narcissique, dit mon père, ce tueur.

— Euh oui, mais sinon, il n'y a pas quelque chose qui vous a plu ?

Haussement de sourcils de mon père. Froncement de la commissure des lèvres de ma mère. Devant mon air dépité, elle pense avoir été trop dure.

— Non, mais c'est pas mal…

Plus tard, elle revient sur le Prince :

— C'est fou ce qu'il m'a rappelé ton frère... Et son valet, la jeune femme, c'est toi, non ? Elle a un côté Sancho Panza...

Quoi ?! Mais non ! Oui, le personnage, c'est un peu moi, mais ce n'est pas moi. Évidemment.

Flo, elle, a aimé le livre et son atmosphère onirique, mais a trouvé que l'histoire « flottait » un peu. En ces temps compliqués, je me fie à elle comme à une boussole, alors je partage avec elle les théories de Natha, Papa et Maman. Elle en tire une autre théorie :

— Il faut que tu le fasses lire à des « bêta lecteurs », des gens qui ne te verront pas dans toutes les pages. Qui ne connaissent pas ta vie et pourront être parfaitement objectifs. Sur qui tu pourras « tester » les grands ressorts du bouquin. Ce ne sont pas forcément tes amis. Tu n'as pas un pote écrivain ?

C'est comme ça que j'ai l'idée d'avoir recours au libraire aux yeux d'acier. Il correspond à tous les critères cités par Flo. En plus, il aime lire et recommander des livres qui retournent le cerveau. *A priori* les *Chroniques* sont donc à sa portée.

En anticipant ma demande, je me fais un peu pipi dessus. La liste des pour et des contre pèse lourd. Pour : Hugo a vraiment été simple et sympa la dernière fois que je l'ai vu. Contre : il n'a probablement pas le temps pour ces enfantillages.

Je rode mon texte comme un comédien au théâtre, répétant mes répliques devant le miroir pendant que mon imprimante crache péniblement les quelques cent cinquante pages du roman. Prenant mon courage à deux mains et mon manuscrit sous le bras, je franchis les deux trottoirs qui séparent mon immeuble de la librairie.

À tout berzingue, un morceau de *Led Zep* fait trembler les murs – ce garçon a décidément bon goût. Hugo ne m'a pas vue, encore moins entendue, il est en train de classer les dernières parutions. Quel gâchis pour la gent féminine ! Habillé d'un simple t-shirt blanc et d'un jean, il est sobrement sexy. Alors qu'il tourne son visage vers moi, j'ai un souvenir de Xavier et de ses pupilles de chat. Ses yeux sont insoutenables. J'en perds mon latin et mes répliques bien préparées. Je prends une grande inspiration pour tenter de bafouiller quelque chose d'intelligible. Et c'est à peu près tout. Il baisse le son.

— Hello Miss. Tu m'apportes ton cv ? Tu auras pris le temps.

— Pas tout à fait. Je cherche un bêta lecteur qualifié.

— Un... « *bêta lecteur* » ?

— J'ai écrit un livre. Et j'ai besoin de l'avis d'un professionnel, qui ne connaît pas ma vie, qui peut faire preuve d'une parfaite objectivité et qui va trouver ça génial. C'est dans tes cordes ?

— Bien sûr ! On me confie des manuscrits de temps en temps. La plupart du temps, c'est nul. Mais distrayant. Tu écris, c'est cool...

— À défaut d'avoir un job, je m'occupe.

Je lui remets le manuscrit dans un geste solennel. Il lit le titre à haute voix.

— Les *Chroniques de l'Eau* ? Intriguant, je reconnais.

— Tu peux le lire quand ?

— C'est la rentrée littéraire, il faut que tu me laisses un peu de temps. Deux-trois semaines ?

— Je vais mal dormir pendant trois semaines.

— Je vois. Je comprends. Mais je te promets un débriefing complet. Autour d'un verre, histoire de bien faire ?

J'hésite entre le suricate et le chien au garde-à-vous, toujours est-il qu'il faut m'imaginer dressée et à l'arrêt quand il propose d'aller boire un verre : il n'est peut-être pas homo après tout. Ne nous déconcentrons pas, je ne suis pas là pour ça et j'ai de toute façon décidé de haïr tous les hommes, des rats de bibliothèques aux mâles avec un grand « M », des rugbymen aux gays ainsi que toutes les autres catégories indéterminées. Tous sauf le Prince et Kevin. Qui sont des personnages de fiction.

— Si tu veux.

25

LE FUTUR N'EXISTE PAS

Cela fait bien un quart d'heure que le petit diable sur mon épaule gauche susurre à mon oreille de mater un film avec beaucoup d'hémoglobine. Depuis que le Prince est en congé chez Hugo, Kevin a toute mon attention. Comme il a déjà fait les quatre cents coups, je cherche des idées tordues chez Scorsese, Tarantino, De Palma, Coppola et des réalisateurs coréens aux noms imprononçables. Rien n'est assez violent et je suis sérieusement en train de considérer l'option Ken Le Survivant pour un duel à venir. Kevin ferait imploser son adversaire en frappant ses points vitaux et des gerbes de sang visqueux viendraient aveugler mes lecteurs.

Sur mon épaule droite, l'ange – ennuyeux mais plus raisonnable – me conseille d'envoyer des cv, fronce les sourcils, car je ne dois pas être paresseuse, « *On n'a rien sans rien. Accroche-toi* », me dit-il.

C'est au moment où l'ange et le diable entrent sur le ring, munis de gants de boxe, que *quelqu'un* gratte à la porte. Seul Axel *gratte* à la porte, c'est son signe de reconnaissance. Je m'apprête à faire de petits bonds de joie : il vient s'excuser, tout sera comme avant ! Ou bien il vient m'achever à coups de hache ; dernièrement, il semble être devenu spécialiste du genre. S'il hausse le ton, je peux toujours tenter une prise à la Ken Le Survivant et le découper en petits morceaux. Avec une précaution accrue, je tire la chevillette pour faire choir la bobinette, car quoiqu'il arrive un loup m'attend de l'autre côté de la porte. Ou plutôt un gros toutou mouillé sur le paillasson. Axel dégouline, ses vêtements lui collent à la peau et ses cheveux gouttent. Il n'a pas échappé à l'averse qui sévit depuis le matin. C'est en chien de faïence que nous nous regardons. Je jurerais voir des larmes ruisseler sur ses joues. Il prononce les mots magiques pour ouvrir le Sésame.

— Je suis venu me réfugier chez toi.

Flashback. Il y a eu un incendie un jour dans l'immeuble d'Axel. Les pompiers ont évacué tous les résidents, et, Axel, en pyjama, n'a pu que regarder – fasciné et terrifié – le feu dévaster tout un étage. Personne n'a été blessé, heureusement, mais Axel a été très impressionné ; il aurait croisé un fantôme, il n'aurait pas été si blême. Ce n'est pas tant qu'il a eu peur de mourir, c'était autre chose. Au petit matin, il est venu « *se réfugier* » chez moi, « *c'était la fin d'un monde, tu comprends* ».

Aujourd'hui encore, le refuge est ouvert. Je pourrais lui claquer la porte au nez, mais la gravité de son visage me rend magnanime comme le Prince et non cruelle comme Kevin. Se laissant tomber sur le sol, il veut rester là, ne rien faire, ne rien dire. Et j'imagine, se blottir dans ma chaleur, à distance. Mais je ne suis qu'un cube de glace. Il lâche le morceau.

— C'est ma grand-mère. Elle vient d'être diagnostiquée. Elle a la maladie d'Alzheimer.

Non pas Henriette ! Avec son odeur de bois de santal et sa dent en argent qui apparaît au coin d'un large sourire, la vieille fait partie des reliques de mon enfance. J'adorais les repas où Axel m'invitait souvent, quand elle cuisinait pour un régiment. C'est elle qui m'a soufflé que le secret d'une tarte à la courgette réussie est une pincée de noix de muscade.

Je connais l'attachement d'Axel à sa grand-mère, elle l'a presque élevé. Pas étonnant qu'il soit dans cet état.

— Je ne m'en suis pas rendu compte. Grand-père n'a rien dit et je ne suis pas allé les voir depuis 2000 ans… C'est un légume !

Son grand-père a dit : « *Ce n'est pas comme ça que j'espérais vieillir à deux. Je pensais que la mort serait soudaine* ».

Axel commente : « *Tu crois que c'est comme ça qu'on finit tous ?* » Je tente de le rassurer en lui disant que la majorité des vieux meurent plus ou moins en bonne santé. Je me rends compte que je parle comme un docteur et je m'en veux.

Alzheimer, ça me rappelle que le futur n'existe pas. Depuis que nous sommes nés, nous sommes tous condamnés à pourrir, « *c'est vraiment trop inzuste !* ». Ça, c'est mon côté Calimero… Tous les jours, je casse ma coquille, et effarée, je découvre un monde que je ne comprends pas. Pourquoi, dans ce putain de monde de merde, est-il autorisé que quelque chose comme Alzheimer existe ?!! J'ai de sérieuses réclamations à faire et aucun SAV à contacter. Je propose de déposer une plainte contre X.

Son grand-père a dit : « *Elle est déjà morte.* » Axel a répondu : « *Tu ne peux pas parler comme ça !* ». Puis il a vu le regard absent de celle qui était sa grand-mère. Elle touchait les murs et longeait le couloir, et, elle l'a regardé sans le voir. Et une fois assise, elle a bavé. Et, à son tour, Axel n'a pas reconnu la vieille. Il n'a plus été tout à fait sûr que son grand-père n'avait pas raison. Il a aussi pensé qu'elle ne souffrait pas, ce n'était pas une maladie qu'on ressentait jusque dans les os. Soudain, elle a parlé, elle a dit : « *Tu penses que Maman rentrera tôt ce soir ?* ». Henriette a vu Axel : « *Oh, mon petit rayon de soleil ! Tu es passé nous voir, comme c'est gentil.* » Plus tard, elle a cassé un vase, parce qu'Axel ne voulait pas lui rendre *« son machin »* et elle a crié. Et Axel n'a plus été tout à fait sûr qu'elle ne souffrait pas, consciente de la dégringolade. En tout cas, elle n'était plus vraiment là.

C'est vraiment trop injuste. *Avis à la population* : si un jour j'ai la maladie d'Alzheimer, abattez-moi, sans cruauté et sans merci, comme un chien galeux. Je vous y autorise. Il faut, dans certaines circonstances exceptionnelles, pour son propre bien, lutter contre son instinct de survie.

L'instinct. L'invention la plus intelligente de la nature : il rend la vie supportable et nous fait croire qu'un futur radieux existe. Mais le futur n'existe pas. Calimero dit : « *Pourquoi ?* ». En réponse, certains ont dit « *dieu(x)* » ; d'autres ont dit « *rien* ». Calimero a compris qu'il n'avait pas le choix, de toute façon.

« *No future for you,*

No future for me...[12]»

Fuck you ! Calimero a une crête punk ! C'est un poussin énervé, il fait beaucoup de bruit… pour rien.

Je crois que la vie serait encore plus injuste si on restait en pleine possession de ses capacités jusqu'au bout. La vieillesse obscurcit la fin et la rend plus acceptable, j'imagine.

J'envie les scorpions[13].

Axel continue de raconter l'horreur que lui a inspirée sa grand-mère. Il a dit : « *Grand-mère, grand-mère, tu m'entends ? Je t'ai ramené tes fleurs préférées, les violettes* ». Mais elle ne répondait pas. « *Non ! Fais attention ! Tu ne peux pas manger le fromage avec ta cuillère...* » Elle a émis des grognements, puis, tout à coup, elle a dit « *Oui, je vais à l'Opéra ce soir* »

Et elle s'évertuait à couper une cerise avec la cuillère.

J'ai Axel sur les bras et je suis dans l'incapacité de le consoler décemment. Il n'y a pas de mots pour guérir de cette défaite. Son trouble résonne dans ma tête, l'écho murmure « *Que va-t-on faire de nous ? 6000ème génération à fouler la terre de la Terre. Milliardième d'humains à y retourner.* »

La fièvre monte et je fonds un peu. Et je fais la seule chose qu'un pathétique humain pourrait faire. Je le serre dans mes bras. Et Axel

---

12 *« Il n'y a pas d'avenir pour toi / pas d'avenir pour moi »,* Sex Pistols, *God Save The Queen*

13 La légende voudrait qu'un scorpion, entouré d'un cercle de feu, mette fin à son supplice en retournant son dard empoisonné contre lui-même.

accueille ma chaleur. Il se niche dans mon giron, y pleure sans larme et s'y endort. Une génération de plus a le temps de naître, grandir, se reproduire et mourir, pendant ce temps où Axel panse ses plaies.

J'erre dans les méandres sinueux de mon esprit. M'interrogeant sur demain. Au ralenti. Je dois faire *quelque chose* de moi. Une seule. Qui me prouverait que j'ai gagné ma place ici-bas. Je n'y arriverai jamais... Je me surprends à voir le visage de Xavier. Il a dit un jour qu'on ne se demandait pas comment faire. On le faisait. Je vais le faire. Car mon instinct me domine complètement et me dicte aussi de faire de chaque seconde la meilleure possible.

Je regarde le visage d'Axel, maintenant apaisé. Il ouvre un œil grave, s'étire comme un chaton, vient voler un baiser sur mes lèvres que je lui rends car il ne m'appartient pas non plus. Cette seconde est la meilleure possible, la plus exquise. La prochaine va être douloureuse. Ce baiser scelle la fin d'Axel et Viane.

Nous ne pouvons plus *être* ensemble. Nous ne savons plus être des frères et sœurs, nous ne serons jamais des amants. Nous ne sommes plus des amis, nous sommes devenus des obstacles : il n'aimera jamais sereinement si je suis dans les parages ; je refuserai de grandir tant qu'il me rappellera mon enfance. *Je fais le deuil de toi, Axel. Je t'aimerai toujours car nous avons grandi ensemble et tu as aussi fait ce que je suis. Mais nous avons été. Nous ne sommes plus.*

Quand l'homme passera le seuil de ma porte, il ira retrouver Élise, le seul refuge où il aurait dû se trouver. Il me dit :

— Nous aurions pu nous *trouver*.

— Il aurait fallu qu'on se *rencontre*.

Axel trouve la force de sourire. Quelques secondes plus tard, je l'observe depuis ma fenêtre. Il fait quelques pas dans la cour de l'immeuble, se retourne et lève son visage vers moi. *Au revoir*.

Nous avons oublié Alzheimer.

26
L'AVIS

Le grand jour est arrivé : Hugo me prévient par mail qu'il a fini la lecture des *Chroniques.*

Ces dernières semaines, j'ai eu le temps de prendre du recul sur le bouquin : un joyeux bordel trop personnel y règne, mais qu'à cela ne tienne, je me suis levée du bon pied, je vais conquérir le monde et je peux tout entendre. Ou pas.

Avec cinq minutes de retard, la conquérante arrive essoufflée dans le troquet où Hugo a déjà pris place. Je maudis mon côté empoté : plus j'ai de temps, moins je vais vite. Ses yeux sourient, je crois, il n'a pas l'air de me maudire, lui.

Quand les espresso arrivent, il me demande si je veux qu'il « attaque » et précise que son avis sera « sans concession, mais bienveillant ».

— Commence par les mauvaises nouvelles, s'il te plaît.

— Ok. Ce n'est absolument pas publiable en l'état.

Un soupir expire un sourire. Sardonique. *Mon* sourire. Il poursuit :

— J'ai l'impression d'avoir parcouru un patchwork d'histoires : sur le fond, ça manque un peu de cohérence. Il te faut un fil conducteur, une structure narrative qui donne envie au lecteur de tourner les pages. Tu te lâches un peu trop gratuitement et beaucoup de passages sont trop longs, ne font pas avancer l'histoire et le Prince semble avoir un peu trop ta voix.

Savoir accepter les critiques. Souffle. Savoir accepter les critiques. Je devrais me douter qu'on n'étonne pas un libraire. C'est à cette minute que je réalise qu'il n'y a pas de place pour l'ego... Bien sûr, je commence par m'énerver, et comme j'essaie de le cacher, des larmes pleurent derrière mes yeux, sans couler. C'est moi tout craché ça, je dis toujours « non, non, non » en premier, et après je reviens à de meilleurs sentiments.

— Je crois que tu passerais à côté de ton livre, si tu ne bossais pas un peu plus. Ton texte est encore un peu brut à l'heure actuelle ; je pense que tu as les capacités à l'amener à un autre niveau.

— J'ai écrit cette version pour moi, c'est vrai. J'ai un peu oublié les lecteurs. La prochaine version sera amputée du tiers, j'ai commencé à y réfléchir.

J'admire mon *self-control*. Je ne voudrais pas me griller auprès de mon seul bêta lecteur qualifié.

— Tu écrivais et maintenant, tu dois faire un travail d'auteur. Tu veux les bonnes nouvelles ?

— Bien sûr.

— On rentre facilement dans ton univers. Le ton est entraînant et poétique à la fois, les enjeux sont posés. Tu as une patte, c'est bon signe.

Je prends. C'est un début.

— Il ne me reste plus qu'à écrire le livre une deuxième fois.

Hugo m'encourage à lire les dernières parutions françaises pour m'imprégner de ce qui marche aujourd'hui en librairie, de m'ouvrir à toutes les littératures de Marc Lévy à Michel Houellebecq, en passant par Amélie Nothomb et Christine Angot.

— Tu fais la moue ? remarque-t-il.

— Tu trouveras Maupassant, Lovecraft et Duras sur ma table de nuit en ce moment.

— Il faut t'intéresser au monde des vivants ! ironise-t-il. Il se passe pas mal de trucs sympas sur la toile aussi : de plus en plus d'auteurs publient en ligne. Le marché est en train de bouger, tout comme la distribution, tout est plus simple. Tu devrais regarder les blogs de fiction littéraire. Faut faire le tri, mais certains sortent du lot. En ce moment, je te recommande le petit phénomène « monnomestkevin.com », tu le trouveras facilement.

À cet instant précis, tout ce qui peut tomber tombe : mâchoire, bras, tasse de café. La face de gobie à la Corinne me guette. Hugo, le libraire aux yeux d'acier, connaît le blog, *mon* blog, qualifié de « phénomène ». Mais qu'est-ce qui plaît tant chez ce sociopathe de Kevin ?!

L'homme en face de moi s'inquiète de mon silence soudain et se propose de m'aider à éponger le café. Je ne peux que m'exclamer un peu trop fort dans le troquet :

— Kevin, c'est moi !

Hugo ne comprend pas et rit :

— Non, je t'assure, tu n'as pas les dents pourries, et j'espère vraiment que tu ne t'amuses pas à défoncer des clochards dans des ruelles sombres.

— Non, c'est moi l'auteur. C'est moi de l'autre côté du blog.

Il ne me croira jamais ; j'imagine déjà lui montrer les brouillons et les deux prochains billets pour preuve.

— Sans déconner ?

— Sans déconner.

Et là, je le vois adopter la même attitude que moi deux minutes plus tôt, le côté gobie en moins ; il s'affale sur son dossier et me fixe de ses deux planètes turquoises. Comme d'habitude, je suis gênée.

— T'en as sous le capot !

— « *J'en ai sous le capot* » ?!

— Si tu es capable de passer du Prince à Kevin...

— Mais j'comprends pas, je viens de passer la barre des 15 000 visites par mois avec monnomestkevin et il n'y a même pas d'histoire ! Et le mec est un connard complètement taré et limite analphabète !

— Mais c'est là tout l'intérêt, c'est parfait pour internet, une petite histoire courte où tu attends de savoir comment le mec va péter un plomb ou se sortir de sa mission impossible. Et puis, comme tous les lecteurs, j'imagine, j'attends qu'il passe à l'attaque de la banque.

S'en suit une longue discussion où je m'évertue à lui prouver la nullité de Kevin et où il m'en fait l'apologie.

C'est à ce moment que le bip de mon téléphone retentit : « *Xavier Beleire — 15h27 — Comment vas-tu ? Je serai ravi d'avoir de tes nouvelles...* ». Et de me voir toute nue, pendant que tu y es ?

Des images se bousculent et voilent le visage de Hugo : Xavier au Marriott marchant vers moi, Xavier et son verre de Black Russian après le *Duc des Lombards*, Xavier nu... J'aimerais qu'il me voie comme je le vois, mais je crains qu'il n'appartienne à cette catégorie d'hommes qui n'aiment que ce qu'ils perdent et qu'il essaie de m'entretenir comme l'une des pouliches de son écurie. Je n'ai aucune envie de lui répondre maintenant. Je détourne mes propres pensées pour les ramener vers Hugo.

— Tu relirais la deuxième version du livre ?

— Oui. Et la troisième et la quatrième, s'il le faut.

— Tu es pessimiste. Tu n'as pas envie d'écrire toi, Monsieur Le Libraire, au fait ?

— Oh non, je n'ai aucune velléité de ce côté-là. J'aime lire. Pas écrire. Et puis, je me suis prouvé pas mal de choses quand je travaillais dans la finance. Aujourd'hui, la librairie marche bien et je travaille sur l'ouverture d'un *concept store*, à mi-chemin entre un café et une bibliothèque/librairie. Je fais toujours du business mais différemment. Et je suis vraiment content. Euh... tu ne réponds pas à ton texto ?

— Non, je m'intéresse au monde des vivants, comme tu me le conseillais. En l'occurrence, à la personne de chair et d'os assise en face de moi.

— J'apprécie !

Hugo semble sincèrement touché par ma remarque anodine. En tête, j'ai encore Xavier, Axel, le Prince, Kevin, les fantômes du passé ; il n'a donc pas toute mon attention, j'ai un peu honte de cette flagornerie facile. Parce que je verrai presque une petite étincelle s'allumer derrière ses yeux.

Ma remarque n'est pas si anodine, en réalité ; Hugo est l'homme du présent, j'ai envie de lui plaire. Parce que l'étincelle n'est pas que derrière ses yeux, elle s'est aussi allumée dans mon ventre.

* * *

C'est avec regret que je quitte Hugo, il faut bien qu'il travaille. J'ai pris note de bons nombres de ses commentaires pour améliorer les *Chroniques*. Version 2, me voilà !

Je cours chez Flo pour louer son ingénieuse idée des bêta lecteurs et lui faire le compte-rendu fidèle des dernières heures.

— Ah oui, c'est le mec qui a une gueule d'acteur, remarque-t-elle avec sa finesse légendaire. Je vais refaire un tour dans sa librairie et lui demander de me conseiller le roman le plus « chaud » de la rentrée.

— Salope.

Clin d'œil de Flo.

Pour répondre à Xavier, je me passe des services de ma voisine. Je dois gérer ce problème comme une grande fille. Je me tâte : ai-je *vraiment* envie de le revoir ? Oui, seulement s'il se jette à mes pieds.

Mais ce n'est pas cette partie de mon anatomie qu'il a envie de baiser. Je lui en veux d'avoir vu qui j'étais mais de ne pas s'y être intéressé. Alors je vais lui faire voir à nouveau, d'une autre manière. Mon sms va droit au but : « *Je vais bien. Quelles news ? J'écris. Plus qu'à mes heures perdues. Et toi, what's up, doc*[14] *?* ». Sa réponse met trop de temps à arriver à mon goût, au moins dix minutes : « *Je suis ravi. Tu écris quoi ?* ». Si tu crois que je vais te faire la conversation par téléphone interposé... Je réponds : « *monnomestkevin.com* ». Là, je sais que je dois lui laisser le temps de digérer le blog. Xavier Beleire ne devient ni plus ni moins qu'un autre bêta lecteur. Les internautes ne sont jamais avares de commentaires, mais c'est la première fois que je vais tester Kevin avec un homme du sérail.

Installée devant mon ordinateur, je grignote des chips devant un épisode de *House of Cards*. J'aimerais avoir une once du talent de Frank Underwood pour la manipulation. Le sms tant attendu bipe enfin : « *!!!* » suivi de « *J'adore* ». Xavier est enfin à mes pieds, je jubile : même lui est convaincu par Kevin. Autre bip : « *On se voit pour en discuter ?* ». Je tape : « *Quand je serai prête. Je ne suis pas prête* », mais je n'ai aucune intention de le voir. « *Ok, je comprends. Quand tu seras prête, ça me va.* » J'en profite pour confesser mes péchés : « *Je ne t'ai jamais dit, au fait : j'ai lu ton roman. Je t'ai vu dans toutes les pages.* ». « *C'est un peu le cas* », répond-il avant de compléter : « *Je ne t'ai pas vu dans Kevin* ». C'est rassurant. Et c'est sur ce texto que je cesse de lui répondre.

---

[14] Quoi de neuf, docteur ?

J'ai une pensée pour Hugo qui m'a donné l'assurance de me faire mousser auprès de Xavier. Demain, je ferai des infidélités à Kevin. Je retrouve le Prince pour un second round.

27
MORDRE L'HAMEÇON ET LA POUSSIÈRE

La lampe en forme de danseuse du *Moulin Rouge* retient toute mon attention. Je suis à peu près sûre que ses jambes à bas résille vont tôt ou tard se mettre à danser le cancan sur le comptoir. Et envoyer valdinguer les verres de whiskies sur les silhouettes qui gesticulent devant elle, et…

Une main ondule devant mon regard comme un serpent. C'est Flo qui me ramène à la réalité : « *Allô, la Lune ?!* », se moque-t-elle gentiment. Je regarde à nouveau le comptoir : la lampe repose sagement sur le côté ; des jeunes déchaînés passent commande à Lolo ; un grand escogriffe à pattes d'eph', veste cintrée et cravate, s'époumone avec conviction dans le micro ; Hernando trinque avec Hugo – « ¡salud! » ; Flo agite son verre sous mon nez. Je me souviens que nous sommes au *Pigalle Country Club*, notre bar de la perdition, où l'on ne se perd jamais et où l'on s'amuse beaucoup. Nous y venions déjà « du temps » d'Axel. Le lieu n'a rien de « country » ; Lolo, le grand manitou du *PCC*, ne passe que du bon vieux rock. Le mardi, c'est *open mic* : grattant leur guitare non sans frénésie, des inconnus y chantent avec plus ou moins de talent, mais toujours une grande sincérité. Les habitués accordent un soin tout particulier à leur toilette de dandy, ils le font même avec gourmandise. Certains, en lointains cousins des Beatles, arborent brushing parfait et petits favoris. D'autres, descendants des Stones, misent plutôt sur un complet jean, t-shirt moulant, tatouages et boucles folles. Tout ça, sous le regard bienveillant d'une tête de bélier et de rock stars décédées. Prématurément.

Ma pinte de bière me fait les yeux doux pour que je la boive d'une seule traite. Hugo nous ayant fait l'honneur de sa présence, je n'ai d'autre choix que de me tenir. Alors, je sirote, peaufinant mon personnage de *lady*.

J'en voudrais presque à Flo d'avoir choisi cette soirée pour convertir notre voisin et le libraire aux charmes du *PCC*. Je n'ai pas vraiment la tête à ça, je ressasse mon après-midi… Qu'est-ce qui m'a pris de revoir Xavier ?! Je sais ce qui m'a pris : il a lancé un appât si gros qu'il était impossible de ne pas mordre à l'hameçon. Je ne suis pas loin de penser que j'ai vendu mon âme au diable.

— T'as pas l'air bien, toi ? dit Hernando alors que je suis encore perdue dans mes pensées. Flo nous disait que tu avais eu un entretien d'embauche cet après-midi. Cela ne s'est pas bien passé ?

— C'est pour ça que je voulais lui changer les idées, explique Flo avec gêne et gaieté.

— Non, mais il n'y a vraiment pas grand-chose à raconter, dis-je faiblement, n'ayant aucune envie de révéler l'état de mes relations avec Beleire.

— Allez dis ! insiste Hernando. La « *mierda* », c'est mieux dehors que dedans.

L'Espagnol arrive à me tirer un sourire.

— Viane connaît un journaliste, il a proposé de la mettre en relation avec… je-ne-sais-qui pour lui obtenir un job, commence Flo, me poussant dans la piscine alors que je ne sais pas nager.

— Nan, mais non…

Mes protestations restent lettre morte, une horde de trois personnes se ligue contre moi.

— Oui, bref. Ce… journaliste a proposé de me présenter aux fondateurs d'une start-up à la recherche d'une « plume », pour faire vivre leur site internet – ils vendent de la lingerie à message. Ils cherchaient quelque chose dans l'esprit de « *monnomestkevin.com* », « en plus féminin ».

— Ah oui, c'est vrai, tu écris ! s'écrie Hernando. Dommage que je sois paresseux, c'est trop dur de lire le français.

— Je devais donc réfléchir à un concept de « contenu attractif ».

— Tu as imaginé quoi ? demande Hugo.

— La chronique de la vie d'une blogueuse : sa fashion week-end, une sortie dans un lieu branché de la capitale, sa passion pour la lingerie, une rencontre amoureuse, etc… L'idée, c'était de lui forger une véritable identité et de ne révéler que dans un second temps qu'il s'agissait en réalité d'un personnage fictif.

— C'est plutôt malin, commente Hugo.

— Ah ça, je pourrai lire, moi. Donc, ils n'ont pas aimé le concept ? en déduit Hernando.

Evidemment, je ne peux pas entrer dans les détails. Parler du journaliste. Dire à haute voix que cet homme avec qui j'ai couché a été le premier depuis longtemps à m'offrir une opportunité professionnelle, que je me doutais que c'était louche, que j'aurais dû dire non, que je n'étais pas prête, que je restais en position de faiblesse par rapport à lui. J'irai en enfer, c'est sûr. Même lui a senti mon hésitation, aussi s'est-il obligé de me rassurer : « *Promis. On se voit en tout bien, tout honneur* ». Exactement le genre de phrase qui signifie le contraire.

Je me suis rendue au rendez-vous, la boule au ventre. Réfugiée dans un troquet, j'ai guetté son arrivée. Je ne voulais surtout pas être en avance. Car il n'y a rien de *pire* que les gens qui arrivent en avance. Version humaine du caniche – museau posé sur des pattes croisées, guettant les pas du maître – ils ne craignent pas de montrer qu'ils sont en demande et en quête d'approbation. Non, je daignais seulement lui faire l'honneur de ma présence.

Sa silhouette élancée a fini par faire son apparition. Sur le sofa de ma planque, je me suis tassée, les sens en alerte. Malgré la bruine, il ne s'était pas encombré d'un parapluie, ses mains bien enfoncées dans son imperméable, le col relevé. Je l'ai vu faire les cent pas devant l'entrée de l'immeuble. Son regard a balayé la rue de gauche à droite à plusieurs reprises. Un brin fébrile, il a consulté sa montre. C'était le signal que j'attendais. Je suis sortie par la porte du troquet qui donne sur une autre rue. Un pâté de maisons plus tard, je l'ai retrouvé.

— J'ai bien failli croire que tu ne viendrais pas.

Avec l'air le plus dégagé possible, j'ai répondu :

— Moi aussi.

Il a souri. « *En tout bien, tout honneur* » a-t-il ajouté, comme pour se convaincre. Et comme ce lendemain où nous nous sommes réveillés ensemble, nous n'avions rien à nous dire. De sa main, il a désigné l'entrée, m'invitant à le suivre.

— Ne t'en fais pas, ils vont adorer l'idée. Je l'ai adorée.

Pour Hugo et Hernando, l'histoire débute avec la rencontre des fondateurs.

— Le couple, les Leclère, a la petite cinquantaine. Ils m'ont tout de suite parlé de « *monnomestkevin.com* », en me demandant comment j'avais eu l'idée.

Kevin ne serait jamais né sans Axel. Mais ça, je ne l'avouerai jamais à personne. Ma réponse a pâti d'une seconde d'hésitation.

— « *Je lui ai un peu soufflé* », voilà ce qu'a dit le journaliste. En me coupant la parole.

Xavier m'a coupé la parole.

— Qu'est-ce qu'il lui a pris ?! s'insurge Hernando.

— C'est un con, dit Flo solidaire.

— Sincèrement, au début, je m'apprêtais à rire. Mais il a rajouté : « *un jour, nous avons assisté à une bagarre. Je lui ai dit que cela ferait une bonne histoire* ».

J'étais battue, l'histoire était plausible.

— Et c'était vrai ? dit Hernando avec le ton de celui qui commence une enquête.

— Oui, un soir, on a croisé deux soiffards. Ils se sont battus et il m'avait effectivement dit que cela ferait une bonne histoire. Mais le blog, c'est autre chose, c'est mon bébé, cela n'a rien à voir.

J'ai marqué une pause, pour déglutir et faire passer le goût amer de cette fameuse soirée après *Le Duc des Lombards*.

— Ce qui m'a tuée, c'est le regard entendu du couple, genre « cette gamine ne pouvait évidemment pas imaginer ça toute seule ». Quand j'ai commencé à expliquer le concept, la femme m'a coupé la parole, en me disant que *« ce n'est pas du tout ce qu'ils m'avaient demandé ».* Le journaliste a alors cru bon de reprendre la main et a dit qu' « *on* » allait écrire un peu dans le style gonzo et il a commencé à détailler les grandes lignes du projet.

— Mais c'est qui ce journaliste ?!! s'enquiert Hugo.

Le libraire ne connaît que trop bien le nom de Xavier Beleire.

— C'est un mec qui n'a pas besoin de ce genre de projet pour vivre, assène Flo, sans savoir qu'elle me sauve la mise.

— C'est vrai. Toujours est-il que le couple a poliment promis de nous rappeler. Mais je l'ai vu, c'est mort. Le journaliste en a fait des tonnes. A tel point que quand j'ai essayé d'apporter des précisions et de montrer que j'étais censée être cette plume qu'ils recherchaient, la femme s'est moqué : « *On a cru que vous n'arriveriez jamais à en placer une* ».

Sur cette dernière phrase, j'ai imité la femme en prenant une voix de demeurée. Vengeance de faible.

— Il s'est grillé aussi, constate Hugo avec raison.

— Pourquoi a-t-il fait ça, à ton avis ? continue l'inspecteur Hernando.

M'offrir une opportunité sur un plateau d'argent pour mieux m'en déposséder… Je ne l'explique pas. Il a bien donné un coup de pouce à Ludo, je pensais qu'il faisait la même chose pour moi. J'ai appris ma leçon : ne jamais mélanger business et sexe.

Nous n'avons pas échangé un mot dans les couloirs nous ramenant vers la sortie. Un règlement de compte s'imposait, sanglant, à la Kevin. Mais c'est en réalité l'épisode de ma main sur la joue de Claire que je ruminais, préparant même mon poing dans ma poche, planifiant une attaque « en hauteur » et une esquive « pas en arrière-retourner de talons » dans la foulée.

— Madame Leclère avait raison, pourquoi tu ne m'as pas laissée en placer une ?! ai-je explosé au moment où mes pas foulaient le trottoir.

— Je sais pas trop.

— C'est tout ?! « *Je sais pas trop* » ?

— Je ne les sentais pas.

— Ça ne veut rien dire ! J'aurais bien aimé « exister » un peu. Au mieux, c'est toi qu'ils voudront embaucher.

— Je suis désolé.

Il a haussé les épaules, visiblement mal à l'aise, comme un enfant pris la main dans le sac. Et sur ce haussement d'épaule et ce regard fuyant, il est parvenu à désamorcer ma bombe. J'aurais dû lui arracher les yeux, lui faire dire à haute voix que son ego était plus que mal placé… Sa faiblesse m'a rendue faible.

Nous nous sommes quittés sur le pavé, de la bruine plein les cheveux, dégoulinants de non-dits. Sans nous faire la bise, sans promesse de nous revoir, prétextant des rendez-vous urgents.

Mes compagnons y vont tous de leur commentaire sur les motivations du journaliste, sur la dureté du monde du travail pour les jeunes sans expérience, sur la jalousie entre homme et femme. Hernando et Hugo nous gratifient de petites histoires sur leurs propres déboires professionnels, ils nous arrachent quelques rires, qui me font sortir de ma prostration. Flo me rappelle qu'une de ses collègues s'est attribuée une de ses créations, a été augmentée alors qu'elle stagne toujours à un salaire de premier emploi.

Un Beatles rondouillard prend la suite du grand escogriffe et chante d'une voix légère éraillée et une jubilation non-feinte « *G.L.O.R.I.A (Gloria) / I wanna shout it ev'ry night (Gloria)*[15] ».

Hugo continue de régaler notre petit groupe d'anecdotes sur son ancien métier d'analyste. Je ne sais pas s'il a un talent littéraire, il a en tout cas un talent de conteur. Je le visualise mieux au centre d'un *open space* d'une tour de La Défense. Hugo se sent obligé de s'étendre un peu plus sur son passé, il tient à me convaincre qu'on ne fume pas de cigare après la fermeture de la Bourse en comptant des billets de 100. Je ne crois toujours pas comprendre ce que fait un analyste financier ; disons que je le perçois moins comme un capitaliste à gros ventre échappé de la crise de 1929. Surtout parce qu'il a la prestance du libraire. Le Hugo d'avant porte un costume et

[15] *Gloria* est une chanson de Van Morrison.

une cravate fine ; il dirige une équipe de cinq personnes et a l'oreille du patron. C'est un meneur. Mieux que ça : c'est le mec qui embarque toute l'équipe dans l'aventure, non sans enthousiasme. Son bagou, le brio de ses chiffres, lui permettent de vendre n'importe quoi à n'importe qui. En tout cas, c'est ce qu'il dit et je serais tentée de le croire. Je le visualise mieux, parce que je le vois suivre et tenir deux conversations en même temps, sans compter nos messes basses. A Hernando, il vante les mérites du nouveau spectacle d'un américain qui fait du *stand-up* en français. A Flo, il conseille un nouveau logiciel qui peut l'aider à organiser le travail de son équipe. A moi, il glisse un mot sur les prochains prix littéraires. Il monopolise la parole, la distribue, tient des propos argumentés sur les dessous de la dernière élection régionale. A l'heure de l'apéritif, il anime notre fine équipe avec une assurance et un naturel déconcertants. Sans jamais écraser personne. Sans même s'en rendre compte. C'est à cet instant que je me rends compte qu'un homme comme Xavier Beleire est toxique.

— Tu es bien pensive... Tu penses encore au journaliste ? demande Hugo alors que Hernando salue une connaissance et que Flo commande une nouvelle tournée.

Non, je pense à lui.

— Je me disais que tu avais le talent de te faire apprécier et respecter de tous.

— Tu crois que tu peux voir ça ?

— Oui.

— C'est du théâtre, c'est facile.

— Comment ça ?

— J'étais comme toi avant. Je suis comme toi, en fait, super timide. Mais non, ne roule pas des yeux ! C'est vrai. J'ai un secret.

— Raconte.

— J'ai vraiment fait du théâtre. Endosser des personnages, surmonter le trac, apprendre à bouger, travailler ma diction. Ce que je faisais sur scène, je l'ai tenté dans la vie. Je joue un rôle : l'analyste financier sympa…

— …le libraire métrosexuel de l'arrondissement…

— Métrosexuel ?! s'intéresse Hernando qui se rassoit subitement. Qui est métrosexuel ? Pas toi ? dit-il en désignant Hugo.

Flo dépose quatre chopines de bière et nous trinquons. Hernando oriente la conversation sur un sujet qu'il connaît bien, bombardant Hugo de questions sur ses expériences sexuelles. Le libraire, ex-analyste financier, comédien – endossant le rôle du mec cool qui n'a rien à prouver – reste vague. Je le vois au fin fond du Wyoming, affublé d'un Stetson, et faisant passionnément l'amour à un cow-boy. J'en serais presque excitée. Mais Flo me donne un coup de pied sous la table qui me ramène de Brokeback Mountain à Paris en une milliseconde.

28

Ô MUSES !

4 heures du matin. La musique m'a filé un de ces électrochocs ! Je danse encore dans les escaliers de mon immeuble, je chante dans ma tête sans réveiller les voisins, je prolonge la nuit dans le jour. La planète tourne, le sang circule dans mon corps, les neurones crépitent dans mon cerveau. Je vois clair.

Je vois Hugo trinquant avec un verre de mauvais champagne et me dire : « *enfin, une fille qui aime* Led Zeppelin *!* ». Je lui rétorque qu'il faut qu'il arrête avec ces histoires de trucs pour filles.

Je vois un bluesman accompagné d'un beatboxer mettre le feu à la piste de danse. Le guitariste a la voix éraillée, j'ai bu des bières et je m'exclame : « *il a dû fumer beaucoup de paquets de whisky pour chanter comme ça !* ». Hugo rit et c'est la plus belle chose que j'ai vue depuis longtemps.

Je vois tout. Je suis une humaine qui regarde une fourmilière. Je suis une oie sauvage qui survole un monde où une humaine regarde une fourmilière. Je prends tellement de hauteur que j'atteins la stratosphère. Je suis un satellite qui scrute le monde, les oies, les humains et les fourmilières. Je suis la Lune, je suis la Galaxie, une autre galaxie, je suis un être interstellaire qui regarde la Terre comme l'humaine regardait la fourmilière. Je n'ai pas pris de drogue, je le jure. Non, là, maintenant, tout de suite, je suis en vie, tout est beau, je savoure de précieuses minutes.

Je me suis déchaînée ce soir parce que j'étais enchaînée depuis plusieurs semaines. Enchaînée à mon ordinateur, enchaînée à mon bureau, enchaînée à mon appartement. J'ai donné la clé du cadenas à Flo et la permission de me tirer dessus si je pointe le nez dehors. Les *Chroniques* version 2 ont avancé à vitesse grand V. Une routine méthodique désorganise complètement mon rythme de vie. Les horaires de bureau appartiennent au passé. Couchée tard, levée tard, je commence à écrire vers 15 heures, après un petit-déj de Chocapic et un Earl grey. Vers 22 heures, je me nourris des conserves dénichées dans mes placards devant une série télé. Puis, j'écris encore jusqu'à minuit. Quand j'ai des insomnies – et j'en ai beaucoup (je me réveille avec quelques sueurs : *Comment vais-je payer mes factures ? Est-ce que je pourrai toujours manger des Viennois au dessert ?*), je mouline les aventures du Prince et note quelques idées sur un carnet. Quand le vampire que je suis a envie de redevenir humain, il accepte des soirées avec Hugo, seule distraction que je m'autorise pour vivre ma vie et non pas seulement l'écrire. Chapitre après chapitre, le libraire me conseille : s'enthousiasmant d'une nouvelle idée, il met aussi le doigt sur les incohérences. Quant à Kevin, il est au chômage technique. Des internautes remontés réclament le retour de ses aventures. Mon anti-héros a répondu : « *Je suis en Bolivie en train de monter un cartel pour inonder le marché européen de Blanche Neige*[16]*. I'll be back*[17] ».

[16] Surnom de la cocaïne.

4 heures du matin. L'heure où mes neurones fourmillent de bonnes idées. Je ne suis pas fatiguée. Un quartier de lune s'accroche encore à la grande voile de la nuit, les lumières des voisins sont noires, au loin, une sirène de police retentit. Cela m'inspire, j'ai trouvé la fin de l'histoire ! L'ordinateur est éteint et je n'ai aucune envie de l'allumer. Le souvenir d'une photo de Colette dans son appartement parisien me revient. Comme elle, je prends la plume, ou plutôt le bic, et commence à noircir des feuilles blanches, à grands renforts de ratures et d'alphabets tordus. J'invoque alors les femmes écrivains : Sapho, Madame de La Fayette, Marguerite Duras et toutes les autres. Muses, transpirez au travers de mes doigts pour déposer un peu de votre génie dans mes écrits ! Je scarifie le papier de saignées euphoriques jusqu'au fameux point final.

La robe laiteuse de l'aube s'enhardit de bleu, les portes et les talons claquent dans la cour, les pigeons roucoulent sur la gouttière : à l'heure où je finis ma nuit, le reste du monde commence son jour. Une odeur de chicorée vient titiller mes narines : Flo ne va pas tarder à s'acquitter de sa tâche de réveil-matin.

Le moment de discernement qui m'habitait plus tôt a été si fugace que j'ai l'impression que c'est une autre que moi qui a écrit. Treize nouvelles avec un point final sont pourtant bien en train de s'imprimer devant moi. Treize nouvelles dont six qui mettent en scène le Prince. Treize nouvelles qui ont creusé mes cernes et m'ont

---

[17] Je reviendrai.

faite vieillir de dix ans. Treize nouvelles que je présenterai en l'état quoi qu'en disent Hugo, Flo et les parents.

La chicorée se pointe et tape trois petits coups mollassons à la porte. Cette fois, Flo n'a pas droit à un « hum » mais à une porte qui s'ouvre vite et moi qui crie « c'est fini ! ».

— Bonjour toi-même... Tu as fini *Les Chroniques* ?

— Yes !!!

Flo est fatiguée de me voir si vive, trop vive pour sa langueur du matin.

— Je te préviens, je ne relis pas ça maintenant. Je venais te tirer du lit et voir si tu avais donné ton corps au libraire ténébreux.

— Pas besoin de lire. Et ma nuit a été on-ne-peut-plus chaste. Il n'a rien de ténébreux, je trouve.

— Quoi ?!!

La chasteté aurait bien croqué Hugo, c'est vrai. L'homme ne dirait pas non, tous les pores de ma peau me le disent. Il s'est perdu dans mon regard comme je me perdais dans le sien. Sa main s'est attardée un peu trop longtemps dans mon dos alors qu'il me raccompagnait gentleman vers la sortie de la salle. J'aime qu'il prenne le temps pour moi. J'attends le moment qui nous rendra magique.

— Tu ne vas rien me raconter ?!! peste Flo.

— Le concert était génial. Tu dois absolument découvrir les Heymoonshaker.

— Mais...

— C'est une question de temps. Je vais le voir ce matin, tu as le temps de venir ?

— Mais...

— *Les Chroniques*, priorité numéro un, tu te souviens, sinon tu me flingues ?

— Mais...

— Mais ?

— Ok.

29

CH-CH-CHANGES !

Au moins deux mois se sont écoulés depuis que j'ai lancé la grande offensive « publication des *Chroniques* dans une maison dynamique, honnête et au flair avéré ». Sur les conseils de Hugo, j'ai pu cibler les maisons d'édition répondant à ce critère, malheureusement personne n'a daigné m'envoyer pour l'instant un « *oui* », un « *peut-être* » ou bien un « *merde* ».

J'ai bien pensé me lancer dans l'écriture d'un roman, cette fois, mais je n'ose pas car je n'ai pas de sujet. Pour tromper l'ennui, j'ai tout de même commencé une nouvelle à la première personne : une oie sauvage entame sa migration vers le nord. Joli prétexte pour « voler » plusieurs heures par jour par dessus fjords ou vertes plaines, en picorant ça et là graines et jeunes pousses. C'est reposant. De voir la Terre d'une autre perspective.

En dehors de ça, je pense toujours à supprimer les Viennois de mon alimentation et j'aurais bien aimé rajouter des règles à mon *Manuel de chasse et de pêche à l'usage des jeunes diplômés cherchant du travail*, mais pour cela, il aurait fallu que je passe des entretiens d'embauche, et même pour des petits boulots, on ne veut pas de moi. Le McDo me tend les bras.

L'oisiveté me tue, alors que je suis en train de « comater » sur mon canapé. Sous une pluie battante, un ciel noir à mourir, mon pouls bat à neuf, je suis ankylosée de partout, le livre que j'essaie de lire pèse trois cents kilos. Je décide, que moi, l'écrivain en herbe, dois parfaire ma connaissance de certains « classiques ». Je suis en tête à tête avec le professeur Aronnax et le capitaine Némo, à bord du Nautilus. Je lis : « *Je vis là tout le Humboldt, tout l'Arago, les travaux de Foucault, d'Henri Sainte-Claire Deville, de Chasles, de Milne-Edwards, de Quatrefages, de Tyndall, de Fara-* (là, le trait d'union me renvoie à une nouvelle page) *tais de la main, ces plantes reprenaient aussitôt leur position première.* » Comme je ne comprends pas ce que je viens de lire, je secoue la tête, essaie d'y faire circuler un peu d'oxygène et relis une deuxième fois la phrase. « ... *de Fara-tais de la main, ces plantes...* » Le sens m'échappe toujours, où suis-je ? Qui me parle ? Un coup d'œil sur la numérotation des pages m'apprend que je viens de passer de la page 128 à la page 193. En y regardant de plus près, je m'aperçois que toute l'édition est faussée : les pages 193 à 256 ont été imprimées deux fois ; quant aux pages 129 à 192, elles se sont simplement volatilisées. Je ne finirai donc pas *20 000 Lieues Sous Les Mers* et je ne connaîtrai jamais le nom de ce mystérieux Fara-quelque chose. Jules doit se retourner dans sa tombe.

Driiiiing ! Mon téléphone sonne. Je deviens misanthrope : qui ose me déranger à 19h14 ?! Je me fais l'effet d'un ver de terre rampant vers le combiné. Je ne prends pas le temps d'éclaircir ma gorge, j'ai une voix d'outre-tombe.

— Allô ?

— *Mademoiselle Cey* ? dit gaiement une voix à l'autre bout du fil. *Les Éditions du Marais à l'appareil, vous nous avez envoyé votre tapuscrit.*

Éditions du Marais ? Tapuscrit ? Manuscrit ? Oui, oui, bien sûr ! J'ai fait ça, il y a un million d'années, je me souviens. Mes antennes sont dressées sur ma tête, je suis prête à absorber toutes les informations comme une éponge.

— Oui, c'est tout à fait exact, dis-je avec une voix dégagée.

— *Votre ouvrage a éveillé l'attention de Monsieur Villey-Marais, il souhaiterait vous rencontrer, pour en discuter. Seriez-vous éventuellement libre après-demain, disons vers 15 heures* ?

— Oui, bien sûr. Je viens directement dans vos bureaux ?

Après avoir raccroché, je reste plantée là, à me regarder dans la glace avec de grands yeux de hibou. Puis, branle-bas de combat : hystérique j'appelle Natha, les parents, Hugo, Flo, Mémé, personne ne peut en placer une et de toute façon, je ne les écoute pas. Je m'entends dire : « *Rendez-vous* », « *Maison d'édition* », « *Relire les* Chroniques *de A à Z* », « *Aaahhhh !* ».

J'ai une pensée pour Xavier. Je décide que je n'ai plus besoin de lui dans ma vie. Les mêmes pensées me ramènent vers Hugo qui vient de me dire « *Bravo, c'est une super maison !* ». Je décide que j'ai besoin de lui dans ma vie. Comme d'un cœur dans ma poitrine.

Dans la foulée, je cours vers le bureau chercher ma lettre de présentation aux Éditions du Marais. À quel point a-t-elle pu être décisive pour décrocher cet entretien ? J'ai essayé de me la jouer cool, déterminée et sûre de moi.

Madame, Monsieur,

Je tiens à porter à votre attention l'ouvrage que j'ai écrit, Les Chroniques de l'Eau.

Les deux qualités qui me paraissent essentielles pour écrire sont, d'une part, une bonne histoire et d'autre part, un vrai style.

À défaut d'avoir accouché du prochain Prix Goncourt, je pense néanmoins avoir un vrai univers littéraire. Les Chroniques *reposent sur une démarche, celle de retranscrire des rêves que j'ai eus depuis l'enfance, en dépassant l'aspect factuel pour créer une vraie atmosphère. J'ai essayé d'écrire une histoire que j'aurais eue envie de lire.*

J'ai écrit dans l'espoir fou d'être publiée et toute suggestion que vous pourrez faire sera la bienvenue.

En espérant avoir de vos nouvelles, je me tiens à votre disposition pour toute information complémentaire,

Cordialement,
Viane Cey

Plus je relis cette lettre, plus je me dis que je cours à la catastrophe. Je n'ai pas pu envoyer *ça* au Tout-Paris ?! C'est exactement le genre de lettre qu'il ne faut pas écrire. Explication de texte :

- *« Madame, Monsieur, » :* j'aurais vraiment dû me renseigner sur les personnes qui lisent les manuscrits pour personnaliser un peu la lettre. C'est trop générique, trop froid... Comme leur accorder autant d'intérêt qu'au mec de l'administration auquel je suis obligée d'écrire...
- *« Je tiens à porter à votre attention l'ouvrage que j'ai écrit,* Les Chroniques de l'Eau » : plutôt simple et neutre. Validé.
- *« Les deux qualités qui me paraissent essentielles pour écrire sont, d'une part, une bonne histoire et d'autre part, un vrai style »* : alors là, on arrive dans la catégorie « vrai style », « vrai univers littéraire », « vraie atmosphère ». Bref, mon interlocuteur comprendra que les autres écrivent « faux », et que je suis une fille « vraie ». Aïe aïe aïe ! C'est fou comme c'est original et c'est surtout guimauve, prétentieux et dénué de sens. Et avec la référence au Goncourt, le mec va croire que je pète plus haut que mon cul ! Autant dire que je viens de me tirer une balle dans le pied.
- *« J'ai essayé d'écrire une histoire que j'aurais eue envie de lire ».* Je pense que j'aurais pu trouver encore plus bateau !

- *« J'ai écrit dans l'espoir fou d'être publiée et toute suggestion que vous pourrez faire sera la bienvenue »* : peut-être la seule phrase dont je suis à peu près satisfaite. C'est honnête.
- *« En espérant avoir de vos nouvelles, je me tiens à votre disposition pour toute information complémentaire, »* : on dirait que j'écris pour travailler chez McDonald's au poste d'essuyeur de table.

C'est mauvais, c'est vraiment très mauvais. Je ne peux en retirer qu'une seule constatation : je ne sais pas me vendre. Comment puis-je convaincre quelqu'un que je suis un bon écrivain si je ne sais même pas écrire une lettre de motivation ?! J'aurais dû être rôdée à l'exercice pourtant, avec toutes les lettres de démarchage que j'ai tapées chez HyperTexte ! Je n'ai donc rien appris ?!! Je passe mon temps à me demander ce que ces gens sans nom et sans visage veulent entendre, du coup je tombe dans l'emphase, le mélo, le déjà-vu, le déjà écrit, en moins bien. Ce n'est ni cool, ni déterminé, ni sûr de soi. Où avais-je la tête ? Ce monsieur Villey-Marais n'a pas pu lire cette lettre, il aurait expédié mon livre droit au déchiqueteur de papier. *Alea jacta es*.

* * *

Je suis amoureuse, ça y est ! Villey, c'est la grande classe ! Après notre entrevue, je me suis ruée sur Google pour y taper son nom (j'aurais pu y penser avant, me direz-vous). Quelle vie de dingue ! Né à Nice (!) en 1942 d'une mère anglaise et d'un père français, le petit Stéphane a voyagé au gré des déplacements professionnels de son père, attaché de presse à l'ambassade de France. Il a ainsi vécu entre Wallis, Mayotte, le Liban, le Maroc, Londres, avant de poser ses valises à Paris. À vingt ans, il s'engage dans la Royal Navy, fait le tour du Monde, puis devient rédacteur dans un journal indépendant avant de couvrir la Crise de Berlin.

D'après ce que j'ai compris, il ne s'est lancé dans l'édition qu'à la fin des années soixante-dix et a réussi à maintenir l'indépendance de sa maison face à la concurrence des grands groupes de presse. Il a fondé le succès de sa maison sur sa capacité à dénicher des talents.

Je ne me doutais pas qu'il était si vieux, son regard étant tellement alerte et son maintien impeccable. Je lui aurais facilement donné dix voire quinze ans de moins.

Je suis arrivée, un brin fébrile, à la réception. Là, j'ai suivi la secrétaire dans un couloir. Un homme, grand, âgé, avec des cheveux neige et une allure de loup efflanqué, sortait d'un bureau. Je l'ai su tout de suite, c'était Stéphane Villey. La secrétaire m'a présentée, il m'a chaleureusement serré la main. Au moment où je pénétrais dans son bureau, la comptable a déboulé pour lui réclamer la signature de chèques. Il s'est excusé et m'a laissée seule quelques minutes.

La pièce était sobre mais décorée avec goût. Quelques statuettes africaines trônaient sur les étagères. Un masque de bois, surmonté de plumes, ornait l'un des murs. Il ne s'agit pas d'une pâle copie, comme celle qu'on trouve dans les chambres d'étudiants, celui-là est authentique, sûrement ramené d'un des ces innombrables voyages. Un autre pan de mur était couvert de cadre-photos noirs : des hommes politiques et même quelques stars de cinéma, entourant un Stéphane plus jeune. *Soupirs.*

— Vous contemplez un cimetière.

Quelle entrée en matière ! Stéphane Villey et ses yeux foudroyants venaient de franchir la porte. J'avais repassé vingt fois les scénarii possibles de ma rencontre avec lui, ce type de salamalecs n'était définitivement pas au programme. J'aurais pu y entrevoir un sinistre présage. J'y entendis plutôt le constat nostalgique du passage des années. Il poursuivit, sans plus de civilités :

— Plus de la moitié des gens sur ce mur sont morts.

Ne sachant que répondre, mais palpant l'émotion, je fis comme lui et continuais de fixer les photos.

Il s'assit derrière son grand bureau de bois et m'invita à prendre le fauteuil en face de lui.

— Vous avez eu de la chance, vous savez. Une de mes assistantes était en train de ranger les piles de manuscrits que nous recevons. Apparemment, elle avait décidé de faire une pause. Je suis entré et lui ai demandé de passer un coup de téléphone pour moi. Elle m'a répondu « *oui, Monsieur* », sans lever son nez de l'ouvrage qu'elle feuilletait. Intrigué, je lui ai demandé qu'elle m'apporte ledit ouvrage dans l'heure.

« *Il faut que j'embrasse cette femme sur la bouche* », me dis-je en moi-même.

— Et puis j'ai reçu un coup de fil de Hugo, de la librairie *Matière à Lire*, un garçon que nous respectons beaucoup et qui nous a chaudement recommandé votre ouvrage...

Filou. Il ne me l'avait pas dit.

— J'avoue que le recueil m'a impressionné. Il reste des maladresses, mais les qualités sont indéniables : l'univers narratif est fort et pittoresque, les personnages sont bien croqués. Les *Chroniques* auraient pu être une jolie aventure.

— Euh... « *auraient* » ?

Je me suis rendue compte que c'étaient les premiers mots que je prononçais en dehors de « *bonjour, Monsieur* ». Un trémolo coincé dans le fond de la gorge, en plus.

— Oui, voyez-vous, Hugo a porté à notre attention votre blog... « monnomestkevin.com ». C'est le vrai objet de cet entretien. C'est percutant, inédit, dans l'air du temps. Si vous acceptez de tout reprendre, je serais intéressé de publier les aventures de Kevin, sous forme de roman.

Accoudé à son fauteuil, les mains croisées, avec ses sourcils cotonneux légèrement relevés, Stéphane m'observait en train de l'observer. J'aurais juré qu'il savait le bouillonnement qui m'habitait, qu'il étudiait mes réactions pour savoir de quelle trempe j'étais faite. Et au-delà, il s'en satisfaisait, voyant dans mon trouble, les premiers pas touchants d'une débutante.

Un souvenir d'une vieille publicité est remonté à la surface, elle vantait le « double effet Kiss Cool ». J'étais en train de l'expérimenter pour la première fois : Hugo m'avait recommandée, Stéphane souhaitait publier Kevin et non les *Chroniques*. Ça se digère. Et la digestion est lente, provoquant des hallucinations au ralenti. Le sociopathe a attrapé le Prince comme il l'avait fait avec le gérant de la station-service. Je criais et me débattais pour empêcher Kevin de serrer, serrer et serrer encore. Le Prince est tombé à genoux et Kevin souriait. Mon frère mourrait encore une fois.

Peut-être qu'il doit mourir et rester mort. Kevin a réclamé que le Prince soit sacrifié sur l'autel de la nécessité. Dans tout ce que m'a dit Stéphane, j'ai réalisé que c'était le « publier » qui importait. J'accepte de vendre mon âme au diable dans ces conditions. Je ressemble en fait plus à Kevin qu'au Prince.

— Euh... « *tout reprendre* » ?

— C'est absolument nécessaire.

— Je me sens d'attaque : Kevin était déjà un poème, je peux en faire un roman.

— Viviane, avant de parler de… Je vous vois sursauter, qu'y a-t-il ?

— Personne ne m'appelle « *Viviane* », c'est « *Viane* » tout court, en fait.

— Vous n'aimez pas « *Viviane* » ?

— Tout le monde m'appelle « *Viane* », je préfère.

Stéphane n'est pas tout le monde, ai-je pensé.

— C'était le nom de ma grand-mère, une femme admirable. Ça vous ennuie, si je continue de vous appeler « *Viviane* » ?

Je n'avais pas besoin de lui dire ce qu'il avait envie d'entendre. Venant de tout autre personne, j'aurais été agacée, mais pour mettre toutes les chances de mon côté, j'aurais répondu « *non, pas du tout* ». Mon interlocuteur aurait saisi toute l'hypocrisie de la situation, mais aurait vu dans mon acquiescement la preuve de sa plaisante domination. Venant de Stéphane, mon prénom prenait une consonance rétro, empreinte d'un grand respect.

— Vous serez le seul autorisé à m'appeler comme ça.

— Bien, j'ai horreur des manières. Vous voulez boire quelque chose ?

En temps normal, je me serais contentée de refuser poliment. Au pire, j'aurais accepté un verre d'eau pour aller directement à l'essentiel. Là, je voyais Stéphane, le bon vivant.

— Un jus de fruit, si vous avez.

Il se leva et se dirigea vers un meuble brun aux nervures noires. La porte pivota, Stéphane Villey avait un bar dans son bureau !

— Je n'ai pas de jus de fruit, ici. Autre chose, fit-il en désignant les alcools.

Franchement amusée, j'ai pensé « *Soyons fous !* », en jetant un œil au cadran de ma montre qui indiquait 15h11.

— Un porto.

— Ce sera deux portos, alors.

En servant les verres, il a lancé :

— Vous voulez faire de l'écriture votre métier ?

Que disait Xavier déjà ? « *Je ne sais rien faire d'autre* ». À cet instant, j'ai compris. J'ai répété dans ma tête, « *Je ne sais rien faire d'autre* », mais j'ai simplement répondu « *oui* ».

— Hu-hu, fit-il.

— Oui, c'est ce que je veux. Raconter des histoires où je suis une personne ou dix ou un animal. Tous ces mots ne sont pas faits pour rester dans le noir. J'ai acquis la certitude viscérale que je ne serai jamais aussi vibrante que sur le papier.

— Que faites-vous actuellement ?

— Rien. Pas grand-chose. Entre deux petits boulots.

— Vous avez d'autres écrits en stock ?

— Rien d'abouti. J'ai commencé une nouvelle sur une oie parcourant le monde. C'est un peu *Croc-Blanc* au pays du *Peuple Migrateur*.

— Intéressant. Je veux la lire. Pourquoi ce thème ?

— Pour voler.

Je le vis sourire.

— Il y a effectivement quelque chose de très « planant » dans vos *Chroniques de l'Eau*. Quelle est l'histoire de ce recueil ?

— Des rêves. J'ai grandi près de la mer. C'est une collection de rêves.

— Et Kevin. Est-il inspiré par une de vos connaissances ?

Un peu menteuse, j'ai répondu par la négative.

— Viane, vous me plaisez. Ce que vous écrivez me plaît. Je vous explique comment ça marche une maison d'édition ?

* * *

« *Ch-ch-changes !*
Don't want to be a richer woman
Ch-ch-ch-ch-changes (turn and face the strain)
Just gonna have to be a different woman[18] »

En quittant les Éditions du Marais, je marche sur un coussin de mousse, le cœur en fanfare, le ventre en avant. J'ai hâte, tellement hâte de « *tout reprendre* » ! Stéphane, c'est l'homme que j'ai attendu, mon magicien ! Celui qui me donne ma chance et voit au-delà de la jeunette sans expérience. Stéphane appartient à la catégorie de mes vieux tant aimés. Stéphane n'a jamais mentionné la lettre de motivation que j'avais jointe aux *Chroniques*.

David Bowie continue de fredonner en yaourt, à tue-tête sur le chemin du retour. La Terre a décidé de tourner dans mon sens et je me laisse emportée dans son tourbillon. Je suis le Taz du dessin animé – version ivre et sans colère – me déplaçant en tornade jusqu'à la librairie de Hugo. Le claquement de porte lui signale mon arrivée, l'homme dit : « *Alors ?!* ». Un roman de 1200 pages ne suffirait pas pour lister toutes les émotions qui se bousculent et auxquelles il faudrait inventer des noms. Comme j'ai trop de choses à dire, je ne dis rien.

— Tu me fais peur, c'est quoi ce sourire de dément ?

J'ai le courage de dix lions, je suis cette amazone des temps modernes, celle que j'ai toujours voulu être. Ma tornade arrête sa course devant Hugo. Sur la pointe des pieds, je me hisse à sa hauteur et tente le grand saut : après l'élan, je reste en suspension dans les

---

[18] Changements / Je ne veux pas être une femme plus riche / Changements / Change et affronte l'inconnu / Je n'aurai qu'à être une femme différente – d'après David Bowie, *Changes*

airs ouatés, puis je me réceptionne doucement sur ses lèvres. Peau de velours, main de velours, baiser de velours.

Lui, d'un ordinaire si maîtrisé, semble abasourdi, avant que sa bouche que j'étreignais l'instant passé ne s'élargisse dans un grand sourire d'enfant.

— D'accord.

— Merci.

— Merci quoi ? bafouille-t-il.

— Je sais que tu as passé un coup de fil à Stéphane Villey, alors merci.

— De rien. Je peux t'embrasser encore ?

Magique.

* * *

Le tournoiement m'enveloppe toute entière et happe mon compagnon dans l'euphorie d'une heure dorée. Les ralentis et les accélérés se succèdent avec une simplicité déconcertante : Hugo, volubile et moulinant l'air de ses bras, riant aux éclats, me confiant ressentir la même chose que ce moment décisif où il tourna le dos à la finance ; l'amoureux de Peynet rapprochant son siège du mien pour partager un trio de crêpes en duo ; le baiser d'adolescents échangé dans la bruyante brasserie où nous sommes seuls au monde parmi les étrangers ; les quais parisiens mouillés de bruine et brillant des feux des lampadaires ; les bras m'entourant de laine pour me protéger de la morsure du froid ; le tamis de la nuit faisant naître des ombres fantastiques sur les murs de ma caverne ; sa paume autour de la mienne, ma paume entourant la sienne, le hérissement des poils à la surface de l'épiderme.

Et de paume en paume justement, une impétueuse électricité irrigue nos corps, connecte nos yeux nus et prolonge l'insoutenable et délicieuse attente. Le diamant est glabre, le souffle court, le désir incandescent.

Je suis dans la pureté de l'instant. Il n'est plus question de diapasons qui doivent s'accorder. Je n'y pense plus, je ne pense à rien. Je sens et ressens. Le présent. Son corps épouse le mien comme le feraient deux pièces de puzzle parfaitement imbriquées.

L'amazone continue de m'inspirer, et Andromaque chevauchant son partenaire, l'emmène aux frontières du plaisir ; reconnaissant, le missionnaire répand sa bonne nouvelle dans mon ventre et dans mon cœur.

Le tourbillon m'élève si haut qu'il me semble impossible que mes pieds touchent à nouveau terre un jour.

30

LA LEÇON

Stéphane Villey a dit une chose très spirituelle, ce matin :

— Viviane, ce que vous écrivez, c'est de la merde.

Il est 11 heures, mon ventre gargouille déjà, j'ai travaillé sur *Mon nom est Kevin* jusqu'à 3 heures et Stéphane est en train de me massacrer.

— C'est la troisième fois que je vous donne ce passage à récrire, vous savez ce qui vous bloque ? Je vais vous le dire : vous êtes une intermittente de l'écriture. Pour être écrivain, il faut une méthode ! C'est un job avec des horaires fixes et un nombre de signes minimum chaque jour !

Stéphane essaie de me persuader depuis trois semaines que je dois revoir mes mauvaises habitudes. Selon lui, j'aurais à peine le droit à mon café du matin. Le premier geste du lever devrait être celui d'allumer l'ordinateur et de noircir du *Word.* Dès 8 heures. Mais être une jeune chômeuse – qui n'a pas droit au chômage, et un aspirant écrivain n'incite pas vraiment à ce style de vie. Surtout avec un brun aux yeux bleus plutôt fêtard comme compagnon.

— Si vous ne vous y consacrez pas avec sérieux, vous êtes un imposteur.

— Je suis sérieuse !

J'appuie mon propos d'une main droite levée avec trois doigts façon scout. Je me ravise quand je réalise que je ne parle ni à Natha ni à Flo mais au grand éditeur des Éditions du Marais.

— Et vous-même Stéphane, n'avez-vous jamais écrit ?

— Sachez, Viviane, que tout éditeur est un écrivain raté en puissance. Il faut parfois connaître ses limites. J'épargne au monde la douleur de lire un écrivain médiocre.

Si je suis son raisonnement, je ne serais pas un écrivain médiocre*, alors ?*

— Mais ne faites-pas l'anguille, en changeant de sujet. Reprenez.

Kevin m'inquiète. Je l'ai imaginé sous le coup de la colère, et tant que j'écrivais pour moi, j'ai nourri cette colère. Qui s'est aujourd'hui évaporée. C'est comme si j'étais dans l'obligation de produire du « trash » avec une humeur d'hirondelle au printemps. Mais je peux compter sur Stéphane : il est expert en démantèlement de tourbillon.

— On arrête tout si vous n'êtes pas capable ! Pas de bonnes proses, pas de publication !

Il m'a soufflé de travailler sur le passé de Kevin et d'éviter les clichés type père alcoolique-mère absente. Et de « voir » la fin de l'histoire avant de commencer à écrire.

J'en suis venue à considérer Stéphane sous différents angles, il est mon chef d'orchestre qui me fait répéter des heures durant ; mon bourreau qui me torture en me faisant remettre mon ouvrage cent fois sur le métier ; mon amant lisant amoureusement mes lignes ; un gangster qui mitraille et décime à tout-va ; un agriculteur qui me cultive comme un plant de tomates.

Sous l'impulsion de Stéphane, je me suis mise à travailler d'arrache-pied. Je suis devenue boucher. J'ai charcuté, tailladé, j'ai lacéré à grosses griffes, j'ai coupé, découpé, je me suis fait violence. J'ai épuré mon texte des fioritures, des enluminures, des tours de passe-passe, des subterfuges. Au goût de Stéphane, il y en a encore trop. *Chaarrrckle !* C'est le bruit de son stylo rayant un paragraphe inutile. Stéphane ou la serpe et le couperet :

— Trop « verbeux » ! dit-il impérial.

Je le hais pour ça, il est trop dur, il ruine des heures de travail, il humilie mon ego. Je ne veux pas pleurer, mais à la fin du jour, je ne veux plus être écrivain. La nuit aidant, je repense aux conseils dispensés par le septuagénaire, je reprends la plume, et avec frénésie, je réinvente Kevin. Au matin, je dois l'avouer, le résultat est bien meilleur et je loue Stéphane de sa dureté à mon égard.

* * *

Maintenant que c'est fini, que Stéphane m'a dit « *Viviane, vous avez mûri, j'ai maintenant l'ouvrage que j'attendais de vous* », je me sens plus légère, joyeuse même, quoiqu'un peu effrayée. Je connais la satisfaction d'un travail accompli. Or, je me retrouve sans « rien » à faire. Juste attendre. Ou continuer d'écrire bien sûr, mais j'ai tellement donné à *Mon nom est Kevin* que je suis en panne d'inspiration : je n'ai pas encore trouvé le prochain sujet génial qui me fera accoucher d'un pavé de cinq cents pages. Et Stéphane trépigne. J'ai l'impression que toutes mes minutes depuis quelques mois ont été tournées vers la combinaison de phrases et de mots, des recherches sur le net ou dans les livres pour enrichir mes histoires. Là, je regarde dans tous les sens, je me sens dépouillée. C'est comme quand vous ne cessez de vous demander si vous avez coupé le gaz ou fermé la porte à clés. Il me manque quelque chose, j'ai oublié quelque chose.

Les dés sont jetés
Mes mots sont fait d'or
Vous me blâmerez
Tout dépend du sort

31
LA SIGNATURE

Ça y est : je suis un colosse, un géant, un paquebot, une pyramide. Aujourd'hui. À cet instant. Dans cet endroit. Je devrais coucher ce moment de bonheur sur le papier. Mais je ne vais pas perdre mon temps à l'écrire, je vais le vivre à fond, chaque seconde, chaque minute. Je fige ce moment dans ma tête comme je prendrais une photo. Je tâcherais de n'y omettre aucun détail : la devanture du stand qui indique en lettres vertes calligraphiées « Les Éditions du Marais » ; Stéphane, que je peux suivre à sa tignasse blanche dans tout le salon, tout comme la robe à fleur de l'attachée de presse Jeannine ; les piles de livres de tous les auteurs présents et absents – un coin est même consacré au nouveau roman de Xavier Beleire. En son centre, la photographie mettrait en évidence l'auteur de *Mon nom est Kevin*, « *le phénomène du net maintenant en livre* », arborant de nouveau sa couleur de cheveux naturelle. Pour que le portrait de famille soit complet, il ne faudrait pas oublier les pom-pom girls montées à Paris spécialement pour l'occasion : Natha, ma petite sœur en pleine crise d'adolescence, mon petit frère qui a pris dix centimètres et les parents.

— Je ne me souvenais plus pourquoi je n'aimais pas Paris : les gens sont si nombreux qu'ils sont prêts à se marcher sur les pieds ! peste mon père.

C'est ma mère qui prend la vraie photo : on dirait que je suis le seul auteur des Éditions ; mon père a l'air coincé, ma sœur gobe une mouche, Natha tient mon livre comme si c'était la coupe Davis. Puis, je réclame toutes les combinaisons possibles de photos : avec ma mère prise par mon père ; seule avec mes parents ; seule avec les trois frère et sœurs ; avec grimaces et sans ; avec des livres sur la tête...

— Y'a un coin BD ? s'inquiète mon petit frère.

Dans ma tête, je continue de composer la photographie parfaite. Elle ne saurait être complète sans Flo : meilleure amie, meilleur réveil-matin au monde, meilleure conseillère. Ou sans Hugo. Il est déjà passé me voler un baiser sur le stand. Il a plus d'une raison d'être là, écumant le salon à la rencontre des éditeurs et des auteurs. Quand ses beaux yeux se posent sur moi, une petite mélodie fait swinguer mon cœur aux rythmes des doo-ah doo-ah dooh-ah doo-ah de *It Don't Mean A Thing*[19]. Ces mêmes doo-ah prennent une voix vocodée au ralenti quand un badaud s'approche pour s'enquérir de mon livre. Les lecteurs m'impressionnent beaucoup. Ceux de mon âge sont enthousiastes, certains d'entre eux ayant déjà fait connaissance avec Kevin via le blog. Les plus âgés me demandent de quoi « ça » parle. Et là, le rouge me monte au joue.

— Comment vous dire ? C'est l'histoire d'un gangster un peu trash... Mais c'est marrant à lire.

Jeannine s'empresse de corriger.

[19] Chanson de Duke Ellington dont le titre pourrait être traduit par « la mélodie ne signifie rien (si elle swingue pas) »

— C'est une réponse française à Tarantino, si vous aimez les gangsters – en effet, l'hémoglobine et l'humour, alors ce livre est fait pour vous.

Le vieux monsieur me regarde par-dessus ses lunettes. Il hésite entre un sourire et une bouche en forme de « oh ! ».

— Vous n'avez pas du tout une tête à écrire ce genre de roman.

Mais je suis fière de signer Viane Cey. Même s'il n'y a pas foule dans mon coin, les lecteurs font partie intégrante de ma photo parfaite. La seule ombre au tableau : la rayonnante absence d'Axel, qui s'est tout de même fendu d'un texto pour mon anniversaire. Quand je serai vieille, à l'heure du thé, avec un plaid sur les genoux, je me souviendrai que c'est lui qui m'apprit que l'amitié entre hommes et femmes n'existe pas. Quand je serai vieille, je me souviendrai qu'il m'a apporté cette force tranquille, cet engouement inconditionnel, ce soutien indéfectible qui caractérise l'amitié la plus pure. Si nos routes se sont séparées, je bénis le chemin étoilé que nous avons parcouru ensemble.

Sur le qui-vive, Jeannine guette le moindre passant, lecteur potentiel. Un sourire formaté se forme sur son visage alors qu'elle aperçoit une femme s'approchant du stand. Mes doo-ah sont ainsi interrompus par la vision de Corinne ; ses pas sont timides comme ceux d'un petit chat venant vous renifler, les oreilles tirées vers l'arrière, prêts à déguerpir au moindre signe de danger. Elle devance une bande de charognards qui se paieraient bien ma dépouille. Mais il n'y a rien à dépecer. Je suis en majesté, inatteignable, assise sur le trône des Éditions du Marais, avec une auréole flottant au-dessus de la tête. Catherine et Caroline se contentent donc d'observer leur éclaireur de loin, avec des regards noirs. Virginie est là aussi, traînant son air amusé. Finalement, le petit chat rebrousse chemin, apparemment échaudé par quelques lecteurs excités et bruyants.

Les Éditions HyperTexte me feront toujours un peu perdre mon swing, mais une séance de dédicaces me requinque rapidement et je ne tarde pas à entendre des sonorités jazzy dans les bonjours de lecteurs, dans le brouhaha du salon, dans le raclement de mon stylo sur le papier. Livre après livre, la tache d'encre sur mon doigt s'étend et la bosse de l'écriture s'enfle à mesure que je me transforme en tayloriste de la signature. Jeannine me souffle que nous avons atteint le « pic » de la journée, il ne faut pas que je m'habitue à avoir autant de monde sur le stand. Un livre m'est tendu et je ne pense pas à relever le nez.

— Pour Xavier, s'il vous plaît.

Cette voix suave me fait sursauter. Xavier, penché vers moi, conquérant, laisse une bise sur ma joue.

— Salut chérie.

Et sur ce « chérie », une bouffée d'affection remonte de bas en haut et fait exploser un sourire sincère. C'est un peu comme deux camarades de tranchées, séparés par les années et la distance, qui renoueraient avec une familiarité indicible, n'appartenant qu'au passé. *Qu'au passé.* Xavier est une vieille photo jaunie, soigneusement classée dans un album poussiéreux ; cet homme ne peut plus rivaliser avec les photos couleurs que je prends au présent. Je doute cependant qu'il partage ma vision des tranchées.

— Je n'ai pas eu beaucoup de nouvelles…

Le souvenir fugace de notre incursion ratée à la start-up me revient en tête comme un pop-up. Renfrognée, je vois plutôt le journaliste comme un ennemi de l'autre côté du champ de bataille. Ou ce camarade de tranchée qui m'aurait abandonnée, blessée, alors que l'ennemi s'apprêtait à charger.

— Bonjour Xavier.

— Tu signes mon exemplaire ?

Spontanément, j'écrirais « *tes bâtons dans les roues n'ont pas su m'empêcher d'avancer* », mais je me ravise, ma rancune serait vaine. Les champs de bataille permettent aussi d'enterrer des haches de guerre. Mon affection reste plus forte. J'écris : « *Merci à Xavier qui a souvent accompagné mes pensées* ». Point barre. Il lit.

— Je suis touché. Et je suis toujours fan de Kevin. Il valait bien la peine que tu y consacres tes heures perdues.

— Plus que des heures perdues. Des heures gagnées.

Il se penche à nouveau vers moi et chuchote à mon oreille.

— Si tu veux perdre quelques heures et rentrer avec moi après le salon... Je ne dis pas non, surtout si tu as encore envie de laisser tomber tes bretelles...

Ma bouffée d'affection se dégonfle comme un ballon de baudruche. Les hommes sont désespérément prévisibles. Mon ego est flatté et déçu. Les femmes sont désespérément compliquées.

— Merci mais non merci. Tu m'as dit une fois qu'il fallait savoir saisir les occasions. Parfois, je crois qu'il faut savoir ne pas les saisir.

Regard perçant. Sourire chaleureux. Du Xavier tout craché. J'ai le sentiment que c'est la dernière fois que je le vois.

— C'est toi qui vois, chérie.

M'adressant un petit signe de la main, il se retire. Fringuant en diable, il semble suivre le rythme de mes doo-ha doo-ha doo-ha. Comme dans un film, les badauds finissent par le faire disparaître au tournant d'une allée. Non, il n'arrive pas à la cheville de Hugo.

— Je vois que Xavier Beleire te tourne toujours autour, dit une voix dans mon dos.

Virginie a faussé compagnie aux trois charognards qui l'accompagnaient plus tôt. Comme eux, elle me sert un sourire carnassier. À croire que le salon, c'est un peu la réunion du Cercle des épouvantails disparus.

— Salut Virginie. Tu es la seule ou je dois m'attendre à voir débouler tout HyperTexte ?

— Ça te plairait, ma parole ! Non, elles auraient peur que tu distribues des claques à tour de bras...

— Comment va Claire ?

— Elle travaille toujours chez HyperTexte. Isabelle l'a embauchée comme chef de projet junior. Mais ça ne l'a pas fait avec le Général, elles ont perdu le client.

Donc Claire stagne. Je la voyais déjà éditrice en chef imposée d'un magazine féminin. Même avec les contacts de sa mère et de son oncle, elle doit se contenter d'un job à la con chez HyperTexte. Bien fait.

— Étonnant. Et toi, qu'est-ce que tu deviens ?

— On s'en fout. Alors t'as vendu combien d'exemplaires ?

Je reconnais bien là son style rentre-dedans.

— Une soixantaine, je crois.

— Pas aujourd'hui, bécasse ! Au total !

— Aucune idée.

— Mais comment t'as fait ?

— Comment ça, comment j'ai fait ?

— Pour être publiée.

Virginie a toujours été l'un des personnages les plus hauts en couleurs des Éditions. Celle qui faisait office de poil à gratter en posant les questions auxquelles personne ne voulait répondre. Une *ficanasse* – comme on dit en nissart[20] – à l'affût du moindre potin, qui parlait fort, à tort et à travers. Surtout de travers. Je lui reconnais aussi le talent de poser des questions bêtes.

— J'ai ouvert un fichier word et j'ai écrit.

— Je reconnais bien là ton petit ton insolent. T'es pas obligée de te la péter parce que tu es de ce côté du stand. Bon alors ???

Comme à son habitude, Virginie insiste lourdement. Avec elle aussi, il y a ce côté réunion d'anciens combattants, mais sans bouffée d'affection. Je m'efforce de lui répondre poliment, compte tenu qu'elle a été à peu près bienveillante durant mon stage. L'actualité des Éditions est ainsi passée en revue : Caroline et Lolo la pute ne

[20] Dialecte niçois

sont plus ensemble et elle a été arrêtée un mois pour se remettre d'une dépression ; Béatrice et Omar ont eu une aventure dans le passé, mais la différence d'âge a eu raison de leur histoire ; Isabelle a perdu le Général mais a remporté un ouvrage pour l'Armée de Terre ; Corinne est toujours célibataire ; Catherine ne s'occupe plus des clients mais uniquement de la direction artistique ; les deux sœurs Thénardier – comme les avait surnommées Axel – me cite en exemple pour « l'après HyperTexte » et une reconversion éventuelle en auteur. Fichtre ! Virginie cherche un autre travail : « *Qui s'occupe des RP aux Éditions du Marais ?* » se renseigne-t-elle.

— Jeannine.

Je l'interpelle.

— Depuis combien de temps tu travailles pour Stéphane ?

— Vingt-cinq ans.

— Ah non, le poste n'est pas à pourvoir, fais-je valoir, espiègle, à Virginie.

Complètement distraite par deux planètes turquoises, je perds le fil des bavardages de Virginie. Hugo dépose un baiser dans mon cou, mais je réclame plus et mes lèvres vont chercher les siennes.

— Tout se passe bien ? demande-t-il.

— Tout se passe mieux.

Virginie commence d'abord par bafouiller, puis se présente, avant de minauder. Hugo m'adresse un haussement de sourcil, je vois qu'il recolle les morceaux de mes péripéties des « années HyperTexte ». Il baratine comme personne, et après avoir semé Virginie, je profite d'une récréation avec mon libraire.

Le Cercle des épouvantails disparus aurait pu gâcher ma photo idéale. Heureusement, Photoshop existe. J'enlève ainsi les charognards. J'enlève Virginie. J'enlève Xavier, en me faisant un peu violence. Et je lui rajoute des moustaches, des cornes et un trident. J'enlève la tache d'encre sur mon doigt.

Je mets des petits Stéphane partout. Et de grands Hugo avec des gros plans sur tout ce que j'aime chez lui : ses yeux, ses lèvres, ses taches de rousseurs, le grain de beauté ô combien mal placé mais tellement sexy (non, j'enlève le gros plan du grain de beauté, sinon la photo serait qualifiée de porno et elle est censée trôner dans mon futur salon aux meubles extravagants). Gros plans sur ses mains, le lobe de son oreille gauche (parce qu'il est beaucoup plus beau que celui de droite) et la mèche de cheveux qui rebique sur son front.

Je rajoute aussi Bernard Pivot qui vient de passer devant mon stand ! Il ne s'y arrête pas bien sûr mais l'univers me renvoie une ironie pour une fois bienveillante. C'est un peu grâce à toi, Bernard, si je suis là aujourd'hui. Je suis allée plus loin que ma version étudiante ne l'escomptait. Je suis un colosse, un géant, un paquebot, une pyramide.

32

LUCY in the SKY with DIAMONDS

Aujourd'hui, je meurs. Mon cœur bat encore, je crois, mes synapses déconnectées envoient des messages contradictoires. Tout est vaseux autour de moi, une voix parle au ralenti, avec trois fois le même visage ; il me semble entendre une ambulance au loin, alors que je gis sur le passage piéton et me vide de mon sang.

Cinq jeunes anglais, trois garçons et deux filles, sont venus faire la fête à Paris pour le week-end, la vie est belle avec un coup dans le nez. À dix heures, ils n'avaient toujours pas dessoûlé, ils ont aboyé par la fenêtre et laissé le vent fouetter leurs joues. Je suis rarement dehors à cette heure, un dimanche. Le beau temps n'avait que des arguments irréfutables et les gazouillis d'oiseaux signalaient le retour du printemps. Respirant à pleins poumons, j'étais encore dans un de ces moments où je vois le monde au ralenti. Il y avait cette glorieuse lumière du matin, une brise délicate remuant les feuilles d'arbres, le ronron de la ville entremêlant les bruits de véhicules et les conversations feutrées... Une énergie folle. Et une force tranquille. J'ai osé penser « *Je suis heureuse, j'ai tout ce que je veux.* » C'est à ce moment qu'ils m'ont percutée, parce qu'ils roulaient à gauche.

Dans un brouillard à couper au couteau, le visage de Hugo flotte, détaché de tout, sans corps, il disparaît et réapparaît au gré du vent. Dans ce moment, mes pensées sont tournées vers lui. Mon cœur est compressé dans un étau. Je ne le reverrai plus. Ou c'est lui qui ne me reverra plus, je ne sais plus. Comment vais-je vivre sans lui ? Je vais devoir rapprendre à marcher, à voir, à manger, à parler… Je vais me sentir seule.

Je n'ai pas eu le privilège de vivre moins longtemps, mais plus intensément que les autres, comme Jeanne d'Arc, Lawrence d'Arabie ou Jim Morrison. La Mort m'a fauchée dans mon envol ; avec son sourire carnassier et ses yeux noirs, elle m'oblige à me regarder, son sourire est mon sourire, ses yeux sont mes yeux. De ses bras maigres, elle me tire dans le Styx, je m'y noierai ou je deviendrai invincible, tel Achille. Cette Parque pernicieuse et trop empressée a coupé deux fils au lieu d'un, avant sa pause café : je meurs le même jour que Henriette, la grand-mère d'Axel.

Mon feu sacré se répand sur le trottoir, je suis en colère, j'ai cru que ma vie commençait enfin. Non, même là, en train de suffoquer et de cracher des caillots de sang, je me dis que la mort, ça n'arrive qu'aux autres, ce n'est pas juste, pas déjà, pas maintenant, j'ai autre chose à faire qu'à mourir ! Je ne veux pas rejoindre mon frère dans la cabane hantée. Elle craque et tangue avec le vent ; les rideaux déchirés sont poussiéreux ; les fantômes y sont facétieux, ils ont le même ricanement que Corinne. Je crois qu'il y a également quelques épouvantails dans un coin, ils ont des visages familiers. Je dis à mon frère : « *Mais je croyais que tu étais mort !* » Il me répond : « *Mais non, je suis revenu.* » Et il m'attrape pour me faire valser.

Ma roue de l'Infortune tourne dans le sens inverse des aiguilles d'une montre. Je me souviens de l'Îlot Blanc, ce petit confetti de sable perdu dans l'océan indien, où enfant, j'ai joué tour à tour à être pirate et naufragée. Je me souviens du jus parfumé des kakis que je volais dans le jardin des voisins. Je me souviens de l'odeur entêtante du jasmin, un soir d'été à Syracuse. Je me souviens avoir été ivre de vent, un après-midi à Étretat, en grimpant vers Notre-Dame-de-la-Garde. Je me souviens du froissement de mes cheveux sur les oreilles, du cri aigu des mouettes et du remous immuable de l'océan contre la plage. Je me souviens du rire cristallin de mon petit frère. Je me souviens de la respiration calme de l'homme que j'ai aimé et du rai de lumière, jouant sur mes paupières, qui m'a tiré des limbes du sommeil. Je me souviens avoir eu le ventre prêt à craquer quand j'ai donné mon premier bisou, à l'âge de dix ans. Je me souviens des mains de mon arrière-grand-mère déformées par l'arthrose et fripées comme du vieux papier. Je me souviens des monstres sous mon lit qui m'ont donné des cauchemars. Je me souviens avoir eu mal à en crever pour une bête appendicite. Je me souviens avoir eu mal à en crever quand j'ai perdu mon frère. Je me souviens avoir été vivante quand j'ai cru mourir.

J'essaie de me sentir, il y a un liquide poisseux tout autour de moi, je me sens bien et je me sens mal, je suis en train de renaître, sans doute.

La Mort, c'est le fantasme absolu. On peut tout y voir, tout imaginé, y placer toutes ses espérances ou toutes ses terreurs. Je peux vous dire ce qu'on ressent quand on meurt : vous êtes prêt à aimer tout le monde, vous brûlez, vous êtes tout le monde, vous êtes Lucy dans le ciel avec des diamants, vous buvez du mercure, vous portez un toast à tous les mystères que vous laissez derrière vous, vous goûtez Dieu, vous goûtez le meurtre, vous comptez les étoiles et crashez des voitures. Les requins sont dans la piscine, les papillons dans le ventre. Vous comprenez le langage du vent et le chant des baleines. L'Odyssée, la Guerre de Troie, l'espace, l'espèce. Les symphonies de Beethoven, *Satisfaction* des Stones, les casseroles du voisin. L'avènement de la VIème République. Le visage de mon frère. L'ivresse avec Hugo. Chaque soir est un samedi soir et chaque jour, un lundi. Tout ça, en une seconde et mille ans. Tout rien.

J'ai toujours aimé les films de science-fiction, les *space opera* avec leurs batailles interstellaires. Je n'ai jamais compris pourquoi les astronefs se coursaient comme s'ils étaient sur une autoroute, comme si l'univers était plat. J'ai toujours rêvé de voir ce qu'il y avait en-dessous. L'univers est infini ; et bien je veux descendre à l'infini. Mourir, c'est pareil, c'est tomber infiniment dans l'abysse, le puits sans fond et ne jamais atterrir, rester toujours plus haut que le bas. Un sommet vertigineux. Et de ce sommet, je suis une humaine qui regarde une fourmilière. Je suis une oie sauvage qui survole un monde où une humaine regarde une fourmilière. Je prends tellement de hauteur que j'atteins la stratosphère. Je suis un satellite qui scrute le monde, les oies, les humains et les fourmilières. Je suis la Lune, je suis la Galaxie, une autre galaxie, je suis un être interstellaire qui regarde la Terre comme l'humaine regardait la fourmilière. Je suis dans la stratosphère du royaume immortel de mon esprit.

À mes parents, que je remercie de m'avoir fait grandir dans une bibliothèque de plus de 3000 livres. Les chiens ne font pas des chats.

À mon amour, parce que je ne lui dis pas assez que je l'aime.

Merci à Jeff Legrand pour ses conseils éclairés, à Francis et Notta Brunet ....., à Stéphane Villey qui m'a prêté son nom ...et à tous de m'avoir donné de leur temps.

TABLE DES MATIÈRES

19396657R00176

Printed in Poland
by Amazon Fulfillment
Poland Sp. z o.o., Wrocław